SUNSHINE ON A CLOUDY DAY

HANNAH KAISER

INHALT

BUCHINFORMATIONEN

Auflage November 2018

Covergestaltung: Catrin Sommer, www.rausch-gold.com
Unter Verwendung von Stockfotonummer: 740779306
(shutterstock.com)

Coverfotos: Hannah Kaiser
Lektorat: Alexandra Balzer
Korrektorat: Sybille Weingrill, SW-Korrekturen e. U.

1

Mia

* * *

„Oh, ich freue mich sehr für dich! Herzlichen Glückwunsch – das ist ja toll!“ Während ich Madison umarme, schließe ich einen Moment lang die Augen, denn ich komme mir vor, als wäre ich die schlimmste Lügnerin und Verräterin, die es auf der Erde gibt. Natürlich freue ich mich tatsächlich für sie, unglaublich sogar, und ich weiß jetzt schon, dass sie eine großartige Mutter werden wird. Madison gehört zu den Menschen, die mir mit am meisten am Herzen liegen, und ich gönne ihr alles Glück dieser Welt.

Doch mal abgesehen davon, dass sie eine meiner besten Freundinnen ist, ist sie auch meine Geschäftspartnerin. Zusammen betreiben wir eine kleine Datingagentur, und nach einer langen Auszeit ist Madison erst vor einem Jahr wieder richtig mit eingestiegen. Die Agentur läuft gerade wirklich gut ... und ich kann eigentlich unmöglich auf Madison verzichten! Allerdings wäre sie dumm, wenn sie keine Auszeit nehmen würde, wenn ihr Kind auf der Welt ist, zumal sie sich das finanziell locker leisten kann.

„Tyson und ich haben besprochen, dass ich ein paar Wochen oder Monate aussetzen werde, wenn das Baby da ist. Wusstest du, dass das in den meisten Ländern üblich ist? Die USA gehören zu den ganz wenigen westlich geprägten Industrienationen, in denen es nicht so etwas wie einen Mutterschutz gibt. Aber so oder so – ich freue mich sehr auf das Baby, und ich möchte unbedingt Zeit für mein Kind haben, wenn es erst mal da ist." Sie holt tief Luft, bevor sie weiterspricht. „Aber für die Agentur ist es eine Katastrophe ... Ich habe ein ganz schlechtes Gewissen ...", flüstert Madison, als ich sie schließlich loslasse, und mein Gewissen meldet sich ebenfalls.

„Madison! Bitte! So etwas darfst du weder denken noch sagen!" Es ist schließlich schlimm genug, wenn ich so etwas denke. „Ein Baby ist etwas so Wundervolles! Egal, wann man es bekommt. Du solltest dich darauf freuen und dir keine Gedanken über deinen Job machen müssen!" Denn ich weiß, wie das ist, wenn man nachts wach liegt und darüber nachdenkt, wovon man bitte schön die Miete und das Essen bezahlen soll, wenn das kleine Wesen erst einmal da ist, und ich wünsche diesen Zustand tatsächlich niemandem. „Genieß die Schwangerschaft ohne solche Gedanken. Bitte!" Ich drücke Madison noch einmal an mich.

Im Gegensatz zu mir damals ist sie nämlich nicht frisch geschieden, sondern mittlerweile glücklich verheiratet. Ihr Mann ist eine Eishockeylegende und verdient so viel Geld, dass sie aus finanzieller Hinsicht eigentlich gar nicht mehr arbeiten gehen müsste, wenn sie es nicht wollte.

Ich freue mich so unglaublich für sie.

Nur nicht darauf, mir eine neue Mitarbeiterin suchen zu müssen.

„Wir werden einen Ersatz für mich finden müssen …“ Madison klingt beinahe schuldbewusst.

„Wir bekommen das schon hin, mach dir keine Sorgen deswegen, okay? Lass uns am Montag in Ruhe darüber reden, oder wir treffen uns am Sonntag auf einen Kaffee … oder besser einen Tee, Koffein ist nicht gut fürs Baby, wusstest du das?“

Lachend verdreht sie die Augen.

„Leider weiß ich das. Das und noch viele andere Dinge, die angeblich nicht gut fürs Baby sind. Tyson hat einen meiner Babyratgeber in die Finger bekommen, und dieser Mann macht alles, was er tut, mehr als gründlich. Ich glaube, er hat das Ding auswendig gelernt. Es ist einfach furchtbar.“ Sie wirft einen Blick auf ihre Armbanduhr. „Du musst los, oder? Ich habe vor lauter Aufregung völlig vergessen, dass du heute früher gehen wolltest!“

„Ja, ich muss wirklich los, sonst muss ich später eine Nachtschicht in der Küche einlegen.“ Mein Sohn hat morgen Geburtstag, und ich will ihm dafür noch eine Torte backen, bisher habe ich aber noch nicht einmal die dafür nötigen Zutaten im Haus. Ich sollte mich also langsam beeilen.

„Wir kommen morgen kurz zum Gratulieren vorbei und bringen Noah sein Geschenk. Passt es euch so um halb drei?“

„Ich denke, das ist perfekt. Ich spreche trotzdem lieber vorher noch mal mit Megan ohne H und Harry darüber.“ Der Geburtstag meines Sohnes wird dieses Jahr bei seinem Vater und dessen neuer Frau stattfinden, und ja, die beiden heißen tatsächlich so.

„Megan ohne H und Harry – ich kann es nach wie vor noch kaum glauben. Stellt sie sich tatsächlich immer so vor?“

„Du wirst sie ja morgen kennenlernen.“ Ich hole mein Handy aus der Schreibtischschublade hervor und stecke es in meine Handtasche. „Sie hat sich sogar die Haare färben lassen, sie sind jetzt dunkelbraun. Vorher war sie mal blond – allerdings war das, glaube ich, auch nicht ihre echte Farbe. Wenn ich raten müsste, würde ich auf Straßenköterbraun tippen. „Ich muss zugeben, dass sie ihrem großen Vorbild damit wirklich ein kleines bisschen ähnlich sieht. Vielleicht liegt es auch an der Frisur, ich weiß es nicht.“ Meine eigenen Haare haben nach dieser Aktion jedenfalls wieder hellblonde Strähnchen bekommen, und ich trage keinen Dutt mehr, obwohl ich das sonst manchmal praktisch fand, aber ich möchte Megan auf gar keinen Fall gleichen. Der ohne H nicht. Die prominente Meghan empfinde ich durchaus als eine schöne Frau. Die neue Frau an der Seite meines Exmannes hingegen … na ja. Vielleicht bin ich auch einfach nur eifersüchtig, wer weiß das schon. Irgendwie sind ja die wenigsten Frauen auf die neuen Partnerinnen ihrer Verflossenen wirklich gut zu sprechen.

„Ich bin jedenfalls sehr gespannt auf morgen. Und jetzt sieh zu, dass du hier wegkommst, du hast schließlich noch große Aufgaben zu erfüllen!“

Lächelnd verabschiede ich mich von Madison und mache mich auf den Weg zu meinem Auto.

Ich benutze es bloß selten, meistens greife ich auf öffentliche Verkehrsmittel zurück. Ich finde das deutlich entspannter, aber zum Einkaufen ist es einfach praktisch, zumal der

Supermarkt nach unserem Umzug in die neue Wohnung auch nicht mehr gerade um die Ecke liegt, dafür ist es näher zur Arbeit und zu Noahs Schule.

Madison und Tyson haben uns geholfen, die neue Bleibe zu finden.

Dort, wo Noah und ich vorher gewohnt haben, gab es im letzten Jahr vermehrt Wohnungseinbrüche und Diebstähle, obendrein haben wir eine völlig unangemessene Mieterhöhung bekommen, sodass ich beschlossen habe, dass ein Wohnungswechsel eine gute Idee wäre.

Einer von Tysons Teamkameraden, Luke Steward, wohnt ebenfalls in dem Gebäude, allerdings oben in einer exklusiven Dachgeschosswohnung, aber er hat Tyson erzählt, dass dort etwas frei wäre – und das Haus sogar über einen Conciergeservice verfügt und ziemlich sicher ist.

Die neue Wohnung ist zwar auch nicht gerade günstig, aber die Lage, der Komfort und die Sicherheit machen sie absolut perfekt für Noah und mich.

BEIDE ARME voller Einkaufstüten betätige ich mit dem Ellenbogen den Knopf des Aufzugs.

Ich bin wirklich froh, dass ich mich für die neue Wohnung entschieden habe; in dem Haus, in dem wir vorher gewohnt haben, gab es so einen Luxus nicht. Denn auch wenn Treppensteigen schrecklich gesund sein mag, ist mit Einkäufen bepackt mehrere Etagen die Stufen hinaufgehen zu müssen vor allem anstrengend und lästig.

Vielleicht wäre es dennoch sinnvoll, die Arme nicht ganz so voll zu bepacken, denn ich komme gerade so noch mit dem Ellenbogen an den Knopf, um den Aufzug zu rufen.

„Soll ich Ihnen helfen, Ma'am?" Der Concierge blickt auf, wahrscheinlich habe ich seine Aufmerksamkeit durch die seltsamen Verrenkungen erregt, die ich mache.

„Nein, danke, alles erledigt!" Ich lächle ihm zu und betrete dann den Aufzug, dessen Türen sich in diesem Augenblick öffnen, nur um kurz darauf festzustellen, dass es beinahe unmöglich ist, mit vollen Händen den Knopf für die richtige Etage zu drücken.

Natürlich könnte ich meine Einkäufe einfach abstellen, doch es war ein Kunststück, sie überhaupt alle auf meinen Arm zu bekommen, und ich befürchte, dass mir das kein zweites Mal gelingen wird.

Ich versuche es wieder mit Verrenkungen, die wahrscheinlich aussehen, als hätte ich mittelschwere Krämpfe, als sich der Türeingang auf einmal verdunkelt, weil sich eine große Gestalt dazwischenschiebt, die nun beinahe den gesamten Raum einnimmt.

„Brauchst du Hilfe?" Ich blicke in das leicht amüsierte Gesicht von Luke Steward. Wir sind uns bei Madison und Tyson und auch hier im Haus ein paarmal begegnet, und ich muss mehrfach blinzeln, weil ich mich immer noch nicht daran gewöhnt habe, dass er so hinreißend lächeln kann, dass es selbst mich nicht kaltlässt – und das will wirklich etwas heißen. Ich lasse mich von Männern nicht leicht beeindrucken, gerade weil ich durch die Agentur täglich mit Single-Männern in Kontakt bin, mit unattraktiven, mit Normalos und auch mit durchaus sehr attraktiven Exemplaren dieser Gattung, doch außer aus beruflichen Gründen schaue ich selten ein zweites Mal hin. Es ist, als würde man immun dagegen werden, wenn man bloß lange genug abstinent bleibt, und ich habe irgendwann erkannt, dass es das Leben deutlich unkompliziertер macht, wenn man diesen Zustand erst einmal erreicht hat.

Natürlich vermisse ich manche Dinge, auch den Sex, aber es gibt ja zum Glück genug moderne Technik, die der Frau von heute dabei weiterhelfen kann, solange sie über zwei gesunde Hände verfügt. Wobei eine gesunde Hand zur Not auch ausreichen würde.

Es ist also völlig untypisch für mich, dass ich auf einen Mann reagiere wie auf Luke Steward – nämlich mit einem sehnsuchtsvollen Ziehen irgendwo in meinen unteren Regionen und damit, dass ich einfach nicht damit aufhören kann, ihn anzustarren.

Das irritiert mich, es irritiert mich sogar sehr, und erst als er anfängt zu lachen, bemerke ich, dass ich noch immer damit beschäftigt bin, ihn zu betrachten.

Er ist anscheinend an Frauen gewöhnt, denen es in seiner Gegenwart die Sprache verschlägt, und ohne erneut nachzufragen, ob ich nun Hilfe benötige oder nicht, drückt er auf den Knopf für mein Stockwerk; dann greift er nach den Tüten auf meinem Arm und nimmt sie mir stillschweigend aus der Hand.

Ich selbst habe es für ein wahres Meisterwerk gehalten, dass ich sie alle auf einmal tragen konnte, bei ihm sieht es ganz leicht und unkompliziert aus, was natürlich auch daran liegen könnte, dass er riesig ist und es seine Arme auch sind. Mein Blick bleibt an seinen breiten Schultern hängen, über die sich eine dunkle Lederjacke spannt, und ich stelle fest, dass ich mich dringend in den Griff bekommen muss, ansonsten fängt die Situation hier an, irgendwie lächerlich zu werden.

Ich räuspere mich einmal kurz und rücke meine Handtasche zurecht, da ich ja nun meine Hände wieder frei habe.

„Ich danke dir, Luke, du bist meine Rettung." Ich lächle ihn an, und ich hoffe, dass ich dabei freundlich wirke und nicht so, als wolle ich mit ihm flirten. „Wahrscheinlich wäre es besser gewesen, wenn ich zweimal gegangen wäre, aber ich wollte Zeit sparen – und habe dabei wohl meine Körpergröße ein wenig überschätzt." Ich lächle erneut und Luke zuckt mit den Schultern.

„Jetzt bin ich ja da, und falls es dir nicht aufgefallen sein sollte, ich bin eindeutig größer als du, für mich sind die paar Tüten also kein Problem." Oh, es ist mir durchaus aufgefallen, seinen Körper zu übersehen, ist schließlich völlig unmöglich. „Was hast du vor mit den ganzen Sachen?" Luke deutet mit dem Kopf in Richtung der Tüten, die er nun auf dem Arm balanciert und die beinahe überquellen vor Fondant und Kuchendekorationen.

„Noah wird morgen sieben, er hat sich eine Superheldentorte gewünscht ..."

„Eine von diesen Motivtorten, die es überall gibt?" Wir sind mittlerweile in meinem Stockwerk angekommen, und ich will wieder nach den Tüten greifen, um sie Luke abzunehmen, er jedoch schüttelt den Kopf. „Lass nur, ich trage sie dir rein, das ist doch einfacher." Ohne auf meine Antwort zu warten, steigt er aus und geht zu meiner Wohnungstür, und ich beeile mich, um ihn nicht zu lange warten zu lassen.

„Ja, genau, eine von diesen bunten Motivtorten ...", antworte ich ihm etwas verzögert, während ich aufschließe. „Man kann sie auch bestellen, aber zum einen ist es horrend teuer, zum anderen habe ich immer den völlig verrückten Ehrgeiz, dass ich die Geburtstagstorte für meinen Sohn selbst backen möchte.“ Ich zucke mit den Schultern und quetsche mich an Luke vorbei, der in Richtung Küche geht. Ich lege meinen Wohnungsschlüssel und mein Handy auf den Küchentisch und nehme dann Luke die erste der Tüten aus der Hand, um sie auf die Arbeitsplatte zu stellen. Dabei berühre ich seine Hände und muss mich zusammenreißen, um nicht zurückzuzucken. Nicht, weil es sich unangenehm anfühlt, sondern, im Gegenteil, weil ich ihn gerne gleich noch mal berühren würde.

Vielleicht sollte ich die Sache mit der Abstinenz doch grundsätzlich überdenken. Nicht mit Luke, aber vielleicht sollte ich mit irgendeinem anderen Kerl Sex haben, damit mein Körper ... na ja. Es nicht mehr ganz so nötig hat.

„Ich finde es großartig, dass du den Kuchen selbst backen willst, und ich bin mir sicher, dass Noah sich sehr darüber freuen wird.“

„Ich hoffe es zumindest.“ Denn so perfekt wie die Torten, die man kaufen kann, sehen meine natürlich nicht aus, und bei Kindern weiß man ja manchmal nicht, was ihnen lieber wäre. Auch wenn ich hoffe, dass Noah es zu schätzen weiß.

Ich schaffe es, alle Einkäufe sicher auf die Arbeitsplatte zu stellen und dabei erneuten Hautkontakt zu vermeiden, und bin beinahe ein kleines bisschen stolz auf mich.

Damit ich irgendetwas zu tun habe und es nicht so sehr auffällt, dass ich mich in Lukes Gegenwart wie eine Idiotin aufführe, beginne ich damit, alles auszuräumen und zu sortieren.

Eigentlich habe ich damit gerechnet, dass er nun verschwinden würde, stattdessen bleibt er neugierig hinter mir stehen und beobachtet, was ich alles gekauft habe.

Er riecht gut.

Das ist mir zwar schon vorher aufgefallen, doch hier, in meiner eigenen Wohnung, wird es mir noch deutlich bewusster.

Er riecht nach Gewürzen, männlich und herb, allerdings nicht so, dass es einem in der Nase kratzt; vielleicht, weil das Ganze zusätzlich mit einer frischen Komponente gemischt ist, Zitronenschale oder so etwas in der Art. Sollte ich je in Verlegenheit kommen, ein Herrenparfüm verschenken zu müssen, werde ich Luke fragen, was er da benutzt – denn ich habe selten etwas gerochen, was ich angenehmer empfunden habe als diesen Duft. Wie eine teure, exquisite Herrenseife. Wenn man mich fragt, sollten alle Männer so riechen.

Oder vielleicht besser nicht, denn wahrscheinlich würde ich dann in meinem restlichen Leben nicht mehr dazu kommen, noch einen klaren, vernünftigen Gedanken zu fassen.

Lukes Handy beginnt zu klingeln, und nach einem kurzen Blick auf das Display drückt er den Anrufer weg, aber er sieht nun trotzdem aus, als würde er gehen wollen.

„Schickst du mir ein Foto, wenn du die Torte fertig hast? Ich bin neugierig, was daraus wird."

„Ähm, klar …", antworte ich ein bisschen verlegen.

„Wunderbar! Meine Nummer hast du noch vom Umzug, oder?"

„Ich denke schon." Tyson hat sie mir damals gegeben, damit wir uns absprechen können, aber letztendlich habe ich sie nicht gebraucht. Ich hätte Luke auch niemals von selbst um Hilfe gebeten, wir kannten uns schließlich gar nicht, und es wäre mir unangenehm, einen Fremden zu belästigen.

„Prima. Ich bin schon gespannt." Er wendet sich zum Gehen.

„Danke für deine Hilfe!“, sage ich mit ein bisschen Verspätung und er dreht sich noch einmal zu mir um.

„Gern geschehen. Es war mir ein Vergnügen.“ Er klingt tatsächlich vergnügt, jedoch kein bisschen scherzhaft, und ich sehe ihm kopfschüttelnd nach, als er meine Wohnung verlässt.

Nachdem die Tür hinter ihm ins Schloss gefallen ist, lasse ich mich auf einen meiner Küchenstühle sinken und fange an zu lachen.

Es ist mir peinlich, dass ich so sehr auf ihn reagiere, aber wahrscheinlich ist er solch ein Verhalten gewohnt. Er ist Junggeselle, er ist prominent und er sieht verdammt gut aus, ich bin mir sicher, dass sich die Frauen sonst scharenweise an seinen Hals werfen. Wenn man das bedenkt, ist mein Verhalten ihm gegenüber wahrscheinlich beinahe schon ablehnend und nichts, was mir peinlich sein müsste.

Mein Problem ist eher, dass ich es mir selbst so schlecht erklären kann, aber hey, er ist ein attraktiver Mann, ich bin eine erwachsene Frau, und ich bin eben auch nicht aus Stein gemeißelt. Alles gar nicht weiter schlimm, wenn man es ganz rational betrachtet.

Lächelnd beginne ich damit, die Torte zuzubereiten.

2

Luke

* * *

Obwohl er eigentlich gar keine große Lust dazu hat, hat er sich überreden lassen, abends mit den Jungs essen zu gehen.

Irgendwer hat ein neues mexikanisches Restaurant aufgetan, in dem sie einen Tisch reserviert haben, und der Ladenbesitzer wird sich freuen – zum einen haben die Spieler immer großen Hunger und bestellen deutlich mehr als der Durchschnittsgast, zum anderen sind ein paar bekannte Gesichter eine spitzenmäßige Werbung für ein Restaurant, vor allem für eines, das gerade erst eröffnet hat.

Luke ist spät dran heute Abend, und als er das Restaurant betritt, sind alle schon versammelt. Zu seinem großen

Erstaunen entdeckt er sogar Tyson, seinen Teamkapitän, in der Gruppe.

Als Luke ganz neu im Team war, war es ihm zunächst ein bisschen schwergefallen, Anschluss zu finden. Die meisten Spieler waren damals deutlich älter als er, und als Rookie wird man ohnehin zunächst ziemlich kritisch beäugt, als außergewöhnlich talentierter noch dazu.

Bis heute hat Luke manchmal das Gefühl, einen Sonderstatus im Team zu haben, er hat keinen besten Kumpel so wie viele andere der Spieler, obwohl er sich durchaus im Team integriert fühlt.

Tyson war als Teamkapitän allerdings von Anfang an für ihn da, ein Zwischending aus Vorgesetztem, großem Bruder und Vater, ohne die komplizierten Familienbindungen. Auch wenn Tyson Walker nicht gerade zu den Menschen gehört, die viel reden, hat er für Luke immer ein offenes Ohr.

„Was ist denn mit dir los? Ist Madison nicht zu Hause?" Seitdem Tyson verheiratet ist, ist er viel seltener mit den Jungs unterwegs, und sosehr sich Luke auch für ihn freut, vermisst er ihn manchmal. Er lässt sich auf den freien Stuhl neben dem Kapitän fallen und zieht gleichzeitig die Speisekarte zu sich heran.

„Madison hat sich irgendwie den Magen verdorben, sie reagiert ziemlich empfindlich auf Gerüche, aber du weißt ja, wie es ist … der Spieltag beginnt …"

„Mit dem Abendessen davor." Sie alle haben diesen Spruch eingetrichtert bekommen. „Ich hoffe, Madison hat nichts Ansteckendes?"

Tyson zuckt zusammen, als hätte Luke ihn bei irgendetwas ertappt.

„Nein … ich denke nicht, dass es ansteckend ist." Diese Art, wie er nun den Blick abwendet, verrät Luke, dass mehr dahinterstecken muss, er hakt jedoch nicht weiter nach. Er würde ja auf eine Schwangerschaft tippen, aber letztendlich geht es ihn nichts an. Wenn der richtige Zeitpunkt gekommen ist, um über solche Dinge zu reden, wird Tyson das sicherlich tun.

„Also, was bestellen wir? Gibt es auch irgendwas ohne Reis auf der Karte?" Reis ist nicht gut, weil er entwässert, Frittiertes nicht, weil es zu schwer im Magen liegt. Was das angeht, ist der Mexikaner vielleicht nicht die beste Wahl gewesen. Letztendlich entscheidet sich Luke für Maistortillas mit Guacamole und einen Eintopf aus Hähnchen, Paprika und Tomaten. Leichte Kohlenhydrate, reichlich Proteine, wenig Fett, eigentlich die perfekte Mischung am Abend vor dem Spiel.

Mia

* * *

Ich liebe es zu backen, auch wenn ich keine sonderlich gute Köchin bin.

Torten zu backen hat mich hingegen schon als kleines Mädchen fasziniert, vielleicht, weil es zusätzlich noch eine künstlerische beziehungsweise gestalterische Ebene hat.

Wenn ich nicht studiert hätte, wäre ich gerne Konditorin geworden, obwohl ich es hasse, morgens früh aufstehen zu müssen.

Normalerweise hilft mir Noah zumindest zeitweise beim Backen, auch dann, wenn es seine eigene Geburtstagstorte ist. Er hat jedes Mal viel Spaß dabei, und wenn er die Lust verliert, mache ich einfach allein weiter. Meistens lege ich das Backen so, dass er ohnehin ins Bett muss, bevor ich fertig bin – schon allein, um ihm die Überraschung nicht zu verderben und er die fertige Torte erst am nächsten Morgen sieht.

Dieses Mal ist er allerdings nicht da, er übernachtet bei Harry und Megan.

Wenn ich ganz ehrlich bin, weiß ich noch nicht, was ich davon halten soll, dass mein Sohn die Nacht vor seinem Geburtstag bei seinem Vater schläft. Das hatten wir so bisher nie, sonst war er immer bei mir. Aber morgen ist Samstag, sodass Noah nicht zur Schule muss, und in unserer neuen Wohnung herrscht momentan das reinste Chaos, während mein Exmann über ein hübsches, aufgeräumtes Haus verfügt, in dem wir morgen feiern können. Es wäre schließlich völlig irrational, wenn nicht sogar verrückt gewesen, darauf zu beharren, dass Noah trotzdem hierbleibt – zumal er total begeistert war, ausnahmsweise bei seinem Vater und dessen neuer Frau Megan feiern zu dürfen.

Irgendwie macht es die ganze Sache nicht besser, dass Noah sich so sehr darüber gefreut hat.

Ich beiße mir auf die Lippe und schüttle den Kopf. Manchmal komme ich mir wie eine garstige, missgünstige Hexe vor.

Eigentlich ist es perfekt so, wie es ist. Noah freut sich riesig und ich freue mich mindestens ebenso sehr für ihn.

Die erwachsene, vernünftige Frau in mir sieht das alles ein. Nur die Mutter in mir, der Teil, der manchmal blind für jegliche Argumente ist, ist verletzt und traurig, weil … ja, weil … weil ich verdammt noch mal seine Mutter bin und es irgendwie gerne hätte, dass mein Sohn diesen besonderen Tag lieber mit mir verbringen würde.

Seufzend beginne ich damit, die unterste Ebene der Torte zu dekorieren. Sie soll dreistöckig werden, eigentlich sogar vierstöckig, und ich bin mir noch nicht sicher, ob ich mich mit dieser Aufgabe vielleicht ein bisschen übernommen habe.

Beim dritten Stockwerk bin ich den Tränen nahe, beim vierten heule ich tatsächlich, aber als ich endlich fertig bin, bin ich mehr oder weniger zufrieden mit meinem Werk und mit mir selbst.

Ich mache von allen Seiten Fotos und schicke sie an Madison, weil ich weiß, dass sie sich immer darüber freut. Bevor ich es mir noch mal anders überlegen kann, füge ich Luke als Empfänger hinzu.

Luke

* * *

„Warum grinst du so anzüglich? Hat dir wieder jemand Nacktbilder geschickt?“ Tyson beugt sich zu Luke herüber, um auf das Display von Lukes Handy schauen zu können, aber Luke dreht es so, dass Tyson nichts erkennen kann.

„So etwas in der Art. Manche Torten sind einfach sehenswert.“ Er grinst noch immer wie ein Vollidiot, das merkt er sogar selbst.

„Torte? Du solltest dringend an deinem Vokabular arbeiten, ansonsten bekommst du noch Probleme wegen sexistischer Äußerungen. Du weißt doch, dass der Verein so etwas nicht gerne hört. Politische Korrektheit ist alles heutzutage. Es heißt *Frau* oder *Dame,* vielleicht auch noch *Mädchen* – wobei das für mich sehr schnell pädophil klingt … *Torte* … ist das nicht eigentlich schon dermaßen oldschool, dass es uncool ist, so etwas zu sagen?“ Mit völlig ungerührter Miene schiebt Tyson sich noch eine weitere Portion seiner Hühnchen-Enchiladas in den Mund, und Luke braucht einen Augenblick, um zu verstehen, wovon Tyson eigentlich redet. Einen weiteren Moment benötigt er, um sich Gedanken

darüber zu machen, ob er ihm erzählen will, dass es tatsächlich eine Torte und keine Frau war, die ihn so zum Grinsen gebracht hat, und dann einen weiteren Moment, bis er sich darüber klar wird, dass es noch schräger wäre, würde Tyson die Wahrheit kennen.

Denn mal ehrlich: Ist es nicht irgendwie ein bisschen pervers, wenn einen der Anblick einer Kuchenkreation irgendwie in Wallung versetzt? Wobei *in Wallung versetzt* zu werden vermutlich auch oldschool ist, aber was soll es, denn die Superhelden-Torte, von der Mia ihm gerade ein Bild geschickt hat, ist der Traum eines jeden kleinen Jungen. Sie ist dreistöckig, und jedes Stockwerk ist nach einem anderen Motto gestaltet – Spiderman, Superman und Batman, und ganz oben kommt eine grüne Faust aus der Torte, die aussieht, als würde sie daraus hervorbrechen und definitiv zu Hulk gehören soll. Das Ding ist einfach Porno, und Mia muss eine echte Künstlerin auf diesem Gebiet sein. Auf dem der Torten, nicht der Pornos, wobei auch die Kombination aus Mia und *richtigen* Pornos diverse Bilder in Lukes Kopf aufflackern lässt, die ihm noch für Wochen als Masturbationsvorlage dienen dürften.

Er hätte nicht damit gerechnet, dass Mia ihm tatsächlich ein Bild der Torte schickt. Natürlich hat er sie darum gebeten, aber das bedeutet ja nicht auch zwingend, dass sie es auch macht.

Eine Geburtstagstorte für ein Kind ist etwas sehr Persönliches, zumindest dann, wenn man sie selbst gebacken hat. Seit er ihr mit den Einkäufen geholfen hat, sind mehrere Stunden vergangen. Vermutlich hat sie seitdem durchgehend in der Küche gestanden, denn auch wenn er selbst in der Küche eher zwei linke Hände hat, ist er sich durchaus im Klaren darüber, wie viel Arbeit eine Torte wie diese macht, wie viel Liebe und wie viel Energie darin stecken muss.

Dass Mia das mit ihm geteilt hat, macht es zu etwas Besonderem, selbst wenn das vielleicht albern sein mag.

Nachdem Tysons Aufmerksamkeit bei Tucker Frost gelandet ist, der gerade darüber diskutiert, ob eine Runde Tequila für alle wohl angemessen wäre oder nicht, schreibt Luke eine Antwort auf Mias Bild.

Luke:
Hmmmm ... das sieht gut aus.
Ich liebe Torten!
Hebt ihr mir ein Stück auf?

Er will sein Handy schon wieder weglegen, als ihre Antwort kommt.

Mia:

Ich schaue, was ich machen kann.
Vielen Dank noch mal für deine Hilfe
heute!

Eigentlich fand er seine Hilfe als ziemlich selbstverständlich. Seine Mutter würde ihm die Ohren langziehen, ungeachtet dessen, dass er anderthalb Köpfe größer ist als sie selbst, wenn sie mitbekommen würde, dass Luke einer Lady in Not nicht geholfen hätte. Erziehung ist eine Sache, die man so schnell nicht vergisst – und das ist auch gut so.

Luke:
Es war mein Ernst, als ich dir gesagt habe,
dass es mir ein Vergnügen war.

Das war es ihm tatsächlich, denn er mag Mia. Irgendetwas an ihr zieht ihn an, vielleicht ist es das Desinteresse, das sie an den Tag legt, auch wenn er davon überzeugt ist, dass sie viel mehr Interesse hat, als sie es sich selbst eingestehen mag. Normalerweise sind Frauen ihm gegenüber deutlich offensiver. Lange Zeit hatte er keine Probleme damit, als Sexobjekt behandelt zu werden – zumal er sich die Frauen, die ihn als solches betrachtet haben, aussuchen konnte. Aber in letzter Zeit ist ihm das langweilig geworden, und Herausforderungen haben ihn schon immer sehr gereizt.

Mia:
Flirtest du etwa gerade mit mir?

Das ist eine interessante Frage, die sich eindeutig mit

einem Ja beantworten lassen würde, allerdings gibt es ihm zu denken, dass Mia diese Frage überhaupt stellen muss. Er flirtet bereits mit ihr, seit er ihr zum ersten Mal begegnet ist, und er ist sich gerade nicht ganz sicher, ob es für oder gegen seine Fähigkeiten spricht, dass es ihr nicht auffällt. Vor allem: Was antwortet man denn auf solch eine Frage? Will sie da nun ein Ja oder ein Nein hören? Verschreckt er sie mit der einen oder der anderen Antwort?

Mia ist beim besten Willen keines von den Groupies, mit denen er sonst zu tun hat, und er ist den Umgang mit ganz normalen Frauen fast nicht mehr gewohnt. Sie begegnen einem einfach viel zu wenig im Alltag, zumindest nicht so, dass man länger als dreieinhalb Minuten beispielsweise an der Supermarktkasse mit ihnen in Kontakt kommen würde. Fakt ist: Er kennt es kaum noch, überhaupt flirten zu müssen, denn die meisten der Groupies, und das sind nun mal die Frauen, die ihm sonst privat über den Weg laufen, würden zu schnurren beginnen und glücklich sein, wenn er ihnen ohne lange zu reden die Hand unter ihr meist viel zu kurzes Röckchen schieben würde.

Er hat also keine Ahnung, was er Mia antworten soll, aber schließlich tippt er dennoch etwas in sein Display.

Luke:
Vielleicht. Hättest du ein Problem damit?

Er wartet eine Weile ab, ob sich noch etwas tut, doch anscheinend hat sie seine Antwort gar nicht mehr gelesen. Wahrscheinlich schläft sie schon längst, damit sie morgen fit für Noahs Geburtstag ist.

Mia

* * *

Eigentlich sollte ich es besser wissen und nicht so doofe Fragen stellen; manchmal handele ich einfach unüberlegt.

Das Problem ist, dass ich mich so lange von Männern ferngehalten habe, dass ich nun das Gefühl habe, die Regeln nicht mehr richtig zu kennen, beinahe so, als würde es sich um ein Spiel handeln, das ich zu lange nicht mehr gespielt habe.

Luke ist süß, das ist er wirklich. Und verdammt attraktiv. Aber er ist auch ein Aufreißer und er ist sechs Jahre jünger als ich. Das weiß ich so genau, weil ich ihn gegoogelt habe, nachdem ich mit der Torte fertig geworden bin, von der ich ihm ein Bild geschickt habe, obwohl ich mir fest vorgenommen habe, genau das nicht zu tun.

Warum auch? Wozu soll das führen?

Dennoch habe ich mich fünf Minuten damit beschäftigt, Lukes Handynummer herauszusuchen, die ich mir nicht richtig gespeichert habe, um ihm überhaupt ein Bild davon schicken zu können.

Man kann also wohl kaum behaupten, dass es ein spontaner Entschluss gewesen wäre, und auch wenn er mich darum gebeten hat, habe ich direkt danach das Gefühl gehabt, mich irgendwie lächerlich zu machen. Mich anzubiedern.

Auch das ist einer der Gründe, aus denen ich mich von

Männern in den letzten Jahren weitestgehend ferngehalten habe. Ich hasse diese Unsicherheiten. Ich hasse es, wenn ich nicht richtig weiß, wie ich mich verhalten soll.

Seufzend schaue ich auf Lukes Antwort, die auf dem Display meines Handys aufblinkt, und beschließe, sie nicht anzuklicken. So bekommt er auch nicht angezeigt, dass ich sie gelesen habe, und ich kann so tun, als hätte ich sie nicht gesehen. Einer Eingebung folgend schalte ich bei dieser Gelegenheit direkt ganz aus, dass angezeigt wird, ob ich Nachrichten gelesen habe oder nicht. Wahrscheinlich macht es das Leben immer wieder mal einfacher, zumindest für mich, denn Harry bombardiert mich gerne mit Textnachrichten und wird immer grantig, wenn ich nicht sofort nach dem Lesen reagiere. Ich stelle die Torte in den Kühlschrank. Ich habe ihn extra ausgeräumt und alle Glasfächer herausgenommen, damit das vierstöckige Monstrum darin genug Platz findet. Hinterher räume ich die Küche auf, auch wenn ich das gröbste Chaos schon während des Backens beseitigt habe, schließlich schalte ich den Fernseher ein und beginne, Noahs Geschenke einzupacken. Eigentlich wollte ich das schon vor Tagen erledigt haben, doch dann ist mir ständig etwas dazwischengekommen, und jetzt bin ich dankbar dafür, denn ich bin viel zu aufgekratzt, um schon schlafen zu gehen.

Jedes Jahr aufs Neue nehme ich mir vor, meinem Sohn weniger zum Geburtstag und zu Weihnachten zu schenken, nur um am Ende festzustellen, dass es mir doch nicht gelingt. Es ist einfach schön, seinen Kindern Sachen zu kaufen, die sie sich wünschen, auch wenn ich mir völlig darüber im Klaren bin, dass andere Dinge weitaus wichtiger für sie sind. Nicht-materielle Dinge wie Liebe, ein sicheres Elternhaus und Zeit. Vielleicht kompensiere ich etwas mit den Geschenken, die ich kaufe, denn ich habe sehr oft das Gefühl, nicht genug Zeit für meinen Sohn zu haben. Vielleicht bin ich wirklich zu einer dieser schrecklichen Mütter geworden, die versuchen, mangelnde Zeit durch Geschenke auszugleichen, aber es gelingt mir nicht, das zu stoppen.

Eigentlich ist es doch völlig verrückt, dass ich mir selbst ein schlechtes Gewissen einrede, weil ich meinem Sohn zu viele Dinge kaufe.

Manchmal hasse ich die ganze moderne Pädagogik, die einem immer vorschreibt, was man zu tun und zu lassen hat, und egal, was man auch macht, es ist stets falsch. Ich liebe meinen Sohn, ehrlich und von ganzem Herzen. Er ist ein tolles Kind. Fröhlich und aufgeschlossen, sozial, neugierig und beliebt. Soweit ich das beurteilen kann, ist er glücklich. Ich kann also nicht alles falsch gemacht haben, und während ich weiter die viel zu vielen Geschenke einpacke, tröste ich mich damit, dass er vielleicht den Maßstab für materielle Dinge ein bisschen verlieren könnte, sich aber beim Auspacken bestimmt trotzdem tierisch freuen wird.

Als ich später im Bett liege, bin ich so aufgeregt, dass ich nicht schlafen kann, dabei ist es gar nicht mein Geburtstag, der morgen stattfinden soll.

Vielleicht kommt das nervöse Flattern in meinem Bauch auch von den Nachrichten, die Luke mir vorhin geschickt hat.

Er flirtet mit mir.

Obwohl ich sechs Jahre älter bin als er, flirtet er mit mir.

Ich bin mir nicht ganz sicher, wie ich das finden soll, und ich hasse es, unsicher zu sein – das bin ich ohnehin viel zu häufig.

Ich schaue drei weitere Male nach, ob Luke mir noch eine Textnachricht geschickt hat, bis ich das verdammte Telefon ans andere Ende des Schlafzimmers lege.

Luke

* * *

„Was ist denn heute Abend mit dir los? Du klebst doch sonst nicht so an deinem Handy. Irgendeine neue Eroberung? Brauchst du ein paar gute Ratschläge von mir?“ Grinsend lehnt sich Tyson zurück und trinkt einen Schluck des alkoholfreien Biers, das er gerade bestellt hat. Tuckers Tequila-Idee konnte Tyson zum Glück unterbinden.

„Keine neuen Eroberungen, keine Ratschläge. Vielen Dank.“ So lässig wie möglich versucht Luke sein Handy zur Seite zu legen.

„Ich gebe dir trotzdem einen. Wenn es wieder eine Frau wie Vivian ist, lass es besser gleich.“ Tyson trinkt einen weiteren Schluck Bier, dann leert er das restliche Glas in einem Zug.

„Unnötiger Rat ist angekommen. Aber mal ganz abgesehen davon, dass es keine neue Eroberung gibt, bin auch ich lernfähig. So etwas wie mit Vivian passiert mir nicht noch einmal.“ Vivian ist Lukes Exfreundin. Sie war hübsch und blond, und ja, er muss auch zugeben, dass sie ein bisschen dumm war. Allerdings war sie schlau genug, um ihm jede Menge Geschenke aus den Rippen zu leiern. Sie war eine Trikotjägerin, die ihre Chance auf mehr erkannt und genutzt hat, und Luke war auch dumm, nämlich dumm genug, es zuzulassen, dass sie ihn ausnimmt. Sein Vater war zu der Zeit schon sehr krank, und manchmal fühlt er sich nach wie vor einsam in Midway. Paradoxerweise fühlt er sich zu Hause mittlerweile genauso einsam, es ist ein bisschen, als hätte er keinen Platz, an den er richtig hingehören würde. Klar, das Team ist toll, und er ist dort gut integriert. Er liebt Eishockey und kann sich gar nichts anderes mehr vorstellen. Doch es gibt eben niemanden in seinem Leben, der einfach nur für ihn da ist und für den er da sein kann. Die ersten Jahre im Profisport hat ihm das nichts ausgemacht, warum auch? Die Jungs waren super, sein Bett, wenn er wollte, immer warm, alles war eine riesige Party. Doch irgendwann hat man genug von Partys und braucht einen Ort, einen Menschen, bei dem man zu Hause und einfach nur man selbst sein kann. Auch wenn er es eigentlich besser hätte wissen müssen, hat er eine Zeit lang gehofft, Vivian könne dieser Mensch für ihn sein, und sie könnten sich zusammen einen Ort schaffen, an dem sie beide zu Hause sind. Luke hat sich das so sehr gewünscht, er wollte so sehr, dass es funktioniert, dass er alle Warnzeichen ignoriert hat. Er hat versucht, es Vivian immer recht zu machen, aber ihre Forderungen wurden von Tag zu Tag dreister. Kurz bevor sie zusammen in den Urlaub fliegen wollten, hat Luke herausgefunden, dass sie ihn in der Zeit, in der sie zusammen waren, mit gleich drei Spielern aus gegnerischen Teams betrogen hat. Mit einem von ihnen ist sie wohl bis heute zusammen, anscheinend ist derjenige noch großzügiger als Luke. Er ist also vorsichtiger geworden, was Frauen angeht, die einzig auf Ruhm und Reichtum aus sind.

Luke winkt dem Kellner, um sich die Rechnung bringen

zu lassen. Er achtet an den Spieltagen immer besonders darauf, genug Schlaf zu bekommen.

Außerdem würde er sein Handy gerne beobachten können, ohne dass ihm jemand deswegen doofe Fragen stellt.

„Warte, ich komme mit!“ Tyson bezahlt ebenfalls und steht dann auf. „Macht nicht mehr so lange, Männer. Und lasst die Finger vom Alkohol weg …“

Ein unzufriedenes Gebrumme folgt, vor allem von Tucker Frosts Seite aus, aber heute Abend werden viel zu viele Fotos von den anderen Gästen gemacht, um tatsächlich etwas zu riskieren. Die Teamleitung kennt da wenig Spaß, es mussten sogar schon Spieler Strafen deshalb bezahlen. Eigentlich ist es sehr erstaunlich, was man alles vertraglich festlegen kann, allerdings verdienen die Spieler mehrere Millionen pro Jahr, da kann man wahrscheinlich auch erwarten, dass sie sich an ein paar einfache Regeln halten.

„Wir sehen uns morgen, Kumpel.“ Im Vorbeigehen legt Tyson Luke die Hand auf die Schulter. „Und denk an meine Ermahnung. Lass dich von den Frauen nicht verarschen!“

3

Mia

* * *

„Und, was hältst du von Megan? Sie ist doch nett, oder?“ Ich meine, wer könnte sie nicht mögen? Sie ist immer lieb und freundlich, sie sieht hinreißend aus … und die affektierte Art und Weise, mit der sie eine Kuchengabel hält, so als wäre sie die Königin von England höchstpersönlich, setzt bei mir irgendeinen Prozess in Gang, der dazu führt, dass ich ihr das verdammte Teil am liebsten ins Auge rammen würde. Aber ich will ja nicht kleinlich sein.

Madison und ich stehen in Harrys Garten und beobachten die anderen Gäste. Tyson war auch hier, um Noah zu gratulieren, ist allerdings nur kurz geblieben, weil er sich auf das Spiel heute Abend vorbereiten muss.

„Aha." Madison klingt wenig überzeugt und runzelt nachdenklich die Stirn. „Darf ich ganz ehrlich sein?"

„Bitte!"

„Ich finde sie furchtbar. Hast du gesehen, wie sie eine Gabel hält? Ich bin mir nicht sicher, ob ihr mal jemand gesagt hat, dass die Ähnlichkeit eines Namens einen noch lange nicht zu einer Prinzessin macht."

„Ist die echte Meghan nicht Herzogin?"

„Was auch immer, aber auch das wird man nicht, nur weil man gerne eine wäre. Und dann dieser englische Akzent! Ich bitte dich – sie ist Amerikanerin, keine Britin. Außerdem dachte ich ja, dass es ein Scherz ist, dass sie sich immer mit Megan ohne H vorstellt – aber sie macht das tatsächlich. Das ist doch irgendwie seltsam und ein bisschen gruselig."

Ich muss so sehr lachen, dass ich mich an meinem Tee verschlucke und die Hälfte davon über Megans perfekt gestutzten Rasen spucke. Zum Glück stehen Madison und ich ein bisschen abseits, und Megan ist gerade damit beschäftigt, die Torte anzuschneiden und zu verteilen. Noahs Torte. Die Torte, die ich gebacken habe. Aber ich bin eben heute nicht die Gastgeberin, und das bekomme ich, ob bewusst oder unbewusst von ihr, immer wieder zu spüren. „Wenn das die gute Megan sehen würde, sie wäre über dein Verhalten sicherlich *not amused*", sagt Madison mit einem völlig übertriebenen britischen Akzent, und ich muss zugeben, dass sich Megan manchmal wirklich haargenau so anhört.

„Du bist gemein …" Ich klinge ein bisschen halbherzig, während ich mir Lachtränen aus den Augen wische.

„Warum ist es denn gemein, die Wahrheit zu sagen?" Madison zuckt ziemlich unbeeindruckt mit den Schultern. „Harrys Neue ist einfach seltsam. Es ist kein Wunder, dass er sich damals von dir getrennt hat, wenn er auf Frauen wie *Megan ohne H* steht. Du solltest das auf alle Fälle als Kompliment sehen."

„Immerhin ist sie wirklich lieb zu Noah. Er mag sie." Langsam schaffe ich es, meine Atmung wieder unter Kontrolle zu bekommen, aber ich stelle die Teetasse vorsichtshalber auf einem der kleinen Tische in der Nähe ab.

„Ja, ich hatte den Eindruck, dass sie ihn auch sehr mag. Was natürlich keine Kunst ist – man muss Noah schließlich mögen."

„… und das ist einer der Gründe, aus denen ich dich so schrecklich gerne mag, Madison!"

„Weil ich dich dazu bringe, den Rasen mit Tee zu bespucken?"

„Auch." Ich muss schon wieder lachen. „Und weil du Megan ohne H nicht leiden kannst."

„Es wundert mich eher, dass es Leute gibt, die sie leiden können."

Ich will etwas erwidern, denn Megan mag ein bisschen seltsam sein, aber ich finde es wirklich rührend, dass sie sich so gut um Noah kümmert. Es ist schließlich nicht selbstverständlich, dass sich jemand so lieb um ein Kind bemüht, das der Partner mit einer anderen Frau hat, ich habe da auch von ganz anderen Fällen gehört.

Allerdings komme ich nicht mehr dazu, sie in Schutz zu nehmen, weil in diesem Augenblick Noah freudestrahlend auf uns zugelaufen kommt und sich in meine Arme wirft.

„Mommy, schau mal, was Tyson und Madison mir geschenkt haben! Die Eishockeystunden, die ich schon so lange nehmen will und von denen Daddy immer sagt, sie wären zu teuer!" Die Stunden sind genauso teuer wie das

Baseballtraining, zu dem Harry unseren Sohn angemeldet hat und das Noah nicht leiden kann. Harry allerdings liebt Baseball, er hat als Kind selbst Baseball gespielt und hätte seinen Sohn gerne in diesem Sport gesehen. Da er sich sonst nur sehr selten in Erziehungsfragen einmischt, hier aber überaus beharrlich war, habe ich es zugelassen, dass mein Kind dorthin muss, auch wenn es ihm keinen großen Spaß macht. Solange er sich dort nicht quälen muss, denke ich, dass es für ein Kind auch mal zumutbar ist, Sachen zu machen, die es nicht super findet. Außerdem bin ich mir sicher, dass Harry irgendwann auch von selbst erkannt hätte, dass Noah diesbezüglich eben nicht in seine Fußstapfen treten will.

Das Eishockeytraining findet allerdings am selben Tag wie das Baseballtraining statt, sodass Noah nur zu einem von beiden gehen kann, aber so, wie er strahlt, bin ich mir sicher, dass Harry bereits sein Okay gegeben hat. Letztendlich will er ja auch nur, dass sein Sohn glücklich ist.

„Daddy ist einverstanden?", frage ich trotzdem noch einmal nach, sicher ist sicher.

„Ja, er hat gesagt, er fährt nächste Woche das erste Mal mit mir hin. Ich freue mich so! Das ist der schönste Geburtstag von allen. Und du hast mir die schönste Torte von allen gebacken!" Ich ziehe mein Kind eng an mich und küsse ihn auf den dunklen Haarschopf, der heute völlig zerzaust aussieht. An jedem seiner Geburtstage hat er, seit er sprechen kann, gesagt, dass es der beste von allen ist und die Torte ebenfalls die beste von allen ist, und ich bin mir sicher, dass er es auch jedes Mal genauso meint. Mein Sohn ist ein echter Sonnenschein, und mir geht jedes Mal das Herz auf, wenn er so glücklich ist wie in diesem Moment; das macht mich auch glücklich.

Gerade treffen neue Gäste ein, und als Noah die Geschenke sieht, befreit er sich aus meinen Armen, um zum Gartentor zu laufen.

Das Wetter ist heute traumhaft und an Tagen wie diesen freue ich mich umso mehr für ihn, dass er wenigstens den Garten bei seinem Daddy nutzen kann, wenn ich ihm so etwas nicht bieten kann.

„Dein Sohn ist ein wahrer Goldschatz." Madison schaut ihm hinterher und beobachtet ihn mit mir zusammen dabei, wie er die neuen Gäste begrüßt. Es sind Freunde von Harry und Megan, die ich nur flüchtig kenne, und sie überreichen dem Geburtstagskind ein Geschenk, das mit einer silbernen Schleife verziert ist. Als er sie abmacht, reicht er sie an die vielleicht anderthalbjährige Tochter seiner Gäste weiter, die ihre kleinen Händchen danach ausgestreckt hat, nun fröhliche Laute von sich gibt und sich mit ihrer Beute gleich aus dem Staub macht.

„Ja, das ist er wirklich, oder?" Lächelnd beobachte ich ihn noch ein Weilchen. Ich kann es noch gar nicht glauben, dass ich schon so einen großen Sohn habe. Sieben Jahre – meine Güte. Ich frage mich, wo nur die Zeit abgeblieben ist. Es gibt so viele durchwachte Nächte mit einem Kind, Nächte, die einem vorkommen, als würden sie niemals enden. Und trotzdem rasen die Jahre nur so dahin, und ehe man sichs versieht, ist aus einem kleinen Baby bereits ein richtiger Junge geworden.

Das erfüllt mich mit Stolz und zugleich mit Melancholie.

Luke

* * *

DAS SPIEL heute ist einfach nicht rund gelaufen, und obwohl bei einem Heimspiel die Chancen auf einen Sieg circa zehn Prozent höher liegen als bei einem Auswärtsspiel, haben die Icefoxes letztendlich knapp 5:6 verloren.

Dabei waren sie eigentlich die bessere Mannschaft, aber Tucker hat sich im letzten Drittel von einem der Spieler aus dem Gegenteam provozieren lassen und eine Prügelei angezettelt, sodass er eine zweiminütige Sperre bekommen hat und die andere Mannschaft in der Überzahl war. Auch das wäre an sich kein Problem gewesen, denn zu solchen Situationen kommt es beim Eishockey ziemlich oft, und Über- beziehungsweise Unterzahlspiel übt der Trainer immer und immer wieder mit ihnen.

Das letzte Tor wäre zu vermeiden gewesen, wenn Luke besser reagiert hätte. Es ist seine Rolle als Verteidiger, es nicht zu solchen Toren kommen zu lassen, schon gar nicht in einer klassischen Unterzahlsituation. Leider hat er bei der Prügelei etwas abbekommen und war kurz in Sorge, dass sein rechtes Sprunggelenk erneut zu Problemen führt, das ihm nach einer leichten Verletzung in der letzten Saison ab und an Scherereien bereitet. Für ein paar Sekunden hat er gedacht, er könne es nicht richtig belasten, und diese Sekunden der Ablenkung haben genügt.

Luke hasst es, so knapp zu verlieren. Er hasst es generell, zu verlieren, doch wenn die Ergebnisse so knapp ausfallen, ärgert es ihn noch viel mehr, weil er immer das Gefühl hat, versagt zu haben, da es ihm nicht gelungen ist, sich ein kleines bisschen mehr anzustrengen.

Ein paar der Jungs sind nach dem Spiel noch etwas trinken gegangen, aber er hatte keine Lust, sie zu begleiten, ihm ist gerade nicht sonderlich nach Gesellschaft zumute. Er will nur in seine Wohnung, eine Packung Tiefkühlerbsen auf seinen schmerzenden Knöchel legen und in Ruhe seine Wunden lecken.

Also hat er sich an Tyson gehalten, der ohnehin nach den Heimspielen nach Hause zu Madison fährt, und ist so schnell wie möglich abgehauen, natürlich erst, nachdem er der Presse noch einige unangenehme Fragen beantwortet hat.

„Soll ich dich mitnehmen?“ Tyson fängt ihn am Hinterausgang des Stadions ab. „Ich weiß, dass du normalerweise zu Fuß nach Hause gehst, aber dein Knöchel hat wieder etwas abbekommen, oder? Hat der Doc sich das schon angesehen?“ Tyson klimpert mit den Schlüsseln in seiner Hand und wirft einen Blick auf Lukes Knöchel, als könne er dort per Röntgenblick etwas erkennen.

„Ja, hat er. Coach McLeod hat mich schon hingeschickt. Es ist die alte Geschichte. Ich soll den Fuß kühlen und hochlagern und heute nach Möglichkeit nicht mehr belasten.“

„Dann ist es ja gut, dass ich heute mit dem Wagen da bin.“ Grinsend geht Tyson zu seinem SUV, und Luke klettert auf den Beifahrersitz.

„Warum eigentlich? Du gehst doch sonst auch immer zu Fuß.“ Luke braucht von seiner Wohnung aus eine gute halbe Stunde, und von Tysons und Madisons Wohnung aus ist es wirklich nur ein Katzensprung.

„Madison und ich waren noch auf der Geburtstagsfeier

von Noah, Mias Sohn.“

„Ah, stimmt – der Kleine hat ja heute Geburtstag.“ Bei dem Gedanken an den kleinen Jungen hellt sich Lukes Laune etwas auf. An den kleinen Jungen und an dessen Mutter – ist allerdings nicht so doof, das vor Tyson zuzugeben.

Sie fahren schweigend bis zu Lukes Wohnung. Manchmal gibt es eben ansonsten nicht viel zu besprechen.

„Du kommst doch zu unserer Halloweenfeier nächste Woche, oder?“, fragt Tyson ihn, als sie schließlich anhalten.

„Klar, das gesamte Team kommt, nehme ich an?“

„Ja, das komplette Team und noch ein paar Freunde und Bekannte. Madison und ich planen das Ganze schon seit mehreren Wochen. Mia kommt auch. Du kennst sie und ihren Sohn Noah doch, oder?“

„Ja, Madison hat uns einander damals vorgestellt, und ich bin Mia und Noah ein paarmal im Haus begegnet.“ Das ist ganz normal, aber Luke fühlt sich trotzdem seltsam ertappt. So als würde Tyson ihm seine Schwäche für diese Frau an der Nasenspitze ablesen. „Also dann … danke fürs Fahren.“

„Gern geschehen.“ Sein Freund mustert ihn schweigend, während er aus dem Auto steigt, und Luke unterdrückt ein Seufzen.

Bis zum Hauseingang sind es nur wenige Schritte, und Luke kratzt sein letztes bisschen Willenskraft zusammen, um nicht zu humpeln. Schließlich weiß man nie, wer einen dabei beobachtet, und Verletzungen in seinem Sport offen zu zeigen war noch nie eine gute Idee – der Gegner nutzt solche Schwächen gnadenlos aus.

Erst als sich die Tür hinter ihm schließt, gönnt er es sich, sein schmerzendes Sprunggelenk ein wenig zu entlasten, vom Concierge dürfte ja hoffentlich keine Gefahr ausgehen.

„Guten Abend, Sir!“, grüßt ihn der Concierge. „Ein tolles Spiel. Und wenn Sie mich fragen, hätten die Icefoxes eigentlich gewinnen müssen.“ Der Concierge deutet auf den kleinen Fernseher, den er hier unten stehen hat. „Habe alles ganz genau verfolgt.“

„Danke, Rob. Nächstes Mal gewinnen wir bestimmt wieder.“ Luke versucht zu lächeln, auch wenn ihm gerade gar nicht danach ist. Er fühlt sich, als wäre er hundert Jahre alt, und will bloß noch hoch auf sein Sofa.

„Bestimmt, Sir.“ Rob lächelt ebenfalls und lässt Luke dann in Ruhe, während dieser auf den Aufzug wartet.

Im Inneren des Aufzugs lehnt er sich mit geschlossenen Augen an die glatte Wand. Heute Abend erscheint ihm einfach alles nur noch grau und trist, da spielt es auch keine Rolle, ob er die Augen offen oder geschlossen hält. Seinetwegen könnte der Tag dann jetzt auch weg.

Das leise Ping der sich öffnenden Aufzugtüren kündigt ihm an, dass er oben angekommen ist. Luke ist so in Gedanken versunken, dass er den Korb vor seiner Tür erst bemerkt, als er kurz davorsteht.

Stirnrunzelnd bückt er sich, um ihn aufzuheben und mit hineinzunehmen; es ist sehr ungewöhnlich, dass jemand etwas hier vor seiner Tür abstellt. Manche Fans haben ein erstaunliches Talent dafür, Dinge wie private Anschriften herauszufinden, sodass es zwar ab und an mal vorkommt, dass jemand Geschenke für ihn an seiner Privatadresse abgibt, doch diese werden normalerweise vom Concierge in Empfang genommen, an dem so schnell niemand vorbeikommt. Und selbst wenn einem das gelingen sollte, kommt man ohne eine entsprechende Schlüsselkarte weder in den Aufzug noch ins Treppenhaus. Das ist einer der Gründe dafür, dass Luke diese Wohnung gemietet hat: Sie hält ihm eine Menge Ärger vom Leib.

Ein stalkender Fan ist wirklich das Letzte, was er heute Abend noch gebrauchen kann. Der Korb ist mit einem Küchenhandtuch abgedeckt, und kurz denkt Luke darüber nach, ihn einfach in den Müll zu werfen, ohne ihn überhaupt eingehender zu untersuchen. Dann überlegt er es sich doch anders. Es mag ja sein, dass Neugierde die Katze umbringt, aber Luke will trotzdem wissen, was in dem verdammten Korb ist.

Mit einem entschlossenen Ruck zieht er das Küchenhandtuch zur Seite und beginnt dann, über das ganze Gesicht zu grinsen.

In dem Korb befindet sich eine Hand. Eine menschliche Hand. Genauer gesagt eine Faust. Sie ist grün, und er kann sie eindeutig als das oberste Stück von Mias selbst gebackener Geburtstagstorte für Noah identifizieren.

Ein paar Minuten später sitzt Luke auf dem Sofa. Im Fernseher laufen die Highlights des heutigen Spiels und der Moderator hat nur gute Worte für die Icefoxes übrig. Lukes Fuß liegt auf dem Couchtisch, unter der Ferse ein bequemes Kissen, obendrauf eine Packung mit Tiefkühlerbsen – nichts passt sich den Konturen so gut an wie dieses kleine, runde Gemüse.

In seiner Hand hält er den Teller mit der Torte, und als er sich den ersten Bissen davon in den Mund schiebt, stellt er fest, dass es vielleicht doch noch ein bisschen Sonnenschein an einem Abend voller grauer Wolken für ihn gibt.

Nachdem er alles aufgegessen hat, nimmt er sich sein

Handy und fotografiert die grünen Krümel auf dem ansonsten leeren Teller, den er auf seinem Bauch balanciert.

Luke:
Ich danke dir.
Das war köstlich.
Allerdings bist du daran schuld,
wenn ich jetzt fett werde.

Mia antwortet beinahe sofort.

Mia:
Gern geschehen.
Und ich kann kein Fett erkennen.
Nur Bauchmuskeln.
Ich weise jegliche Schuld von mir.

Grinsend schaut Luke an sich hinab. Er trägt eine schwarze Trainingshose und ein weißes, einfaches Baumwollshirt, das sich in der Tat ziemlich eng an seinen Bauch schmiegt. Es war zwar keine Absicht, Mia sein Sixpack so zu präsentieren, aber es ist auch nicht so, als täte ihm das leid.

Luke:
Du hast also genauer hingesehen?

Mia:
Flirtest du etwa schon wieder mit mir?

Luke:

Allerdings.
Also, hast du?

Mia:
Vielleicht.
Würde es dich stören, wenn ich
genauer hingesehen hätte?

Luke:
Nicht im Geringsten.
Ich sehe bei dir auch gerne
genauer hin.

Mia:
Du achtest also darauf,
ob mein Bauch von zu viel Torte
zu dick geworden ist?

Luke:
Dein Bauch sieht super aus.
Und dein Hintern in der Jeans,
die du gestern getragen hast,
erst recht.

Mia:
Danke schön.
Dein Bauch sieht auch super aus.

Luke:
Du hast also nicht nur genauer

hingesehen, dir gefällt auch,
was du siehst?

Mia:
Bist du heute auf Komplimente aus?

Luke:
Bin ich. Wir haben verloren.
Um mein riesiges Ego wiederaufzubauen,
helfen jetzt nur noch Komplimente von schönen
Frauen. Und natürlich Geburtstagstorte.

Mia:
Mir hat gefallen, was ich gesehen habe.
Und jetzt gehe ich schlafen – ich hatte
einen anstrengenden Tag.
Schlaf du auch gut später.

Luke:
Gute Nacht, Sonnenschein.

Dann herrscht Funkstille.

Es ist, als würde man Mia verschrecken wie irgendein scheues Tier, dem man zu schnell zu nahekommt.

4

Mia

* * *

Als der Aufzug in meiner Etage hält und sich die Türen öffnen, überlege ich einen Augenblick lang, einfach nicht einzusteigen, denn in der kleinen Kabine steht bereits Luke.

Irgendwie scheinen uns die Aufzüge wie magisch anzuziehen, ich weiß auch nicht, woran das liegt.

Seit dem Bild mit seinen Bauchmuskeln letzte Woche – das ich mir öfter angeschaut habe, als es gut für mich ist –, haben wir nichts mehr voneinander gehört, allerdings muss ich zugeben, dass ich an ihn gedacht habe, und das mehr als einmal.

Er hat die Arme vor der Brust verschränkt und trägt dieses breite, selbstbewusste Lächeln auf seinem Gesicht, das bestimmt dazu führt, dass die Frauen reihenweise ihre Höschen verlieren.

Meinem eigenen Höschen würde es sicherlich auch gut bekommen, wenn ich so viel Abstand wie möglich zu Luke halte. Es ist zwar nicht so, als wäre ich irgendeine notgeile Nymphe, die sich nicht im Griff hat und sich jedem attraktiven Kerl gleich an den Hals wirft, aber ... Ach verdammt! Das letzte Mal, als ich mein Höschen aus anderen als hygienischen Gründen ausgezogen habe, ist lange her, und ich bin eben auch nur eine Frau.

Gar nicht erst in den Aufzug zu steigen, um jegliche Nähe zu Luke Steward zu vermeiden, wäre also die mit Abstand sicherste Variante.

„Wartest du noch auf jemanden?“ Luke streckt ein muskulöses Bein vor, um zu verhindern, dass sich die Türen des Aufzugs schließen, und sieht mich erwartungsvoll an.

Nicht einzusteigen wäre zwar sicher, aber ich würde mich auch reichlich lächerlich machen.

„Ich habe nur überlegt, ob ich meinen Schlüssel eingesteckt habe“, antworte ich schließlich und mache drei Schritte nach vorn, bis ich ebenfalls im Aufzug stehe – mit dem größtmöglichen Abstand zu Luke, der übrigens in der Mitte des beengten Raumes stehen bleibt und nicht einen Zentimeter zur Seite weicht.

Der Aufzug in unserem Haus ist für bis zu sechzehn Personen zugelassen, so steht es zumindest auf dem Schild direkt neben der Tür.

Ich frage mich ernsthaft, wie die hier je reinpassen sollen, denn nur mit Luke und mir selbst finde ich es hier schon reichlich beengt.

Ich weiß nicht, wo ich mich hinstellen soll, damit ich den

möglichst größten Abstand zu ihm halten kann, und entschließe mich dann für die hinterste Ecke, und so, dass Luke mir seinen breiten Rücken zukehrt. Gut so, dann merkt er vielleicht nicht, dass ich ihn immerzu anstarren muss. In seiner Nähe verwandle ich mich irgendwie in die unscheinbare Highschool-Streberin, die heimlich in den Footballstar verschossen ist. Ich bin mir selbst irgendwie peinlich.

Lächelnd dreht sich Luke zu mir um, offenkundig ahnt er nichts von den Nöten, in denen ich mich befinde, und falls doch, ist es ihm wohl herzlich egal.

„Und? Was hast du heute noch so vor?“ Er schenkt mir dieses Killerlächeln, bei dem sich auf seinen beiden Wangen tiefe Grübchen bilden und das bei den Frauen, glaubt man den Medien, unglaublich beliebt ist. Ich habe zumindest schon unwahrscheinlichere Theorien aus der Presse als diese gehört, denn Lukes Lächeln hat wirklich etwas unglaublich Einnehmendes. Man muss einfach zurücklächeln und ja, verdammt noch mal, es ist verdammt sexy.

Ich räuspere mich und versuche, mich zusammenzureißen. Ich bin eine erwachsene Frau, eine Mutter, obendrein leite ich ein durchaus erfolgreiches Unternehmen. Ich weiß, was im Leben so geht, und ich bin tough. Kein Highschoolmädchen mehr. Luke kann mir gar nichts.

„Ich bin auf dem Weg zur Arbeit, und du?“ Das war doch gar nicht mal so schlecht, gestottert habe ich auch nicht – ich bin beinahe schon stolz auf mich.

„Training …“ Er deutet mit einer Kopfbewegung in Richtung der Sporttasche, die zu seinen Füßen steht. „Kommst du heute Abend auch zur Party?“

Mittlerweile sind wir im Erdgeschoss angekommen und

die Türen haben sich geöffnet, aber ich habe keine Chance, den Aufzug zu verlassen, weil Luke mir im Weg steht.

„Party?“, frage ich mit gerunzelter Stirn, während ich an ihm vorbei nach einem Fluchtweg schiele.

„Ja, die Halloweenparty bei Tyson und Madison. Du kommst auch, oder?“ Er macht nach wie vor keine Anstalten, sich weiter als bis zur Lichtschranke zu bewegen, sodass die Türen zumindest geöffnet bleiben, und ich seufze tief, wobei ich seinen Duft tiefer einatme, als mir lieb ist. Verdammt, der Kerl riecht einfach zu gut! Nach Gewürzen, aber gleichzeitig frisch. Ich frage mich, ob er ein Duschgel oder ein Deo verwendet, das so riecht, oder ob er eher der Typ ist, der sich morgens tatsächlich Parfüm hinter seine Ohren tupft. „Mia? Die Party?“

Erst jetzt fällt mir auf, dass ich ihm noch immer eine Antwort schuldig bin.

„Oh, ja, natürlich ... ich wusste gar nicht, dass du auch hingehst.“ Obwohl ich es mir hätte denken können, denn Madison hat mir bereits erzählt, dass Tyson das komplette Team eingeladen hat.

„Cool.“ Luke lächelt schon wieder. „Hast du für heute Abend ein Kostüm? Ich weiß nie, als was ich mich bei solchen Gelegenheiten verkleiden soll.“

„Ich gehe wahrscheinlich als Wolf.“ Das Kostüm habe ich mir mal für eine Halloweenparade gekauft, zu der Noah unbedingt gehen wollte – und es lässt sich von warm über kindertauglich bis hin zu sexy oder auch gruselig wunderbar kombinieren, je nach Lust und Laune.

„Oh.“ Luke zwinkert mir zu. „Wie niedlich. Beißt du auch?“

„Nein, ich fresse ausschließlich kleine unschuldige

Mädchen mit roten Mützen und Präsentkörben. Die aber auch nur im Ganzen.“ Ich zwinkere ihm zu und gehe einen Schritt in seine Richtung. Irgendwann muss er sich ja mal in Bewegung setzen, vielleicht kann ich auf diese Weise ein bisschen nachhelfen.

„Wie schade …“ Endlich macht er mir Platz, sodass ich den Aufzug verlassen kann, nur um anschließend doch wieder stehen zu bleiben, was dazu führt, dass ich mitten in ihn hineinlaufe. Luke fängt mich und hält mich an den Hüften fest, und mir fällt auf, wie groß und kräftig seine Hände sind. Einen Moment lang schaut er mich an, als würde er darüber nachdenken, ob er etwas sagen soll oder lieber nicht, dann schüttelt er kaum merklich den Kopf und lächelt wieder. „So oder so, ich freue mich schon darauf, dich heute Abend zu sehen!“ Grinsend lässt er mich los, so abrupt, dass ich beinahe ins Straucheln gekommen wäre, und verlässt den Eingangsbereich unseres Wohnhauses, ohne sich noch einmal nach mir umzudrehen.

Ein wenig perplex starre ich ihm hinterher, um schließlich ebenfalls in Richtung Ausgang zu laufen, vorbei an unserem Concierge, der mir so freundlich einen schönen Tag wünscht, als hätte er jedes Wort mit angehört und würde mich nun wahlweise bemitleiden oder sich für mich freuen.

Luke

* * *

Mia ist süß, wenn sie verlegen ist, und sie wird anscheinend immer verlegen, wenn er mit ihr flirtet.

So, als wisse sie nicht richtig, wie sie damit umgehen soll.

Vielleicht ist sie einfach ein bisschen aus der Übung geraten, was solche Dinge angeht, obwohl er sich das bei einer attraktiven Frau wie ihr kaum vorstellen kann, zumal sie mit Tysons Frau Madison zusammen eine Datingagentur leitet. Sollte man da nicht eigentlich wissen, wie man flirtet?

Er würde ja darauf tippen, dass sie ihn schlicht unsympathisch findet. Andererseits hat sie ihm Kuchen gebracht, was sie nicht hätte tun müssen. So unsympathisch kann er ihr also eigentlich nicht sein.

Vielleicht besteht heute Abend die Möglichkeit, es herauszufinden, denn er kennt Tysons Wohnung – auch wenn diese groß ist, dürfte für Mia wohl kaum eine Chance bestehen, sich vor ihm zu verstecken.

Er ist im Eingang des Hauses stehen geblieben und schaut ihr hinterher, während sie die Straße entlangeilt. Ihr Hintern sieht gut aus in der dunkelblauen Stoffhose, die sie heute trägt, und ihr Haar hat sie zu einem Pferdeschwanz gebunden, der fröhlich hin und her wippt. In der Sonne wirken ihre Haare beinahe golden. Sie hat ein ganz schönes Tempo drauf, anscheinend ist sie spät dran. Oder aber sie versucht, vor ihm abzuhauen, was dazu führt, dass er ihr am liebsten nachsetzen würde. Er ist schneller als sie, jede Wette. Was sie wohl machen würde, wenn er sie einfach küssen sollte? Ihm eine reinhauen oder mitmachen?

Kurz ist er versucht, es darauf ankommen zu lassen, allerdings verwirft er den Gedanken letztendlich doch.

Er drängt sich Frauen nicht auf, das hat er noch nie getan; obendrein hat er keine Lust drauf, dass ihn irgendwer dabei beobachtet und Fotos davon macht, wie er mit einer Frau in der Öffentlichkeit herumknutscht. Den Pressetrubel will er Mia nicht antun. Denn sie würde mitmachen, davon ist er fest überzeugt.

Er hätte längst versucht, es herauszufinden, doch sie waren die ganze Woche für Auswärtsspiele unterwegs, sodass er keine Chance hatte, sie zu treffen.

Vielleicht heute Abend, erinnert er sich erneut.

Dann macht er sich auf den Weg zum Training. Vielleicht kann er Tyson unauffällig über sie aushorchen.

„Hey, Luke!“ Tucker steht nur in Unterhosen im Umkleideraum, als Luke hereinkommt. „Hast du schon ein Kostüm für die Party heute Abend?“

„Noch nicht. Ich hoffe, du gehst nicht wieder als Stripper so wie letztes Jahr?“ Der Auftritt von Tucker im letzten Jahr bereitet Luke immer noch Albträume. Die Männer beim Duschen zu sehen ist das eine, und wenn man früh mit dem Hockey anfängt, kommt man kaum dazu, diesbezüglich ein Schamgefühl aufzubauen; das nackte Duschen und Umziehen ist einfach viel zu selbstverständlich. Aber einem Mannschaftskollegen dabei zuzusehen, wie dieser betrunken und nackt auf einem Tisch steht und versucht, mit seinem besten Stück einen perfekten Kreis zu schwingen, und sich dabei lasziv die Brust reibt – mit aus der Küche des Gastgebers geklautem Olivenöl –, das ist etwas völlig anderes. Der Trainer hat dem Spuk damals ein Ende gesetzt, indem er Tucker kurz entschlossen vom Tisch gezerrt und anschließend in eine Tischdecke gewickelt nach Hause gebracht hat. Zum Glück war es eine Privatparty, sodass es keinen Medienrummel deswegen gegeben hat und der Ärger sich in Grenzen hielt.

„Fahren wir nach dem Training zusammen zum Kostümhandel?“ Vielleicht kann er ja auf Tucker einwirken, um dieses Jahr Schlimmeres zu vermeiden.

„Wird gemacht!“ Tucker hebt die Hand zur High Five und Luke schlägt ein, doch als er schließlich seine Klamotten wechselt, ist Tucker schon wieder dabei, seine Hüften im Kreis zu schwingen.

Mia

* * *

„Und, bist du aufgeregt wegen heute Abend?“ Ich stelle Madison eine Tasse Tee hin, denn sie wirkt morgens noch immer ein wenig blass um die Nase.

„Eigentlich hätte ich mir das alles viel schlimmer vorgestellt. Als Tyson gesagt hat, wie viele Leute er einladen will, habe ich eine Krise bekommen – aber er hat ein Cateringunternehmen beauftragt. Die nehmen uns fast die komplette Arbeit ab. Ich hätte ja nie gedacht, dass es so praktisch sein kann, sich einen steinreichen Typen zu angeln.“ Sie zwinkert mir gut gelaunt zu. „Hast du eigentlich ein Kostüm?“

„Du bist bereits die zweite, die mich das heute fragt!“, antworte ich und rühre ein bisschen Zucker in meinen Tee. Normalerweise trinke ich ihn ohne, schon allein um Kalorien zu sparen, aber heute mache ich mal eine Ausnahme. Wahrscheinlich spielen die paar Kalorien ohnehin keine Rolle, wenn es heute Abend ein großes Buffet auf der Party geben wird. „Ich bin vorhin Luke Steward im Aufzug begegnet.“

„Ach …“ Madison wackelt beinahe anzüglich mit den Augenbrauen. „Er hat dich neulich Tyson gegenüber erwähnt und gefragt, wie Noahs Geburtstag wohl so war. Vielleicht wäre er auch gerne zum Torteessen vorbeigekommen …“

„Oh!“ Zu meinem großen Ärger spüre ich, wie mir die Hitze in die Wangen steigt, weil ich rot werde.

„Tyson ist seltsamerweise Lukes liebster Gesprächspartner, wenn es um solche Dinge geht.“ Madison zuckt mit den Schultern und wechselt dann zum Glück das Thema. „Also, als was verkleidest du dich?“

„Ich habe ein Wolfskostüm, das werde ich wahrscheinlich tragen.“

„Ein Kinderkostüm?“ Madison nippt grinsend an ihrem Tee.

„Nein, kein Kinderkostüm …“

„Oh, tut mir leid, Süße, ich habe völlig vergessen, dass es das erste Halloween für dich ohne Noah ist.“ Das schlechte Gewissen steht Madison förmlich ins Gesicht geschrieben, als sie sich jetzt aufrichtet. „Ist das ein sehr komisches Gefühl?“

Nachdenklich umfasse ich meine Teetasse ein bisschen fester. Ich habe es bisher vermieden, mir über das Thema allzu viele Gedanken zu machen, denn ich weiß, dass es bei anderen getrennt lebenden Elternteilen völlig normal ist, dass die Kinder solche Feiertage im Wechsel mal bei der Mutter und mal beim Vater verbringen. Nur war es bei uns bisher eben niemals so.

„Es ist schon seltsam“, sage ich schließlich. „Ich freue mich sehr für Noah, dass Harry plötzlich viel mehr Interesse an ihm zeigt. Ich meine, er war ja durchaus auch vorher immer für ihn da, aber er hatte eben auch nie etwas dagegen, sein Leben als Single auszukosten. Meistens war er immer froh darüber, wenn er solche Feiertage für sich alleine nutzen konnte, und ich habe mich eben daran gewöhnt, sie mit meinem Sohn zu verbringen.“ Nachdenklich rühre ich einen weiteren Löffel Zucker hinein. „Eigentlich habe ich es nie verstanden, was daran toll sein könnte, so einen Tag als Single zu verbringen. Ich habe es immer sehr genossen, zusammen mit Noah zu feiern – mit Kindern haben manche Tage ihren ganz besonderen Zauber. Genau wie Weihnachten. Ich hätte niemals freiwillig mit Harry getauscht und wäre lieber Skifahren gegangen, als hier bei meinem Kind zu sein.“ Nachdem ich an meinem Tee genippt habe, stelle ich fest, dass er nun derartig süß ist, dass er mir gar nicht mehr schmeckt, und schiebe ihn von mir.

„Aber Megan sieht das anders?“ Madison greift nach meiner Tasse, steht auf, schüttet den Inhalt weg und schenkt mir anschließend frischen Tee ein. Sie kennt mich viel zu gut.

„Megan ist sehr häuslich. Sie kann keine eigenen Kinder bekommen, und sie genießt es, die Zeit mit Noah zu verbringen. Eigentlich kann ich nur von Glück reden, dass sie ihn so sehr akzeptiert – ich kenne da aus dem Bekanntenkreis auch andere Geschichten!“ Kurz denke ich darüber nach, wieder zum Zucker zu greifen, entscheide mich dann aber dagegen. Ohne schmeckt der blöde Tee eigentlich ohnehin viel besser. „Trotzdem ist es schwer für mich. Und irgendwie verletzt es mich auch. Für unseren Sohn hat er nie auf irgendetwas verzichtet, was ihm wichtig war, und der hätte sich auch früher schon gefreut, wenn sein Daddy an Weihnachten mal zu Hause gewesen wäre. Doch für Megan hat er sein Leben völlig geändert – einfach so.“ Mit dem Zeigefinger male ich den Schriftzug unserer Agentur auf der Tasse nach. „Es ist für mich schlicht nicht nachvollziehbar, dass es für Harry einen Menschen auf dieser Welt gibt, der ihm wichtiger ist als unser Sohn. Vielleicht weil Noah für mich selbst der wichtigste Mensch auf dieser Welt ist. Das verletzt mich viel mehr als die Tatsache, dass Harry sich für mich niemals ändern konnte. Er und ich haben nie wirklich zusammengepasst, und das ist auch völlig okay. Aber Noah kann ja nichts dafür, dass seine Eltern nicht gut füreinander waren. Er hat es verdient, dass sein Daddy ihn aufrichtig und von ganzem Herzen liebt." In meinen Augen schwimmen ein paar Tränen, als ich zu Madison aufsehe; wenn es um mein Kind geht, bin ich immer furchtbar emotional. Doch Madison scheint es ähnlich zu gehen, sie blinzelt ein paarmal und räuspert sich, bevor es ihr wieder gelingt, zu lächeln.

„Weißt du was? Unter diesen Umständen bin ich eigentlich wirklich froh, dass wir heute Abend eine riesige Party schmeißen werden. Dann musst du zumindest nicht alleine zu Hause sitzen und Trübsal blasen, sondern kannst ein bisschen feiern und dich bewundern lassen. Und hast du mir nicht neulich erst die alten Statistiken gezeigt, die belegen, dass es sich an Halloween gar nicht lohnt, ein Event mit der Agentur zu planen, weil die Leute alle der Meinung sind, sie lernen an einem Tag wie diesem auch ohne professionelle Hilfe jemanden kennen?" Madison zwinkert mir zu. „Vielleicht findest du ja auch mal jemanden, der sein Leben auf einmal nur noch nach dir richtet, das wäre doch mal was, oder?"

Ich muss lächeln.

„Theoretisch ist das zwar eine schöne Vorstellung, praktisch bin ich allerdings mehr als froh, keinen Mann in meinem Leben zu haben. Mein Terminplan platzt auch jetzt bereits aus allen Nähten. Ich habe es erst gestern geschafft, die letzten Umzugskisten auszupacken, weil ich vorher einfach nicht dazu gekommen bin. Morgens früh im Bad habe ich es manchmal dermaßen eilig, dass ich tagelang vergesse, mir die Beine zu rasieren." So ernst wie möglich schaue ich Madison an und senke dann meine Stimme ein bisschen, was einzig dem dramaturgischen Effekt dient, denn außer uns ist momentan ohnehin niemand im Büro. „Meine Beine sind übrigens nicht die einzige Stelle, die ich vergesse zu rasieren. Ein Mann in meinem Leben müsste schon so etwas wie eine abnorme Neigung zu stoppeligen Pelztieren haben, und ich bin mir nicht ganz sicher, ob ich so einen Kerl wirklich will ..."

Madison lacht laut auf.

„Okay, okay – ich hab's verstanden. Im Übrigen hast du mir ja auch die Statistiken gezeigt, die beweisen, dass der große Run auf die Agentur nach Feiertagen wie Halloween viel stärker wieder einsetzt, weil auf einmal alle einsehen müssen, dass sie uns eben doch brauchen, um ihr großes Glück zu finden." Stolz wirft sie ihre Arme in die Luft und ruft dann lachend: „Wir haben es halt drauf!"

„Genau, wir sind die Superheldinnen der Partnervermittlung, das ist fast so, als würden wir uns um den Weltfrieden kümmern. Nur vielleicht noch ein bisschen besser." Lachend stehe ich auf und sammle meine Teetasse sowie ein paar Unterlagen ein, die ich vorhin mit Madison durchgegangen bin.

„Jetzt, wo du es sagst ... vielleicht sollte ich heute Abend doch noch auf ein Superhelden-Kostüm umsteigen, statt des blöden Vampirkostüms, für das ich mich entschieden habe."

Madison sieht mich nachdenklich an und ich werfe einen Blick auf meine Armbanduhr.

„Wenn Tysons Cateringservice sich nicht auch um solche Dinge kümmert, wird aus diesem Plan vermutlich nichts – denn in fünf Minuten kommen die nächsten Kunden, und was wärst du für eine Superheldin, die vergisst zu handeln, weil sie zu sehr mit ihrer neuen Garderobe beschäftigt ist?"

„Eine ziemlich schlechte – aber immerhin eine, die stylish gekleidet ist. Manchmal muss man im Leben ja Prioritäten setzen, allerdings befürchte ich, Tyson hätte etwas dagegen. Er hat auf diese Partnerkostümgeschichte bestanden." Sie verdreht die Augen und ich muss schmunzeln.

Tatsächlich gehört Tyson zu den Männern, die ihr Leben auch ohne mit der Wimper zu zucken für die Frau geändert haben, die sie lieben, aber bei manchen Dingen scheint er recht kompromisslos zu sein. Ich weiß nämlich, dass Madison es eigentlich hasst, sich überhaupt zu verkleiden. Wahrscheinlich ist das das Geheimnis einer gut funktionierenden Beziehung. Nicht, dass man dazu gezwungen wird, Dinge zu tun, die man hasst, sondern dass einem Dinge plötzlich leichtfallen, weil man sie auf einmal gerne macht. Einfach nur deshalb, weil es schön ist, wenn sich ein geliebter Mensch darüber freuen kann.

NACHDEM ICH EINEN neuen Kunden in die Kartei aufgenommen habe, erledige ich noch ein paar Anrufe. Die Erfahrung hat tatsächlich gezeigt, dass es nach den meisten Feiertagen oder auch solchen Ereignissen wie Halloween einen regelrechten Ansturm auf die Partneragentur gibt, es sich an den Tagen selbst aber nicht lohnt, irgendwelche

Events zu planen. Also plane ich im Voraus und kümmere mich um die Reservierung in einer Kochschule nach Halloween, auch wenn ich dafür noch gar nicht alle Teilnehmer zusammenhabe.

Obwohl ich den Job bereits viele Jahre mache und diese Planung bisher immer aufgegangen ist, habe ich dennoch jedes Mal Bauchschmerzen dabei, denn natürlich bleibt ein gewisses Risiko. Wenn sich ausgerechnet dieses Jahr nicht so viele Neukunden wie sonst nach Halloween bei uns melden sollten, bleiben wir auf einem Teil der Kosten sitzen, da wir den gebuchten Veranstaltungsort natürlich trotzdem bezahlen müssen.

Bevor ich ein Kind bekommen habe, war ich deutlich risikofreudiger, wahrscheinlich hätte ich mich ansonsten auch niemals selbstständig gemacht. Es ist wirklich seltsam, wie sehr ein Kind das Leben verändern kann, und auch wenn Harry und vor allem Harrys Eltern mich auch nach der Trennung mit Noah unterstützt haben, habe ich mich doch stets hauptverantwortlich für ihn gefühlt. Zumal meine eigenen Eltern so weit weg wohnen, dass wir uns nur sehr selten sehen, eigentlich sind sie Fremde für ihren Enkel.

Der Gedanke daran, meinen Sohn nicht ausreichend versorgen zu können, sei es emotional oder materiell, hat mir mehr als einmal schlaflose Nächte beschert, dabei glaube ich eigentlich, dass ich meinen Job als Mom bisher im Großen und Ganzen recht gut gemacht habe – aber letztendlich ist es das Schicksal vieler Mütter, dass sie sich ewig mit einem schlechten Gewissen herumplagen müssen, weil es alles noch mehr sein könnte, und sie ständig das Gefühl haben, zu wenig Zeit mit ihrem Kind zu verbringen. Wahrscheinlich ist es das Los aller alleinerziehenden und/oder berufstätigen Mütter, und all derer, die ihre Kinder lieben, höchstwahrscheinlich auch. Natürlich gibt es auch immer diejenigen, denen ihre Kinder völlig egal sind, und diejenigen, die sich selbst ohnehin für die Größten halten – aber sind das nicht eher Ausnahmen? Ich denke schon.

Mich zumindest begleitet mein schlechtes Gewissen, das ich gegenüber meinem Kind habe, treuer als jeder Partner. Ich klinge frustriert und völlig untervögelt? Nein, ich bin immer so, auch im perfekt befriedigten Zustand. Ganz ehrlich, wenn mir vorher jemand erzählt hätte, wie viele Sorgen man sich als Mutter macht, ich weiß nicht, ob ich jemals ein Kind bekommen hätte. Vermutlich nicht. Andererseits ist es das Schönste, was mir jemals passiert ist.

Wie auch immer: Ich empfinde Noah als das größte Geschenk, das mir jemals jemand gemacht hat, und vielleicht bin ich mit Harry auch deshalb oft nachsichtig gewesen, weil er einen nicht unwesentlichen Beitrag an meinem Kind geleistet hat.

Mein heutiger Arbeitstag vergeht wie im Fluge – das ist wahrscheinlich einer der großen Vorteile, die es mit sich bringt, wenn man Freude an seinem Job hat.

Auf dem Heimweg begegnen mir bereits die ersten verkleideten Gestalten, und kaum dass ich zu Hause bin, klingelt mein Handy, weil Noah mich per Videochat anruft.

„Hallo, Mommy!“, ruft er stolz in die Kamera, und ich muss zugeben, dass er großartig aussieht. Er hat sich dieses Jahr als T-Rex verkleidet, und wenn ich nicht wüsste, dass es mein Sohn ist, der da anruft, hätte ich ihn kaum erkannt.

Megan hat sich wirklich selbst übertroffen, sie hat das mit dem Schminken anscheinend deutlich besser drauf als ich –

und ich weiß nicht sicher, ob ich mich darüber ärgern oder freuen soll.

Doch, eigentlich kenne ich die Antwort ziemlich genau. Ich freue mich für Noah, und das sogar sehr; ich weiß, wie cool er es findet, wenn sein Kostüm und sein Make-up so perfekt wie möglich sind. Und ich ärgere mich, weil Megan es so viel perfekter hinbekommt als ich, wo schließlich ich seine Mommy bin und dieser Job irgendwie mir zustünde. Finde ich zumindest. Vielleicht bin ich auch einfach missgünstig und eifersüchtig. So oder so versuche ich, mich für Noah zu freuen.

„Du siehst spitze aus, mein Schatz! Ich wette, dass du das coolste Kostüm von allen haben wirst!"

Mein Sohn strahlt über sein ganzes, grün geschminktes Gesicht.

„Ich hoffe, ich bekomme gaaaaaaaaanz viele Süßigkeiten!"

„Das hoffe ich auch für dich!" Wenn er auf diese Art lächelt, muss ich jedes Mal mitlächeln.

„Wir müssen jetzt los! Bis dann, Mommy! Ich habe dich lieb."

Ich will ihm noch antworten, dass ich ihn ebenfalls sehr liebhabe und er auf sich aufpassen soll, aber bevor ich dazu komme, hat er die Verbindung bereits getrennt. Wahrscheinlich ist er auch schon zur Haustür gelaufen, bevor ich auch nur mein Handy aus der Hand legen konnte – so ist es zumindest die letzten Jahre gewesen, in denen ich mit ihm an Halloween um die Häuser gezogen bin.

Seufzend krame ich mein Wolfskostüm aus der

hintersten Ecke des Kleiderschranks hervor, und weil es tatsächlich eher nach einer Kinderparty aussieht, beschließe ich, die langen Hosen aus grauem Webpelz sowie das graue Langarmshirt wegzulassen und gegen einen kurzen grauen Rock aus Flanell und ein Trägertop zu ersetzen. Zusammen mit dem grauen Fellcape und dem Haarreif mit den Wolfsohren sowie dem Schwanz des Originalkostüms ist es nun durchaus auch für einen Anlass wie heute Abend tragbar. Da ich nicht derart talentiert wie Megan bin, suche ich mir eine einfache Schminkanleitung aus dem Internet heraus und umrande schließlich meine Augen mit schwarzem und grauem Kajalstift, schminke meine Lippen ebenfalls schwarz und male auf die Wangenknochen und über die Augenbrauen etwas, das wie graues Fell aussehen soll. Mit toupierten Haaren und sehr viel grauem Haarspray sollte das wirklich als Kostümierung genügen, auch wenn Noah sicherlich das Gesicht verziehen würde, weil es ihm nicht genug wäre. Aber einen kleinen Vorteil muss es ja auch haben, wenn man schon ohne sein Kind losziehen muss.

Als ich endlich fertig bin, muss ich mich beeilen, um noch pünktlich zu kommen – ich bin stets aufs Neue erstaunt darüber, wie schnell Zeit vergehen kann, während man im Badezimmer steht. Es ist, als würde dann immer irgendwer an der Uhr drehen.

5

Mia

* * *

„Oh, der böse Wolf ...“ Tyson wackelt grinsend mit den Augenbrauen, als er mir die Tür öffnet und mich in eine Umarmung zieht, in der ich beinahe verschwinde. „Das erklärt einiges!“, sagt er, als er mich wieder loslässt. „Dein Rotkäppchen ist schon vor einer halben Stunde angekommen und verteidigt Kuchen und Wein mit Klauen und Zähnen ...“ Er macht einen Schritt zur Seite, um mich ins Haus zu lassen.

„Wovon bitte redest du?“, frage ich ziemlich verwirrt, während ich mir von Tyson aus dem Mantel helfen lasse. Er trägt ein Vampirkostüm, das Dracula vor Neid würde erblassen lassen, und wirkt mit dem weißen Rüschenhemd und dem hochgestellten Kragen des brokatbestickten

Umhangs sehr beeindruckend. Er lacht leise und hängt meinen Mantel an die Garderobe.

„Du wirst noch früh genug erkennen, was ich meine, glaub mir. Aber jetzt komm erst mal rein."

Ich hasse solche kryptischen Äußerungen, doch als Tyson mir gleich darauf ein Glas Champagner in die Hand drückt und mich in das Innere seiner Wohnung schiebt, ist mein Ärger fast wieder vergessen. Mal abgesehen davon, dass der Champagner wirklich hervorragend schmeckt, kommt Madison auf mich zugeeilt, die das weibliche Pendant zu Tysons Kostüm darstellt und ein Barock anmutendes, bodenlanges Kleid trägt und gerade nervös an dem ziemlich gewagten Ausschnitt herumzupft.

„Du siehst toll aus, Maddy!" Wir umarmen uns kurz und sie lächelt nervös.

„Danke schön, das ist lieb von dir. Der Ausschnitt bringt mich noch um den Verstand. Als ich das Kleid anprobiert habe, war es sexy, aber nicht nuttig. Seitdem muss der Umfang meiner Brüste irgendwie explodiert sein." Sie wirkt darüber so verzweifelt, dass ich lächeln muss.

„Du bist schwanger, Madison. Da soll so etwas vorkommen. Da wachsen manche Körperteile eben, und glaube mir – es wird auch noch schlimmer werden." Ich zwinkere ihr zu, und sie verzieht das Gesicht.

„Ich sehe bald aus wie eine Milchkuh!"

„Wie eine sexy Milchkuh ..." Tyson taucht hinter ihr auf und küsst ihr auf die Schulter. „Du magst es mir ja vielleicht nicht glauben, aber ich finde, du siehst hervorragend aus, mein Schatz." Er flüstert ihr irgendetwas ins Ohr, was sie erst erröten lässt und dann zum Kichern bringt, und da er keine Anstalten macht, damit aufzuhören, mache ich mich aus dem

Staub, bevor die Angelegenheit peinlich wird. Die beiden sind wirklich süß miteinander und Tyson ist so unglaublich verliebt in Madison – ich freue mich wahnsinnig für sie. Dennoch will ich lieber nicht mitbekommen, wie er ihr offenkundig irgendwelche sexuellen Versprechungen macht, so etwas ist mir unangenehm. Vielleicht bin ich ja prüde, was das angeht, aber ich finde, solche Dinge gehen niemand anderen etwas an.

Ich war mal auf einer Hochzeit, auf der der Bräutigam am nächsten Morgen beim Frühstück damit angegeben hat, dass er noch nicht zu müde gewesen wäre, um die Hochzeitsnacht noch mehrfach zu vollziehen, und ich habe mich die gesamte Zeit über gefragt, warum er solche Dinge unbedingt erzählen muss.

Will das tatsächlich jemand hören?

Ich jedenfalls nicht.

Neugierig schaue ich mich in Tysons und Madisons Wohnung um, die kaum wiederzuerkennen ist. Irgendwer, vermutlich der Partyservice, hat sich hier voll ausgetobt, und in jeder Ecke gibt es irgendein kleines Detail zu entdecken, wenn man nur genau hinschaut. Überall hängen künstliche Spinnweben mit Kunststoffspinnen darin, die Wände sind mit Postern abgehängt, die eine alte, barocke Tapete zeigt, und an jeder Ecke stehen flackernde Kerzenhalter herum.

Auch die meisten der Gäste scheinen sich mit ihren Kostümen eine unglaubliche Mühe gegeben zu haben, sodass ich mir mit meinem Wolfskostüm beinahe ein bisschen schäbig vorkomme.

Seufzend schlendere ich zum Buffet hinüber und betrachte all die Köstlichkeiten, die dort aufgereiht sind.

Zum Glück scheint der Partyservice recht konservativ zu

sein und ist nicht auf die Idee gekommen, den Gerichten irgendeine widerliche Halloweenoptik zu verpassen. Ich esse mein Essen einfach lieber, wenn es nicht wie abgeschnittene blutige Finger oder menschliches Gehirn aussieht, und auch Ungeziefer und Maden brauche ich nicht darin, ob nun echt oder nachgemacht.

Ich schnappe mir einen Teller und belade ihn mit all den Köstlichkeiten, die heute angeboten werden – vor allem die kleinen Spießchen aus gegrilltem Hühnchenfleisch mit köstlich duftender Erdnusssoße haben es mir angetan.

Ich bin gerade dabei, mir den ersten Bissen in den Mund zu schieben, als plötzlich jemand von hinten seinen Kopf auf meine Schulter legt.

„Aber Großmutter, warum hast du nur so große Ohren?", brummt es hinter mir. Ich verschlucke mich vor lauter Schreck an meinem Hühnchen und fange laut an zu husten.

„O verdammt …" Die Person kommt zu mir herum, und ich erkenne Luke, der mir meinen vollen Teller aus der Hand nimmt und neben uns auf einem der Stehtische abstellt, bevor er mir fürsorglich auf den Rücken klopft. „Ich wollte dich nicht erschrecken … das tut mir wirklich leid! Hier, trink etwas!" Mittlerweile muss ich so heftig husten, dass ich Tränen in den Augen habe. Luke drückt mir sein volles Glas in die Hand, und ich nippe vorsichtig an dem stillen Wasser, das sich darin befindet, während ich langsam wieder Luft bekomme und auch meine Sicht sich nach und nach klärt.

Er sieht irgendwie merkwürdig aus, ich kann sein Kostüm überhaupt nicht zuordnen. Er ist völlig normal angezogen – mit Jeans und einem grauen Langarmshirt, aber darüber trägt er ein rotes Samtcape, und in seiner Hand hält er ein geflochtenes Weidenkörbchen mit einer Flasche Wein darin.

„Warum bringst du Wein mit auf eine Party? Als Gastgeschenk?“

Sein Blick wandert ebenfalls zu dem Körbchen in seiner Hand, und er grinst schief, was dafür sorgt, dass mir irgendwie ganz warm wird.

„Es ist Teil meines Kostüms …“

Ich starre ihn weiterhin an und rätsele herum, als was er sich bitte verkleidet hat, bis er genervt die Augen verdreht und mein Handgelenk packt.

„Komm mit, vielleicht verstehst du es ja dann.“ Er zieht mich hinter sich her, bis wir in einem schmalen Flur angekommen sind, und positioniert sich dort vor einem großen Spiegel. „Verstehst du es jetzt?“

Anscheinend bin ich heute ein bisschen dumm oder Lukes Kostüm ist einfach wirklich grottenschlecht, aber ich erkenne es nach wie vor nicht. Einen Moment lang glaube ich, dass es irgendeinen Trick gibt, irgendetwas, was man nur erkennt, wenn man es spiegelverkehrt sieht, und ich starre noch mal sein Bild im Spiegel an. Alles, was ich feststelle, ist, dass er ein unglaublich attraktiver Mann ist mit diesem kastanienroten Haar, den dunkelgrauen Augen und diesem Killerlächeln.

Er setzt sich die Kapuze auf, und ich starre noch immer, bis mein Blick im Spiegel auf mich selbst fällt.

Dann endlich erkenne ich es.

„Wir sind Rotkäppchen und der böse Wolf!“, sage ich und bin ziemlich perplex.

Lukes Grinsen wird noch breiter.

„Na endlich, ich dachte schon, du verstehst es nie!“ Er lässt mein Handgelenk los und verschränkt stattdessen seine Finger mit meinen, was sich nicht so gut anfühlen sollte. Ich sollte meine Hand wegziehen, das hätte ich bereits sehr viel früher tun sollen, aber irgendwie will ich das nicht. Dann dreht sich Luke so zu mir herum, dass ich ihm gegenüberstehe. „Also, großer böser Wolf – wie sieht es aus, verspeist du mich mit Haut und Haar? Oder willst du mich lieber erst beißen?“

Ich bin mir sicher, dass er es als Scherz gemeint hat. Also zumindest vermute ich das, denn seine Augen sind auf einmal noch ein bisschen dunkler als sonst, und seine Stimme ist tiefer, etwas rauer … vielleicht sollte er den bösen Wolf spielen, ich bin mir sicher, er könnte das viel besser als ich. Mein Herz rast, obwohl es das nicht sollte, es hat schließlich gar keinen Grund dazu.

„Wusstest du nicht, dass Wölfe, die sich Menschen gegenüber auffällig oder sogar aggressiv verhalten, selbst in den Regionen der Welt erschossen werden, in denen Wölfe eigentlich als geschützt gelten? So ein Verhalten wird nicht gerne gesehen. Nirgendwo auf der Welt.“

Luke mustert mich, sein Blick ist durchdringend, und mir wird jetzt ernsthaft heiß. Ich hätte mich vielleicht doch für ein anderes Kostüm entscheiden sollen, eines mit weniger warmem Pelz daran, das besser für Partys geeignet und nicht eigentlich dafür gemacht ist, um draußen in der Kälte herumzulaufen. Ich kann mich gerade noch zusammenreißen, um mir nicht mit der Hand Luft zuzufächeln, und lasse es nur, weil mir das irgendwie ziemlich albern vorkommen würde. Albern und viel zu kokett.

„Was ist denn, wenn jemand gebissen werden *will?*“ Luke hat sich so nah zu mir gebeugt, dass seine Stimme nun bloß noch ein Flüstern ist, und mir ergeht es nun wie Madison vorhin – ich werde erst rot und beginne dann zu kichern.

Kichern … ernsthaft. Ich weiß nicht, wie lange es her ist, seit ich das letzte Mal so ein Geräusch von mir gegeben habe, wahrscheinlich war ich damals noch ein Teenager, und ich bin der Meinung, dass man solche Laute auch Teenagern überlassen sollte.

Ich bin eine erwachsene Frau. Ich muss nicht mehr kichern bei dem Gedanken, einen Mann zu beißen.

„Oh, Mia, da bist du ja, ich habe dich schon gesucht …“ Madison kommt um die Ecke, und ihr Blick wandert etwas irritiert von Luke zu mir. Dann hellt sich ihr Gesichtsausdruck auf einmal auf, als wäre sie zu irgendeiner spannenden Erkenntnis gekommen.

„Oh … so ist das!“ Sie beginnt zu lächeln, und ich will ihr gerade empört mitteilen, dass hier gar nichts *so* ist und schon gar nicht *so* mit einem solchen Lächeln, als sie den Kopf schüttelt. „Dein Kostüm ist echt mies, Luke. Ich habe mich im ersten Moment gefragt, was es überhaupt darstellen soll. Erst neben dem großen, bösen Wolf ergibt es auf einmal einen Sinn.“ Sie lacht. „Du kannst wirklich von Glück reden, dass Mia sich so verkleidet hat, ansonsten würdest du vermutlich den Platz für das schlechteste Kostüm des Abends dein Eigen nennen dürfen. Ich an deiner Stelle würde ihr heute nicht von der Seite weichen. Neben Mia wirkst du wenigstens nicht mehr ganz so … erbärmlich.“ Sie zwinkert ihm zu und will noch irgendetwas anderes sagen, wird jedoch abgelenkt, weil neue Gäste kommen und Tyson nach ihr ruft.

„Wusstest du, dass es einen Preis für das schlechteste Kostüm gibt?“ Luke schaut mich mit gerunzelter Stirn an. Er sieht auf einmal wirklich besorgt aus und gar nicht mehr so lässig und selbstbewusst wie noch vor einer Minute.

„Ich meine, mich erinnern zu können, dass Madison mir neulich etwas von einem Preis für das beste Kostüm erzählt hat, aber ich habe es, um ehrlich zu sein, eher für einen Scherz gehalten." Vorsorglich streiche ich ein paar Stellen an meinem Kostüm glatt. „Wir sind hier schließlich auf einer Party für Erwachsene."

„Ach so?" Anzüglich wackelt Luke mit den Augenbrauen und ich kichere erneut. Meine Güte, was ist nur los mit mir heute? Ich versuche ernst zu werden und seinen Kommentar einfach zu ignorieren.

„Wer rechnet denn damit, dass es *tatsächlich* einen Wettbewerb gibt?"

„Ich kann das auf keinen Fall verlieren!" Luke klingt ziemlich entschlossen. „Ich *hasse* es, zu verlieren. Ich meine, ich sehe ja ein, dass ich wohl kaum gewinnen werde ..." Er zeigt an sich hinunter und lenkt damit meinen Blick auf seine breite Brust und sein Shirt, unter dem ich ein Sixpack erahnen kann, auch wenn er vermutlich nicht auf seine körperlichen Vorzüge, sondern auf sein liebloses Kostüm hinweisen wollte. „Nicht zu gewinnen ist schon schlimm genug, aber zu verlieren geht gar nicht!" Als er mich jetzt ansieht, ist ein flehentlicher Ausdruck in sein Gesicht getreten. „Darf ich den Rest des Abends vielleicht in deiner Nähe bleiben? Bitte? Neben dir ist meine Verkleidung zumindest erkennbar und wirkt nicht mehr ganz so einfallslos. Das hat sogar Madison gesagt ..." Er setzt seinen allerbesten Welpen-Dackelblick auf, und ich muss mich zusammenreißen, um nicht auf der Stelle dahinzuschmelzen.

Luke

* * *

Verdammt noch mal, wenn er gewusst hätte, dass es tatsächlich Preise für das beste und das schlechteste Kostüm gibt, hätte er sich deutlich mehr Mühe gegeben.

Es war kein Scherz, dass er es hasst, zu verlieren. Nicht nur das, sein Ehrgeiz, zu gewinnen, ist riesig und hätte sogar die Abneigung gegen Halloweenkostüme ausgestochen. Den letzten Platz für irgendetwas zu bekommen, das geht gar nicht.

Er ist mit Leib und Seele Eishockeyspieler, einer der besten des ganzen Landes, und man kommt nicht weit, wenn man nicht gewinnen will, wenn man nicht den Ehrgeiz und den Willen hat, immer sein Bestes zu geben. Völlig egal, wie talentiert man auch sein mag, man braucht einfach beides.

Natürlich muss man lernen, mit Frustrationen umzugehen, sich von ihnen nicht unterkriegen zu lassen, stattdessen daraus mitzunehmen, was man in Zukunft anders und besser machen kann, aber Luke versucht normalerweise, es erst gar nicht zu solch einer Situation kommen zu lassen.

Gewinnen zu wollen ist eine Grundvoraussetzung für Erfolg im Leistungssport, und Luke ist es von jeher schwergefallen, diesen Willen in anderen Bereichen seines Lebens nicht die Oberhand bekommen zu lassen.

Das kann manchmal schwierig sein, auch anstrengend, aber es hat ihn auch dahin gebracht, wo er heute ist.

Natürlich ist ein Kostümwettbewerb eigentlich eine völlig nebensächliche Geschichte. Dennoch ist ihm der Gedanke, den letzten Platz zu machen, absolut zuwider.

Insofern ist seine Argumentation und die Panik, die er Mia gegenüber zeigt, nicht gänzlich gespielt. Obendrein kommt hinzu, dass es die perfekte Ausrede ist, um sich den Rest des Abends in ihrer Nähe aufzuhalten, denn, verdammt noch mal, er will in ihrer Nähe sein und bei keiner anderen Frau sonst, zumindest nicht heute.

Sie sieht zum Anbeißen aus in ihrem Kostüm, und er hätte nichts dagegen, später die Rollen zu tauschen und tatsächlich ein bisschen an ihr zu knabbern, bis sie sich unter ihm windet und seinen Namen stöhnt und nach mehr bettelt. Er würde vermuten, dass sie wild ist, wenn sie einmal in Fahrt kommt, und er würde einiges dafür geben, es herausfinden zu können.

„Also …", fragt Luke und tritt einen Schritt näher an Mia heran, so nah, dass er sie küssen könnte, wenn er nur ein bisschen weiter den Kopf in ihre Richtung neigen würde, was ein überaus verlockender Gedanke ist. „Was muss ich machen, damit du mir hilfst? Ich bitte dich auch auf Knien, wenn es sein muss …" Er sinkt tatsächlich auf die Knie. Momentan sind sie allein, aber es könnte jeden Moment jemand kommen und er vermutet, dass Mia das peinlicher wäre als ihm. „Ich bleibe hier so lange knien, bis du zustimmst …" Er ist ihr im Weg, und um ihn einfach zur Seite zu schieben, ist er eindeutig zu groß und zu schwer. Sie müsste über ihn klettern, und auch wenn dieser Gedanke nicht ohne einen gewissen Reiz ist, ist sich Luke ziemlich sicher, dass sie sich das nicht trauen würde.

„Hör auf mit dem Mist, bevor uns jemand sieht, ich bin ja einverstanden!" Knallrot im Gesicht streckt sie die Hand nach ihm aus, um ihm hochzuhelfen. Obwohl Luke genauso mühelos selbst aufstehen könnte, ergreift er Mias Hand trotzdem, schon allein deshalb, weil er sie so gerne berührt.

Kaum dass er auf den Beinen steht, zieht er sie mit einem Ruck an sich heran, und sie gibt einen überraschten Ton von sich, als sie sich plötzlich in seinen Armen wiederfindet.

„Ich danke dir, du bist meine Rettung“, flüstert Luke so nah an ihrem Ohr, dass seine Lippen dabei ihre Ohrmuschel streifen. Er kann sehen, wie sie eine Gänsehaut bekommt, und grinst zufrieden in sich hinein, als sie schließlich zurück auf die eigentliche Party gehen.

Sie mag ja behaupten, dass sie nicht auf ihn steht, vielleicht redet sie sich das sogar selbst ein – aber ihr Körper spricht eine völlig andere Sprache.

Mia

* * *

Ich bin so viel männliche Aufmerksamkeit überhaupt nicht mehr gewohnt. Seitdem ich mich von Harry getrennt habe, hatte ich wenig Zeit für Dates. Mein Tagesplan ist auch so bereits dermaßen prall gefüllt, dass ich ständig ein schlechtes Gewissen bekomme, weil ich zu wenig Zeit für meinen Sohn habe, zu wenig Sport treibe, zu selten frisch koche, mich nicht oft genug bei meinen Freunden melde … ich könnte diese Liste endlos fortsetzen. Obwohl ich eine eigene Datingagentur leite, bin ich selbst an so etwas momentan nicht im Geringsten interessiert, und Mangel an Gelegenheiten ist dabei nicht mein Problem. Ich habe mich in den letzten Jahren bewusst dagegen entschieden, mich mit Männern zu treffen. Zum einen fühlt sich mein Leben gut an, so wie es ist, zum anderen wüsste ich gar nicht, wann ich einen Mann noch in meinem ohnehin schon total überlaufenen Terminplan unterbringen soll. Obendrein muss ich meinen Sohn auch jetzt oft genug fremdbetreuen lassen und finde es einfach nur furchtbar. Ein Mann müsste sich also mit Noah arrangieren, und darauf hat vermutlich der entsprechende Mann nicht sonderlich viel Lust, und Noah erst recht nicht.

Allerdings muss ich gestehen, dass es sich zur Abwechslung mal gut anfühlt, für einen Mann im Mittelpunkt zu stehen, und sei es auch nur für einen einzigen Abend.

Luke ist unglaublich süß und sehr aufmerksam. Er berührt mich immer wieder, beinahe so, als wäre es Zufall, aber niemals so, dass es mir unangenehm ist – ganz im Gegenteil. Jede seiner Berührungen sorgt dafür, dass ein Kribbeln in meinem Körper in Gang gesetzt wird, das mir bis zum Ende des Abends völlig zu Kopf steigt. Als es Zeit wird, nach Hause zu fahren, fühle ich mich leicht beschwipst. Ich bin mir nicht sicher, ob es an Luke liegt, dessen Nähe zugegeben irgendwie berauschend ist, oder an dem vielen Champagner, den ich getrunken habe.

Habe ich bereits erwähnt, dass Luke wirklich unglaublich aufmerksam ist? Er hat sich den gesamten Abend darum gekümmert, dass ich mit allem versorgt bin, was ich brauche, jedoch nicht so, dass ich den Eindruck hatte, dass er mich abfüllen möchte. Ohnehin ist er zwar charmant, und ich bin mir sicher, dass er sich seiner Wirkung auf Frauen mehr als bewusst ist, aber er benimmt sich längst nicht so sehr wie der Aufreißer, für den ich ihn gehalten habe. Er ist lieb, süß und aufmerksam, und wenn ich zehn Jahre jünger wäre, würde ich mich total in ihn verknallen.

Bin ich aber nicht.

Ich weiß, dass er erst sechsundzwanzig ist, und ich werde bald zweiunddreißig. Er fällt also völlig aus meinem Beuteschema, selbst dann, wenn ich generell darauf aus wäre, überhaupt Beute zu machen.

„Möchtest du noch etwas trinken? Ein Glas Champagner? Oder etwas anderes? Wasser? Orangensaft?" Luke sitzt neben mir auf einem der blutroten Samtsofas, die irgendwie viktorianisch wirken und die der Cateringservice extra für heute Abend in Tysons Wohnung geschafft hat. Dabei nimmt Luke zwei Drittel des Sofas ein, während ich mich mit einem Drittel begnüge. Nicht, weil er so dreist ist und extra breitbeinig sitzt, wie es manche Kerle machen, sondern weil er ein Berg aus Muskeln und Kraft ist. Selbst wenn er sich zusammenfalten würde, würde er dennoch deutlich mehr Raum für sich einfordern müssen, als ich ihn voll ausgestreckt benötige.

Sein Knie berührt meins, das macht es fast den ganzen Abend lang, und irgendwann habe ich es aufgegeben, mein Bein immer wieder zur Seite zu nehmen. Es fühlt sich einfach gut an, ihm ein bisschen näher zu sein, als ich es dürfte, und mal ehrlich: Was macht schon ein Knie an meinem? Wenn man mit der U-Bahn fährt, hat man solche Berührungen tagtäglich, ohne dass sie die geringste Bedeutung hätten.

Dass sein Arm über der Rückenlehne des Sofas liegt und sein Daumen ab und an über meinen Nacken streicht, ignoriere ich seit über einer Stunde erfolgreich. Zumindest insofern, als dass ich bei dieser Art der Berührung in der U-Bahn bei einem x-beliebigen Fremden schon längst den Platz gewechselt und demjenigen, der es gewagt hätte, mich so anzufassen, gehörig in die Eier getreten hätte.

„Ich glaube, ich sollte langsam mal nach Hause fahren. Ich muss morgen früh raus …“ Es ist die Stimme der Vernunft, die da aus mir spricht, denn mein Körper würde gerne noch ein bisschen hierbleiben, um anschließend in irgendeiner dunklen Ecke zu verschwinden und Luke noch völlig andere Berührungen zu gestatten.

Die Verleihung des besten und schlechtesten Kostüms haben wir bloß am Rande mitbekommen, ich kann nicht mal sagen, wer weswegen was genau gewonnen hat. Irgendwie haben wir uns den ganzen Abend unterhalten. Über das hervorragende Essen und unsere Lieblingsgerichte, über meine und Madisons Agentur, über Noah, sogar ein bisschen über Eishockey, auch wenn ich davon überhaupt keine Ahnung habe. Es ist ganz einfach, mit Luke Small Talk zu halten, angenehm und, obwohl unsere Gesprächsthemen eher sehr oberflächlicher Natur waren, dennoch erstaunlich intensiv. Ich könnte den kompletten Abend hier herumsitzen, aber ich muss tatsächlich los. Ich bekomme immer Kopfschmerzen, wenn ich zu wenig schlafe, und die kann ich wirklich nicht gebrauchen.

Luke hört auf, meinen Nacken zu berühren, und ich würde am liebsten protestieren, weil ich seinem Daumen, der sanft, doch mit Nachdruck all die verspannten Stellen dort gefunden hat, umgehend vermisse. Statt mich also weiterzumassieren, schaut er auf seine Armbanduhr. „Ich sollte auch langsam gehen. Morgen ist Training.“ Er steht auf, bleibt aber stehen, bis ich ebenfalls von meinem Platz aufgestanden bin. „Bist du mit dem Wagen hier?“

„Nein, ich habe mir ein Taxi genommen, als ich gekommen bin." Ich wollte etwas trinken, dann fahre ich generell nicht mehr selbst.

„Prima." Er lächelt, als wären das großartige Neuigkeiten. „Ich bin mit dem Wagen da, ich kann dich mit nach Hause nehmen."

„Oh …" Ich lächle ebenfalls, eher weil mir das hoffentlich ein bisschen Zeit verschafft als aus Belustigung, denn ich muss zugeben, dass ich das nicht bedacht hatte. Natürlich bin ich mir darüber im Klaren, dass Luke und ich im selben Haus wohnen, schließlich sind wir uns heute Morgen noch begegnet. Eine Party zu verlassen, das hat allerdings immer so etwas von *Da geht noch mehr,* und diesen Eindruck hätte ich gerne vermieden, sowohl bei Luke als auch bei allen anderen. Andererseits ist es natürlich auch so, dass es ebenfalls merkwürdig wäre, wenn ich mir ein Taxi zurück nehme, obwohl in Lukes Auto jede Menge Platz ist. „Du musst aber meinetwegen nicht schon gehen! Wirklich … ich rufe mir einfach ein Taxi." Das wäre mir tatsächlich die liebste Lösung.

„Was soll ich denn noch hier, wenn du weg bist?"

„Wenn ich es richtig verstanden habe, bist du doch wegen Tyson und Madison gekommen und nicht meinetwegen."

„Wer behauptet denn so was?" Ohne mich aus dem Blick zu lassen, steht Luke auf und streckt mir seine Hand entgegen, um mir vom Sofa aufzuhelfen. „Obendrein sieht Tyson nicht so aus, als ob er mich sonderlich vermissen würde, wenn ich plötzlich weg bin." Mit dem Kopf deutet er in Richtung Tyson, der mit Madison auf einem anderen Sofa sitzt und völlig in ein Gespräch mit ihr versunken ist. Die beiden wirken, als gäbe es keinen weiteren Menschen außer ihnen auf der Welt, und wie immer, wenn ich sie so sehe, bin ich ein bisschen neidisch auf die Beziehung, die sie haben, weil ich so etwas noch nie erlebt habe, zumindest nicht, wenn eine Beziehung über die erste akute Phase des Verliebtseins hinausgegangen ist.

6

Luke

* * *

Seit sie die Party verlassen haben, hat sich die Stimmung zwischen ihnen verändert, und Luke könnte nicht behaupten, dass ihm das gut gefällt.

Vorhin war Mia noch in Flirtlaune, sie war süß und ein wenig anschmiegsam, sie hat mit ihm geflirtet und war ausgelassen, doch seitdem sie neben ihm im Wagen sitzt, ist sie einfach nur noch still.

„Alles in Ordnung mit dir?“ Er wirft ihr einen besorgten Blick zu, und sie lächelt, ohne dass das Lächeln ihre Augen erreicht.

„Ja, alles okay ... ich bin bloß müde.“ Nervös nestelt sie an ihrer Handtasche herum, als wüsste sie nicht, wo sie ihre Hände lassen soll.

Irgendetwas an der Situation muss ihr auf einmal unangenehm sein, vielleicht, dass sie nun mit ihm allein ist, mit ihm zusammen auf engstem Raum in seinem Wagen sitzt und sie gemeinsam nach Hause fahren.

Verdammt – wahrscheinlich ist es das. Vermutlich befürchtet Mia, er könne denken, dass er sich irgendwelche Verbindlichkeiten erhofft, wenn sie gemeinsam nach Hause fahren, und ist deshalb so angespannt.

Dabei hat er tatsächlich nur praktisch gedacht. Er muss morgen wirklich früh raus, weil er vor dem Training noch einen Termin beim Mannschaftsarzt wegen seines Knöchels hat. Obwohl es dem Knöchel schon wieder fast gut geht. Obendrein ist es ja nicht so, als würde er irgendwelche Umwege fahren müssen. Nicht, dass er das für Mia nicht ebenfalls gerne in Kauf genommen hätte, aber es wäre doch lächerlich gewesen, ihr keinen Platz in seinem Wagen anzubieten, wenn sie den gleichen Weg haben.

Mia sucht noch immer etwas in ihrer Tasche, und Luke greift nach ihrer Hand, um sie an seinen Mund zu führen und ihre Fingerknöchel zu küssen. Danach legt er ihre Hand auf seinem Oberschenkel ab in der Nähe seines Knies, damit sie nicht auf die Idee kommt, er wolle sie irgendwie höher schieben, auch wenn sein Schwanz bei dem Gedanken, dass Mia ihn berühren könnte, umgehend zum Leben erwacht. Luke bedeckt Mias Hand mit seiner. Ihre Finger fühlen sich kalt an, darum dreht er die Heizung ein bisschen höher.

„Hör zu, ich meinte es ernst, dass ich morgen früh rausmuss. Ich wollte dich wirklich nur mit nach Hause nehmen, damit du dir kein Taxi nehmen musst – das wäre doch verrückt gewesen, wenn ich sowieso fahre."

„Okay ...“, antwortet sie und klingt nach wie vor ein bisschen seltsam.

„Ich erwarte nicht mehr von dir, als dass du dich von mir sicher nach Hause bringen lässt.“ Er grinst. „Ich meine, nicht, dass ich etwas dagegen hätte, wenn du mehr wollen würdest – aber ich bin nicht davon ausgegangen.“

„Okay!“, antwortet sie erneut, dieses Mal klingt sie zum Glück deutlich entspannter.

„In Ordnung.“ Er drückt ihre Hand noch einmal sanft, bevor er seine zurück ans Lenkrad nimmt. „Dann können wir jetzt da weitermachen, wo wir vorhin aufgehört haben, und du erzählst mir endlich, wie das Rezept für deine Lieblingspasta funktioniert? Ich muss während der Trainingszeiten manchmal Unmengen an Kohlenhydraten in mich hineinstopfen, damit ich nicht völlig vom Fleisch falle, und bin für jedes leckere Rezept dankbar.“

Mia

* * *

Es ist erstaunlich, wie gut Luke meine Stimmungen wahrnehmen kann, denn eigentlich hätte ich gedacht, dass ich mich besser im Griff habe und mir nicht habe anmerken lassen, dass mir die Situation auf einmal irgendwie unangenehm war.

Das ist mir ein bisschen peinlich, denn wenn ich es mir genauer überlege, ist es ja ganz schön eingebildet, ihm zu unterstellen, dass er Sex mit mir haben möchte. Natürlich haben wir den gesamten Abend lang geflirtet, allerdings muss das ja dennoch nichts bedeuten.

Wahrscheinlich ist es das jahrelange Training, bei dem er auf jede Schwäche und Stärke seiner Gegner und Mitspieler achten muss, was dafür gesorgt hat, dass er sofort merkt, dass ich mich nicht wohlfühle.

Fast noch erstaunlicher finde ich es aber, dass es ihm gelingt, die seltsame Stimmung zwischen uns so schnell wieder zu entspannen. Na ja, mehr oder weniger zumindest, denn meine Hand liegt immer noch auf seinem Oberschenkel, und bei jeder Bewegung, die er macht, kann ich spüren, wie sich die festen Muskeln seines Beines kontrahieren und locker lassen.

Seine Beine sind wirklich erstaunlich, ich bewundere sie schon den halben Abend lang. Ich habe noch niemals bewusst so viele Muskeln auf einem Haufen gesehen. Wahrscheinlich hat Tyson ähnliche Beine, doch er ist der Mann meiner besten Freundin, und ich habe ihn niemals ... na ja, so betrachtet, wie ich Luke heute Abend angesehen habe.

Lüstern ist wahrscheinlich das richtige Wort, nur klingt es zu hässlich und primitiv, um es auch bloß zu denken.

Fasziniert gefällt mir wesentlich besser, das klingt nicht so sehr, als würde ich sabbernd und notgeil irgendwo herumsitzen, auch wenn Letzteres ja beinahe der Wahrheit entspricht.

Ich bin ziemlich scharf auf Luke Steward, das kann ich nicht abstreiten, aber wahrscheinlich gibt es jede Menge Frauen, denen es so ergeht, letztendlich ist das simple Biologie.

Natürlich bin ich vernünftig, das bin ich schließlich immer. Nachher werde ich in meine Wohnung gehen und mehrfach hinter mir abschließen, vielleicht werde ich sogar den Schlüssel wegwerfen, um auf Nummer sicher zu gehen, dass ich nicht später doch noch an Lukes Tür kratze, als wäre ich ein rolliges Kätzchen.

Aber bis ich gleich in meiner Wohnung sitzen werde, vermutlich mit gemischten Gefühlen, weil ich gleichzeitig bereuen und begrüßen werde, dass heute Abend nicht mehr passiert ist – bis dahin werde ich alles mitnehmen, was ich noch bekommen kann, zumindest in einem Rahmen, den man als halbwegs züchtig beschreiben kann. Ich finde, auch das ist nur vernünftig, denn wer weiß schon, ob ich je noch einmal die Chance dazu bekommen werde, einem so attraktiven Mann wie Luke so nahezukommen wie in diesem Moment. Also werde ich auf keinen Fall so bescheuert sein und meine Hand von seinem Bein wegnehmen, denn es fühlt sich einfach viel zu gut an, sie genau dort liegen zu haben, egal, wie nervös mich das gleichzeitig macht.

Lächelnd lehne ich mich in meinem Sitz zurück und atme ein paarmal tief durch. Dann beginne ich Luke zu erzählen, welche Zutaten er für mein liebstes Pastagericht braucht, nämlich Penne mit Hähnchenbrustfilet und Spinat. Kaum habe ich das Rezept beendet, sind wir auch schon angekommen, und ich bin beinahe ein bisschen traurig, als wir schließlich in die Tiefgarage fahren, die zu unserem Wohnhaus gehört.

Luke springt aus dem Wagen und öffnet mir die Beifahrertür, bevor ich auch nur dazu komme, nach dem Türgriff zu fassen, dann hält er mir seine Hand hin, um mir aus dem Wagen zu helfen. Selbstverständlich würde ich das auch allein schaffen, aber es ist eine nette, galante Geste.

Obendrein berühre ich ihn gern.

Alles an ihm ist fest und sicher, warm und fühlt sich nach

mehr an, zumindest all das, was ich bisher anfassen durfte.

Luke

* * *

Eigentlich hatte er vor, Mia heute Abend mit zu sich zu nehmen oder aber zu ihr zu gehen – da ist er nicht sonderlich wählerisch.

Aber irgendwie hat er das Gefühl, er würde alles vermasseln, wenn er es tatsächlich versuchen würde. Nicht den One-Night-Stand, Luke ist sich ziemlich sicher, dass er sie rumbekommen würde, die körperliche Anziehung zwischen ihnen lässt sich kaum leugnen. Allerdings hat er nicht das Gefühl, dass es tatsächlich das ist, was sie wirklich will. Obendrein ist er sich auch nicht mehr sicher, ob es das ist, was er wirklich will.

Was er will, ist, ihr auch morgen noch in die Augen sehen zu können und kein peinliches Schweigen im Fahrstuhl erwarten zu müssen, wenn er ihr das nächste Mal begegnet.

Sie gefällt ihm, sehr sogar, und was immer da auch zwischen ihnen ist, er würde es gerne noch eine Weile erhalten, vielleicht sogar zu mehr werden lassen, ohne genau benennen zu können, was ein *Mehr* in diesem Fall bedeuten wird.

Er legt seine Hand auf ihren unteren Rücken, weil er mittlerweile bemerkt hat, dass es ihr gefällt, wenn er sie berührt, und ihm gefällt es auch. Er könnte sie eigentlich ständig berühren. Lächelnd führt er sie am Concierge vorbei, der sie freundlich begrüßt, und im Aufzug drückt er den Knopf für ihre Etage. Nur den Knopf für ihre Etage, nicht den für seine, und er merkt sofort, dass ihre Anspannung wieder zunimmt. Sanft lässt er seine Hand von ihrem unteren Rücken zu ihrem Nacken gleiten und findet dort eine verspannte Stelle, die er mit dem Daumen leicht massiert. Ihre Haut ist unglaublich weich, und sie duftet himmlisch, wobei er vermutet, dass der Duft eher von einer Bodylotion als von einem Parfüm stammt, denn man riecht es nur, wenn man sehr nahe an sie herankommt.

Schweigend steigen sie aus, als sie auf Mias Etage angekommen sind, sie zieht mit fahrigen Fingern den Schlüssel aus ihrer Handtasche hervor und hält ihn unschlüssig fest.

Kurz starrt sie auf ihre Wohnungstür, bevor sie sich zu ihm umdreht und ihm direkt in die Augen blickt. Ihre Augen sind himmelblau, mit goldenen Pünktchen darin, wie kleine, fröhliche Pünktchen Sonnenschein.

Mia räuspert sich.

„Möchtest du noch …"

Luke weiß, dass sie ihn fragen will, ob er noch hineinkommen möchte, und ein leiser Triumph steigt in ihm auf und lässt sein Herz etwas schneller schlagen. Doch bevor sie den Satz zu Ende führen kann, beugt er sich vor, um sie zu küssen.

Vanille, ihr Lipgloss schmeckt nach Vanille, und ihre Lippen fühlen sich noch viel weicher an, als er es sich vorgestellt hat. Köstlich, süß, und es kostet ihn alle Willenskraft, die er aufbringen kann, um sich wieder von ihr zu lösen. Als sie leise seufzt und sich enger an ihn schmiegt, ist er kurz davor, all seine guten Vorsätze über Bord zu werfen, sie zu packen und so lange zu küssen, bis sie nicht mehr weiß, wie sie heißt, und sie anschließend in ihre Wohnung zu bringen und so lange zu vögeln, bis sie seinen Namen schreit, weil sie hoffentlich immer noch weiß, wie er heißt.

Irgendwann gelingt es ihm doch, sich von ihr loszureißen, und als er sie ansieht, blinzelt sie ein paarmal, als wäre sie erstaunt darüber, was hier gerade passiert.

Er beugt sich noch einmal zu ihr und küsst sie erneut, diesmal auf die Stirn, sicher ist sicher.

„Schlaf gut, süße Mia, mein Sonnenschein." Er schiebt ihr eine Haarsträhne hinter ihr hübsches Ohr, dann dreht er sich um und geht.

Vorsichtshalber nimmt er die Treppe, weil er sich nicht sicher ist, was passieren würde, wenn er noch auf den Aufzug warten müsste. Auch seine Willenskraft kennt schließlich Grenzen.

Mia

* * *

Ich starre Luke hinterher, bis er im Treppenhaus verschwunden ist, dann schließe ich meine Wohnungstür auf und verriegele sie sorgfältig hinter mir und lehne mich von innen dagegen.

Das war knapp.

Verdammt knapp. Es hätte nicht viel gefehlt, und ich hätte ihn mit zu mir genommen, und ich bin mir sicher, dass ich spätestens dann all meine guten Vorsätze vergessen hätte.

Meine Finger wandern zu meinen Lippen, die noch von

Lukes Küssen kribbeln. Von unseren Küssen – ich habe sie ja mehr als willig erwidert. Oder spricht man von einem einzigen Kuss, wenn sich die Lippen dabei gar nicht voneinander lösen?

Egal.

Es hat sich großartig angefühlt, ich habe beinahe vergessen, wie schön so etwas sein kann. Wie viel Reiz in solch einem simplen Kuss liegt.

Seit ich mich von Harry getrennt habe, war für so etwas in meinem Leben kein Platz mehr. Nicht, weil ich so sehr an Harry gehangen hätte – das habe ich wahrscheinlich nie, selbst dann nicht, als wir noch ein Paar waren –, aber weil mir einfach die Zeit und die Energien dafür fehlten. Ich habe es niemals vermisst. Bis heute Abend.

Lachend gehe ich ins Badezimmer und drehe mich auf dem Weg dorthin übermütig um meine eigene Achse, als würde ich tanzen.

Ich habe gerade einen der begehrtesten Junggesellen der ganzen Stadt geküsst. Wenn ich aufmerksamkeitsgeiler wäre, würde ich das jetzt wahrscheinlich in allen sozialen Medien verbreiten, vielleicht wäre es sogar gute Werbung für die Agentur.

Doch ich schreibe nichts dergleichen, nirgendwo.

Ich behalte es ganz für mich, wie ein süßes kleines Geheimnis.

Im Bad brauche ich ein wenig länger als sonst, weil ich die Reste des Halloween-Make-ups erst einmal abbekommen muss. Eigentlich ist es unglaublich, dass mich mit so einem grotesk angemalten Gesicht überhaupt ein Mann küsst, und dann auch noch so einer ... Vielleicht habe ich mich in all den Jahren immer völlig unter Wert verkauft.

Nachdem es mir endlich gelungen ist, alle Schminkreste aus meinem Gesicht rückstandslos zu entfernen, schlüpfe ich in meinen Pyjama und gehe danach in der Küche vorbei, um mir ein Glas Wasser zu holen.

Ich habe ein wenig zu viel getrunken heute Abend, und ich hoffe, dass ich einem Kater entgegenwirken kann, wenn ich meinen Flüssigkeitshaushalt etwas ausgleiche.

Mein Handy steckt noch in meiner Handtasche, und ich fische es heraus, um es mit ins Schlafzimmer zu nehmen, damit ich erreichbar bin, falls irgendetwas mit Noah sein sollte, der heute bei seinem Vater ist.

Als ich das Display aktiviere, sehe ich, dass ich eine Nachricht von Luke bekommen habe.

Luke:
Es war sehr schön heute mit dir,
mein Sonnenschein.
Werde die nächste Woche unentwegt
von dir träumen, wenn ich
nicht in Midway bin.
Schlaf gut, Süße.

Ich drücke das Handy an mich, als wäre ich ein verliebtes Schulmädchen, und klettere ins Bett. Da ich nicht weiß, was ich antworten soll, und Luke ohnehin nicht sehen kann, ob ich seine Nachricht schon gelesen habe oder nicht, beschließe ich, eine Antwort auf morgen zu vertagen und heute einfach nur das Hochgefühl zu genießen, das sein Kuss bei mir hinterlassen hat. Morgen ist eindeutig noch früh genug, um die Dinge wieder kompliziert werden zu lassen!

7

Luke

* * *

Seit die Saison wieder losgegangen ist, ist es das erste Mal, dass Luke es schafft, seine Familie zu besuchen. Und es ist das erste Mal, dass er herkommt, seit sein Vater im Sommer gestorben und beigesetzt worden ist.

Natürlich hat er ab und an mal mit seiner Mutter und auch mit seinen Schwestern telefoniert, aber ihm war nicht klar, wie ernst die Lage hier tatsächlich ist.

Die meisten Menschen halten seine Mutter für eine merkwürdige Frau, die zu viel redet, zu viel Parfüm benutzt, zu viel isst, zu enge Klamotten trägt und eine nicht mehr ganz zeitgemäße Weltanschauung hat.

Die Menschen, die so über seine Mutter denken, haben

völlig recht, Luke denkt ebenfalls so über sie. Allerdings kennt er auch weitere Facetten dieser Frau.

Ihr großes Herz, ihre Opferbereitschaft für seine Geschwister und ihn selbst, für die Familie. Sie hat stets das Beste für ihre Kinder gewollt und wie eine Löwin darum gekämpft, ihnen genau das bieten zu können, was gar nicht so leicht ist, wenn man auf einer Farm lebt und das Geld gerade so eben zum Überleben reicht.

Es gab Zeiten, in denen seine Mutter ihm unglaublich auf den Geist gegangen ist, denn sie ist bevormundend und sie weiß grundsätzlich alles besser.

Tatsächlich hat er mit jedem Jahr, das er älter und erwachsener geworden ist, auch mehr zu schätzen gewusst, was sie alles für ihn getan hat.

Er hat sich immer geliebt gefühlt, manchmal sogar so sehr, dass es ihm und seinen Geschwistern beinahe zu viel geworden ist – was durchaus auch eine Leistung sein dürfte, wenn man sechs Kinder hat.

Sie hat dafür gesorgt, dass er zumindest halbwegs auf dem Teppich bleibt, was wahrlich nicht immer so einfach war, denn wenn man im Sport wirklich erfolgreich ist, wird man überall hofiert und gefeiert. An den Schulen wird ein Auge zugedrückt, was Noten und Umgangsformen angeht, schließlich bedeutet eine erfolgreiche Schulmannschaft Prestige. Die Mädchen finden einen toll, so toll, dass man manchmal vergisst, dass auch diese Gefühle haben. Oder sie haben ihn benutzt, sich an seinem Erfolg und seinem Geld ergötzt und bereichert und dabei vergessen, dass auch er ein Mensch ist und ein Herz hat, das verletzt werden kann.

Jedes Mal, wenn er nach Hause kommt, ist er einfach nur Luke. Ältester Sohn und großer Bruder, der sich, wie jeder andere auch, den Regeln zu unterwerfen hat, die im Haus seiner Eltern gelten. Dass er derjenige ist, der das Haus bezahlt hat, genau wie den Unterhalt und die Ausbildung seiner Geschwister, spielt dabei keine Rolle. Nicht dass seine Familie undankbar wäre, aber es ist einfach selbstverständlich, dass man das miteinander teilt, was man hat, ob es nun viel oder wenig ist, und Geld ist nichts, an dem man gemessen wird. Na ja, zumindest bei den meisten seiner Familienmitglieder ist das so.

Seine Mutter war dabei stets die Kraft, die alles zusammenhält, Streit schlichtet, Essen kocht und das Haus mit dieser ganz bestimmten Art von Energie erfüllt, die manchen Menschen innewohnt, auch wenn diese Energie manchmal entsetzlich anstrengend gewesen ist.

Doch seit Lukes Vater letztes Jahr gestorben ist, ist es anders geworden.

„Ich gehe dann mal schlafen, ihr wisst ja, wo es rausgeht ..." Mit einem kurzen, müden Winken verlässt seine Mom die Küche und lässt Luke zusammen mit seinen Schwestern Danielle und Emma sowie seinem Bruder Jamie allein zurück.

Fassungslos schaut Luke ihr hinterher, wie sie lustlos und schlurfend den Raum verlässt, statt ihnen wie sonst Essen aufzunötigen, seine Geschwister und ihn hochnotpeinlich über ihr Leben zu befragen, als wären sie bei einer Inquisition, um ihnen dann, neben dem Essen, auch noch ungefragt ihre Meinung aufzuzwingen. Seine Mutter ist sonst eine Art hyperaktive Kreuzung aus Donald Trump und Superwoman, ohne dabei wie ein vollkommenes Arschloch zu wirken. Aber sie weiß alles, macht alles und alles hat nach ihrer Pfeife zu tanzen. Und da Luke der Älteste ist und so wenig zu

Hause, bekommt er normalerweise ganz besonders viel dieser … na ja … einmaligen Aufmerksamkeit seiner Mutter zu spüren.

Dass sie einfach so geht, ist besorgniserregend. Mehr als besorgniserregend ist es, dass sie kaum ein Wort gesprochen hat, außerdem, dass das sonst blitzsaubere Haus überall Anzeichen von Verwahrlosung zeigt. Auf den Porzellanfiguren in der Küche, eigentlich das Heiligtum seiner Mutter, liegt eine dicke Staubschicht. Die Fenster müssten dringend mal geputzt werden, der Fußboden klebt. Luke sind Tausende von Kleinigkeiten aufgefallen, die jede für sich genommen schon ungewöhnlich für seine Mutter wären. Zählt man sie alle zusammen und kombiniert sie mit dem ungepflegten Haar, der Schweigsamkeit und den bestimmt zwanzig Kilo, die seine Mom abgenommen hat, ist die Sache mehr als ernst.

„Ich dachte, es würde ihr mittlerweile besser gehen …“, sagt Luke, nachdem ihre Mutter die Tür hinter sich geschlossen hat und ihre Schritte auf der Treppe verstummt sind.

„Dads Tod hat jeden von uns hart getroffen.“ Ohne aufzublicken, malt Emma mit dem Finger Kreise auf die gelb karierte Tischdecke, die es bereits gibt, seit Luke denken kann – vielleicht auch schon länger.

„Natürlich hat er das, aber sollte es Mom nicht langsam besser gehen? Dads Tod ist beinahe ein Jahr her … Ich meine, es ist ja okay, dass sie trauert …“ Er fährt sich mit beiden Händen über sein Gesicht. „Müsste sie nicht langsam wieder … ich weiß nicht … ins Leben zurückfinden?“

„Ich hatte gehofft, sie freut sich zumindest auf das Baby …“, wendet Danielle mit dünner Stimme ein. „Aber seit ich ihr von der Schwangerschaft erzählt habe, redet sie nicht mehr mit mir."

Jamie, der Drittjüngste, lacht rau auf und klingt dabei eher empört als amüsiert.

„Danielle, ernsthaft? Du bist schwanger, mit siebzehn, und du weißt nicht, wer der Vater ist. Mom ist der Meinung, dass man vor der Ehe am besten gar keinen Sex haben sollte. Du hast gedacht, sie freut sich darüber? In welchem Universum lebst du denn, in dem Mütter so etwas super finden? Ich vermute mal, dass es kaum eine Mutter gibt, die sich so etwas für ihre Tochter wünscht. Unsere erst recht nicht. Wenn du mich fragst, hast du damit alles nur noch schlimmer gemacht, und das bloß, weil du anscheinend zu dumm zum Verhüten bist und trotzdem die Beine nicht zusammenhalten konntest."

„Aber sie liebt Kinder ...", erwidert Danielle. Lukes zweitjüngste Schwester klingt dabei, als wäre sie den Tränen nahe.

„Du kannst manchmal ein richtiges Arschloch sein, Jamie. Was ist denn heute mit dir nicht richtig? Deine Freundin hält ihre Beine anscheinend sehr gut zusammen, so wie du drauf bist." Luke legt seiner Schwester beschwichtigend die Hand auf die Schulter. Natürlich hat Jamie im Kern der Sache irgendwie recht, und Danielle ist ... na ja. Sie ist mitunter einfach fürchterlich naiv. Diese Schwangerschaft wäre vielleicht zu vermeiden gewesen, wenn sie ein bisschen vorsichtiger gewesen wäre. Aber nun ist es ohnehin zu spät, um sie noch mit Vorwürfen zu überschütten. „Das Einzige, was wir jetzt noch machen können, ist doch, Danielle zu helfen und zu unterstützen. Sie bekommt nun mal ein Kind – und wir werden uns alle damit abfinden müssen."

Seufzend massiert Jamie sich die Nasenwurzel, dann

steht er kommentarlos auf und verlässt ohne ein weiteres Wort das Haus.

Im Schweigen, das am Tisch herrscht, klingen das Zufallen der Haustür und das anschließende Röhren des Motors von Jamies Auto so laut, dass Luke sich am liebsten die Ohren zuhalten würde.

Sein Bruder scheint völlig den Verstand verloren zu haben.

Eine Weile bleiben sie noch sitzen, ohne dass jemand ein Wort sagt. Danielle streichelt ihren Bauch, als müsse sie sich für das, was Jamie gesagt hat, bei ihrem ungeborenen Kind entschuldigen, Emma sortiert die Fransen der Tischdecke und kämmt sie mit den Fingern, bis sie perfekt ordentlich nebeneinander hängen, und Luke starrt aus dem Fenster. Draußen hat es jetzt zu regnen begonnen, und das Prasseln der dicken, schweren Tropfen auf die gepflasterte Terrasse vor der Tür mischt sich mit dem Ticken der Wanduhr in der Küche. Ansonsten ist es still, beinahe unerträglich still.

Schließlich hört Emma damit auf, die Fransen der Tischdecke zu bearbeiten, und hebt den Kopf.

„Jamies Freundin hat vorgestern mit ihm Schluss gemacht. Sie hat ihre Sachen gepackt und ist ausgezogen. Nur falls es dich interessiert. Und Moms Arzt hat ihr etwas von einer Depression erzählt, die sie dringend behandeln muss, aber sie weigert sich, die Tabletten zu nehmen, die er ihr dafür verschrieben hat. Sie ist der Meinung, das wäre bloß etwas für Psychos und sie käme auch so zurecht. Ich muss wohl kaum sagen, dass sie sich auch weigert, eine Therapie zu machen. Ich weiß, dass ihr alle viel zu beschäftigt mit eurem eigenen Mist seid, aber an manchen Tagen steht sie erst mittags auf. Mittags, kannst du dir das vorstellen?“

Normalerweise ist seine Mom eine echte Frühaufstehe-rin, und selbst wenn sie mal krank war, hat es sie dennoch immer aus dem Bett getrieben, und zwar im Normalfall bevor ihre Kinder wach waren.

„Emma ...“ Luke streckt den Arm aus, um nach Emmas Hand zu greifen, die jetzt erneut damit begonnen hat, hektisch die Fransen der Tischdecke zu bearbeiten, doch Emma zuckt zurück und reißt beide Hände in die Höhe.

„Ihr seid alle nur noch mit euch selbst beschäftigt. Jamie mit seiner Freundin, Danielle mit ihrem Baby, Tom und Liza mit ihrem Studium. Wenn du mich fragst, ist Mom einfach einsam!“ Tränen schießen ihr in die Augen, aber Luke kennt seine jüngste Schwester gut genug, um zu wissen, dass er es nur noch schlimmer macht, wenn er jetzt versucht, sie zu trösten. „Es ist schrecklich hier, seit Dad tot ist ...“, flüstert Emma mit tonloser Stimme. Emma ist das Nesthäkchen, sie geht noch zur Schule, und trotzdem hat Luke heute Abend das Gefühl, sie wäre hundert Jahre alt. Mindestens. „Mom benimmt sich, als läge sie selbst schon im Grab, und ihr, jeder von euch, macht einfach weiter sein Ding.“ Emma lässt die Tischdecke los und springt auf, so heftig, dass der Stuhl, auf dem sie bis gerade noch gesessen hat, umfällt. Luke kann ihn im letzten Moment auffangen, während er Emma hinterher-schaut, die die Treppen nach oben läuft, um sich dann in ihrem Zimmer einzuschließen.

„Ich denke, ich gehe auch schlafen ...“ Danielle hört damit auf, ihren Bauch zu streicheln, und erhebt sich, bereits etwas träger als sonst. „So ist das hier ständig. Emma heult und schmollt, Mom schläft.“

„Und warum habt ihr zwei mir nie was davon gesagt? Und was ist mit Jamie? Er muss doch auch was mitbekommen haben! Verdammt, ich bin so oft wie ich kann zu Hause, und ich bin zwar davon ausgegangen, dass Mom nach wie vor trauert, aber doch nicht, dass es so schlimm ist!"

Danielle zuckt mit den Schultern.

„Mom hat gesagt, wir sollen dich damit in Ruhe lassen. Du magst das vielleicht anders sehen, aber du bist immer ihr Goldjunge, weißt du?" Eine gewisse Bitterkeit schwimmt in ihrer Stimme mit. „Hauptsache, Luke wird in Ruhe gelassen, er ist ja ach so erfolgreich, er muss sich aufs Spielen konzentrieren ..." Schmollend verschränkt Danielle die Arme vor der Brust.

„Du weißt schon, dass ich *tatsächlich* ziemlich erfolgreich bin und das alles hier bezahle? Das Haus? Deine Klamotten? Die schicke Privatschule und die Krankenversicherung, die sich um deine Gesundheit und um die deines Babys kümmert? Ohne mich und meinen Job, der übrigens anstrengend ist und sehr viel Zeit kostet und auf den ich mich tatsächlich ab und an mal konzentrieren muss, säht ihr alle ziemlich alt aus!" Verdammt, eigentlich wollte er das nicht sagen, wirklich nicht. Er kümmert sich gerne um seine Familie, schließlich haben sie sich auch immer um ihn gekümmert. Eishockeytraining ist teuer, die Ausrüstung kostet jede Menge Kohle, und es ist ihm bis heute ein Rätsel, wie seine Eltern das Geld je zusammengebracht haben. Letztendlich mussten auch seine Geschwister deswegen oft zurückstecken, insofern hat Danielle recht – Luke ist bevorzugt worden. Dennoch haben sie aus genau diesem Grund auch heute einen ansehnlichen Lebensstandard. Weil Luke ach so erfolgreich ist und sie großzügig unterstützt; er hat jeden

Cent mehrfach zurückbezahlt. Er macht das, weil er es gerne tut, weil es selbstverständlich für ihn ist und weil er mehr Geld hat, als er selbst ausgeben kann. Bereits als er noch Rookie war, hat er sechsstellige Summen im Jahr verdient, und seitdem er einen Profivertrag hat, sind es mehrere Millionen. Aber er ist auch sechsundzwanzig Jahre alt, er hat sein eigenes Leben, beinahe dreihundert Kilometer weit entfernt, und er hat einen Job, der es ihm unmöglich macht, ständig bei seiner Familie zu sein und sich um alles zu kümmern. Es ist ja nicht so, als würde ihn das alles nicht weiter interessieren, wahrlich nicht, aber es ist einfach nicht machbar, ständig vor Ort zu sein und dafür zu sorgen, dass die Dinge hier ihren korrekten Lauf nehmen.

Ohne noch ein weiteres Wort an ihn zu richten, zieht Danielle schmollend die Nase hoch und verlässt dann ebenfalls die Küche, um sich in ihrem Zimmer einzuschließen.

Großartig. Wirklich – völlig und absolut großartig.

Drei vergraulte, schmollende Geschwister und eine Mutter mit Depressionen, die sich nicht helfen lassen will. Was für eine Bilanz für einen einzigen Abend!

Kopfschüttelnd verlässt Luke das Haus und fragt sich, wie er die ganze beschissene Situation nur wieder geradebiegen soll.

8

Luke

* * *

Nachdem er den Highway erreicht hat, startet er die Sprachsteuerung seines Handys.

„Suche für mich im Internet: Depressionen."

„Ich habe folgende Seiten zum Thema Depressionen für dich gefunden."

Erstaunlicherweise beruhigt ihn die immer gleich klingende Stimme seines Handys ein bisschen, und er lässt sich die erste Seite vorlesen. Dann die zweite und die dritte, gefolgt von der vierten – der Weg zurück nach Midway ist schließlich lang.

Irgendwann taucht in der Ferne die malerische Kulisse eines kleinen Örtchens auf, das laut Straßenschild White Crossing heißt und das von hier aus aussieht, als wäre es direkt einem Märchen entsprungen, und zwar der Art von Märchen, in der am Ende alles gut wird, einfach so und von selbst.

Allerdings ist Luke mittlerweile klar geworden, dass eine Depression eine ernsthafte Angelegenheit ist, bei der nichts einfach so und von selbst wieder gut wird. Man muss sie behandeln, und er kann noch gar nicht einschätzen, wie depressiv seine Mutter tatsächlich ist. Anscheinend gibt es da verschiedene Abstufungen, und wie immer, wenn Lebewesen betroffen sind, ist auch noch alles sehr individuell verschieden.

Seufzend schaltet er die Vorlesefunktion seines Handys ab und stattdessen Musik an, weil er so besser nachdenken kann.

Doch auch als er schließlich in Midway in die Tiefgarage des Hauses fährt, in dem er wohnt, ist er noch zu keinem zufriedenstellenden Ergebnis gekommen.

Seine Mutter ist die sturste Person, die ihm jemals begegnet ist, und er hat keine Ahnung, wie er sie dazu bringen soll, etwas zu tun, was sie nicht möchte, schon gar nicht, wenn es ihr ohnehin nicht gut geht.

Normalerweise freut er sich, wenn er nach einem Besuch bei seiner Familie wieder zurück nach Hause kommt, aber dieses Mal plagt Luke zum allerersten Mal das schlechte Gewissen. Leider ist morgen ein Spieltag, er hätte unmöglich noch bei seiner Mom und seinen Schwestern bleiben können. Wenn er seinen Job verliert, kann er nicht mehr für den Lebensunterhalt seiner Familie sorgen, und die Verantwortlichen im Team verstehen keinen Spaß, wenn es um unerlaubte Abwesenheiten geht. Mal abgesehen davon ist es auch fraglich, ob er heute Abend oder morgen früh noch irgendetwas erreicht hätte – vermutlich eher nicht. Emma hätte höchstwahrscheinlich nicht mehr mit ihm geredet und Danielle … na ja. So gern er seine Schwester auch mag, sie war schon immer sehr auf sich selbst bezogen, und vielleicht ist sie auch nicht gerade das allerintelligenteste Wesen auf dieser Welt. Luke schämt sich ein bisschen, dass er so über sie denkt, andererseits hilft es ja auch niemandem weiter, die Dinge ständig zu beschönigen. Danielle wird ihm keine große Hilfe sein, so sieht es nun mal aus.

Morgen wird er ein paar Anrufe erledigen müssen, vielleicht können Tom oder Lizzy wenigstens in ihren Semesterferien nach Hause kommen und dort nach dem Rechten sehen.

Und heute?

Heute wird er nicht mehr viel erreichen können, denn es ist zu spät, um noch irgendjemanden mit Anrufen aufzuschrecken und zu belästigen.

Luke hasst Situationen wie diese, wo man erst einmal nichts tun kann, als abzuwarten.

Das kann ein langer, ein sehr langer Abend werden.

Ihm wäre danach, sich zu betrinken, einfach alles für den Rest des Abends zu vergessen. Leider ist das während der Saison eine dumme Idee, und vor einem Spieltag eine ganz besonders dumme.

Er wird sich also irgendetwas anderes einfallen lassen müssen.

Mia

* * *

Ich bin froh, dass ich mich vor Halloween auf meine Erfahrung verlassen und das Kochevent heute in einer der größeren Kochschulen gebucht habe.

Madison und ich hätten sogar genug Interessenten für zwei solcher Events gehabt, aber nun muss ein Teil unserer Kunden bis nächste Woche warten.

Die Abende in den Kochschulen sind ganz besonders beliebt, vielleicht weil die meisten Menschen bereits in einer Küche gestanden und zumindest eine grobe Ahnung haben, worauf sie sich einlassen, anders als beispielsweise beim Klettern oder bei Escape-Spielen, bei denen die Teilnehmer Rätsel lösen müssen, um in bestimmter Zeit einem Raum zu entkommen.

Ich glaube, dass die klassische Komponente mit gemeinsamem Kochen und anschließendem Essen manchen Menschen eine gewisse Sicherheit gibt, wenn sie schon den Partner nicht kennen, mit dem sie den heutigen Abend verbringen müssen. Doch allein zu schauen, wer sich für welches Event an einem der Date-Abende interessiert, sagt mitunter eine Menge über gemeinsame Interessen der Paare aus, und wir berücksichtigen auch das bei der Zuteilung.

Das Menü des heutigen Abends besteht aus Fenchelsalat mit Feigen und Walnüssen, Bandnudeln mit Kürbis, gratiniertem Lachs und einem schnellen Erdbeereis, was komplizierter klingt, als es tatsächlich ist. Dennoch macht es immer Spaß, bei den einzelnen Paaren in die Töpfe zu schauen und zu sehen, wer welche Aufgaben übernimmt und wie die Paare sich aufeinander einlassen.

„Er salzt jetzt zum dritten Mal heimlich das Essen nach,

das sie zubereitet hat.“ Madison macht eine möglichst unauffällige Kopfbewegung in Richtung des entsprechenden Paares. Sie ist eine hübsche Brünette Ende zwanzig, er ist ein paar Jahre älter, ebenfalls dunkelhaarig und wirkt, als würde er gutes Essen durchaus zu schätzen wissen.

„Immerhin ist er taktvoll genug, es heimlich zu tun …“, antworte ich amüsiert, während ich beobachte, wie er eine weitere Prise Salz in den Topf streut.

„Man könnte auch behaupten, er hintergeht sie bereits jetzt.“ Madison zwinkert mir zu, und ich muss lachen.

„Oder aber er kümmert sich um ihr gemeinsames Wohl, ohne es an die große Glocke zu hängen. Das ist doch eigentlich eine gute Eigenschaft.“

„Große Glocken scheint er allerdings auch zu haben …“, kommentiert Madison die Handbewegung in seinem Schritt, mit der er selbige gerade zurechtrückt, und schüttelt dann den Kopf. „Was ist das nur, dass Männer sich dort ständig anfassen müssen, auch in aller Öffentlichkeit? Merken sie das nicht oder ist es ihnen schlicht egal? Ich meine, hast du schon mal eine Frau gesehen, die sich ständig … wie hast du es neulich genannt? An ihr *seltsames Pelztier* fasst?“

Ich muss mir auf die Zunge beißen, um nicht laut loszulachen.

„So heißt es bloß, wenn man Kinder hat und deshalb nie dazu kommt, besagtes Körperteil zu rasieren. Vorhin hatte ich übrigens Zeit ganz allein im Bad, seitdem gibt es keine Pelztiere mehr. Ich wollte es nur mal erwähnt haben.“ Grinsend verschränke ich die Arme vor der Brust. Der Typ mit den großen Glocken hat nun die Pfeffermühle in der Hand und hantiert damit ein bisschen weniger diskret als mit dem Salzfässchen. Vielleicht wird er auch einfach mutiger.

In diesem Moment schneidet sich seine Date-Partnerin in den Finger.

„Autsch!“, quietscht sie so laut, dass ich beinahe zusammenzucke, schiebt sich dann den Finger in den Mund und saugt daran.

Ihr Begleiter lässt seine Pfeffermühle sinken und starrt plötzlich wie gebannt auf ihren Mund; auf einmal hat sie seine ungeteilte Aufmerksamkeit.

„Dieses Biest – den Trick muss ich mir unbedingt merken. Wenn Tyson mit Kochen beschäftigt ist, hat er auch Augen für nichts mehr sonst. *Das* allerdings könnte tatsächlich funktionieren“, flüstert Madison anerkennend neben mir und beobachtet die beiden weiterhin grinsend. Ich wage zu bezweifeln, dass es Momente gibt, in denen Tyson keine Augen für Madison hat, es sei denn, er befindet sich gerade auf dem Eis. Ansonsten habe ich selten ein Paar getroffen, das so verliebt ineinander ist wie die beiden; aber ich lächle nur und denke mir meinen Teil.

„Wenn du möchtest, kannst du übrigens auch nach Hause gehen“, sage ich zu Madison. Ich weiß, dass sie momentan immer müde ist, und wir hatten heute wirklich schon einen langen Tag. „Es scheint ja alles gut zu laufen, den Rest schaffe ich auch allein.“

„Bist du dir sicher?“ Sie bleibt neben mir stehen, aber ich kann sehen, wie erschöpft sie ist.

„Natürlich bin ich mir sicher, sonst hätte ich es nicht angeboten! Ich bekomme das hier allein hin. Oder traust du mir das nicht zu?“ Ich zwinkere ihr zu und sie atmet tief aus.

„Ich traue dir alles zu, das weißt du doch. Trotzdem habe ich ein schlechtes Gewissen, weil ich dich so oft alleine lasse.“

„Du zahlst dir selbst seitdem ja auch weniger Lohn aus. Ich will gar nicht wissen, wie viel Zeit es dich kostet, unsere Stunden zu berechnen und den Gewinn gleichmäßig auf uns aufzuteilen. Und ich möchte an dieser Stelle noch einmal sagen, dass das nicht nötig wäre." Die Agentur läuft momentan super, und ich käme auch mit weniger Geld gut über die Runden. Es ist ja auch nicht so, als würden Noah und ich ein Leben in Saus und Braus führen, aber ich habe ein solides Einkommen, und die Zeiten, in denen wir am Monatsende Nudeln mit Ketchup essen müssen, weil das Geld für nichts anderes mehr reicht, die sind zum Glück lange vorbei. „Ich will nicht erleben müssen, dass dein Ehemann mich noch verprügelt, weil ich nicht gut genug auf dich aufgepasst habe. Obendrein hat er heute frei, oder?"

Ich weiß, dass freie Tage während der Saison rar gesät sind. Normalerweise finden entweder Trainings statt, oder das Team bereitet sich auf die Spiele vor, wenn es nicht sogar unterwegs zu Auswärtsspielen ist.

„Ja, Tyson ist zu Hause – und hat bestimmt schon irgendetwas Megaraffiniertes gekocht, was vermutlich auch noch abartig gesund ist. Wusstest du, dass man während der Schwangerschaft sein Steak nur noch durchgebraten essen darf? Wegen irgendwelcher Erreger, die in dem rohen Fleisch sitzen könnten? Tyson weiß es. Genau wie Tausende von anderen Verboten und Geboten – es ist einfach furchtbar. Ich darf auch keinen Kaffee mehr trinken. Ich meine, ich hatte mal einen Coffeeshop. Kannst du dir vorstellen, was das für mich bedeutet?"

Ich muss lachen.

„Ich weiß das. Ich war auch mal schwanger …" Dann senke ich meine Stimme ein bisschen. „Außerdem hat Tyson mir neulich den Link zu einer Liste gemailt, auf der all solche Dinge aufgezählt sind mit der Bitte, auf dich aufzupassen."

„Nein, das hat er nicht!" Madison reißt entsetzt die Augen auf.

„Doch, das hat er." Ich finde das um ehrlich zu sein sehr süß, auch wenn es vielleicht auf den ersten Blick wirken mag, als wäre er ein durchgeknallter Kontrollfreak. Aber ich weiß, dass Tyson als Kind seine Eltern verloren hat und auch seine erste Frau sehr jung gestorben ist. Auch wenn in ihrer Ehe anscheinend nicht immer alles ideal gelaufen ist, hat er sicherlich mehr Verlustängste als die meisten anderen Menschen. Auch abgesehen davon finde ich seine Sorge um Madison und ihr Baby sehr rührend.

„Er spinnt doch total, wirklich!"

„Erzähl ihm das – und zwar am besten gleich ..." Bevor sie es sich noch anders überlegen kann, zücke ich mein Handy. „Soll ich Tyson anrufen oder nimmst du dir ein Taxi nach Hause?"

„Du bist eine echte Tyrannin. Und ich nehme mir ein Taxi, sonst macht er sich nur Sorgen, dass etwas mit mir sein könnte." Madison küsst mich auf die Wange, bevor sie sich ihren Mantel und ihre Handtasche schnappt. „Ich denke, um diese Uhrzeit sollte es kein Problem sein, irgendwo draußen ein Taxi heranzuwinken. Wenn hier noch etwas sein sollte, ruf mich an, okay?"

„Das mache ich. Und du komm gut nach Hause."

„Ganz bestimmt!" Madison lächelt mir noch einmal zu, dann ist sie auch schon fast durch die Tür verschwunden.

Keine Viertelstunde später bereue ich es, dass ich sie nach Hause geschickt habe, denn auf einmal scheint es, als würde jedes einzelne Paar heute Abend meine Hilfe benötigen. Alle bis auf die beiden, bei denen er immer nachwürzt – ihre orale Performance hat ihn offenkundig so sehr beeindruckt, dass er ihr nun jeden Wunsch von den Augen abliest.

Bei allen anderen gibt es Probleme. Offenbar sind sie nicht in der Lage, auch nur die simpelsten Gerichte zuzubereiten, und ich muss eingreifen, bevor sich jemand ernsthaft verletzt oder vergiftet, weil der Koch, der die Paare heute Abend eigentlich anleiten soll, mit Hilfestellungen einfach nicht mehr hinterherkommt. Ich entreiße den Paar-Köchen in Ausbildung also das Salz und ersetze es durch Zucker, drücke ihnen Topfhandschuhe in die Hand, bevor sie heiße Pfannen mit bloßen Händen aus dem Ofen nehmen können, zerre Töpfe vom Herd, die kurz vor dem Überkochen stehen, und zeige erwachsenen Menschen, wie man Zwiebeln schält und schneidet, während ich mich frage, wie all diese Leute bis heute überlebt haben. Zumindest erklärt es, warum es in Midway so viele Lieferservices für Essen jeder Art gibt.

Dann ist da noch das Paar, bei dem die Frau nach kurzer Zeit beginnt, ihren Dating-Partner anzuschreien, weil er die Gurken nicht symmetrisch genug geschnitten hat, und anschließend wutentbrannt das Lokal verlässt. Ich verspreche dem zurückgebliebenen – und verständlicherweise verärgerten – Mann, dass er am nächsten Event gratis teilnehmen kann und wir die neue Partnerin mit noch mehr Sorgfalt auswählen werden. Er geht nach Hause und ich esse die asymmetrisch geschnittenen Gurken auf – die im Übrigen genau wie die symmetrisch geschnittenen schmecken.

Bei einem anderen Paar läuft es hingegen so gut, dass ich sie mehrfach darauf hinweisen muss, dass sie nicht allein sind, weil die Szenen, die sie liefern, während sie sich küssen, hart an der Grenze der Jugendfreiheit sind. Ich habe bisher gar nicht gewusst, dass es Zungen gibt, die so lang sind – und um ehrlich zu sein, hätte ich das auch gar nicht genauer wissen wollen.

Als das alles erledigt ist, kommt es noch zu diversen kleineren Katastrophen, die ich zum Glück schnell richten kann, etwa den gerissenen Träger eines Kleides, den ich mit einer Sicherheitsnadel versorge, oder ein mit Rotwein ruiniertes Herrenhemd, für das ich ein graues T-Shirt aus dem Gepäck zaubere. Wir sind ja auf die meisten Dinge vorbereitet.

Dennoch mache ich drei Kreuze, als die Paare schließlich ihr Abendessen beendet haben, denn dann ist es endlich auch für mich Zeit, um Feierabend zu machen.

9

Mia

* * *

Ich grüße den Concierge, der freundlich zurücklächelt, und stöckele auf meinen hohen Absätzen in Richtung des Aufzugs.

Um diese Uhrzeit ist das Foyer beinahe gespenstisch leer, und auch wenn ich mich frage, ob man in einer eher ruhigen Stadt wie Midway tatsächlich in einem bewachten Haus wohnen muss, finde ich es in einsamen Nächten wie dieser durchaus sehr beruhigend.

Mir tun die Füße weh, und zwar entsetzlich. Es war wahrscheinlich keine gute Idee, neue Schuhe für eine Veranstaltung anzuziehen, auf der ich mehr oder weniger die ganze Zeit stehen musste – aber sie sind einfach so schön und schienen mir so perfekt, um den Sommer noch ein bisschen festzuhalten, dass ich unvernünftig geworden bin, was ich nun bereue. Die Dinger drücken entsetzlich, und ich habe das Gefühl, dass meine Füße nur noch aus einer einzigen schmerzhaften Masse bestehen.

Kaum dass ich im Aufzug angekommen bin, bücke ich mich, um mir die elenden Dinger von den Füßen zu zerren. Ich bin so sehr damit beschäftigt, dass ich nicht bemerke, dass noch jemand den Aufzug betreten hat. Erst als sich jemand vernehmlich räuspert blicke ich auf, schaue direkt in den Schritt eines Mannes und dann, mit hochrotem Kopf, in Lukes lächelndes Gesicht.

„Bleib ruhig da unten, Baby, davon träume ich schon lange …“, sagt er, und obwohl er dabei lächelt, klingt er eigentlich nicht, als ob er einen Scherz gemacht hätte. Luke reicht mir die Hand, um mir aufzuhelfen, und bückt sich dann selbst, um meinen bereits ausgezogenen Schuh aufzuheben und mir dabei zu helfen, den anderen vom Fuß zu streifen.

„Auch dir einen wunderschönen guten Abend, Luke!“, erwidere ich schließlich, und als ich nach meinen Schuhen greifen will, nimmt Luke stattdessen meine Hand. Seine Hand ist warm und fest, und ich kann mich nicht dazu überwinden, sie wieder loszulassen.

„Ja …“ Er lächelt noch immer, aber als ich ihn genauer anschaue, wirkt er nicht sonderlich fröhlich. Eher traurig, erschöpft und niedergeschlagen.

„Ist alles okay bei dir?“ Mit meiner freien Hand streiche ich kurz über seinen Oberarm und er seufzt tief.

„Alles okay, danke.“

Ich bin mir ziemlich sicher, dass das gelogen ist, aber ich

will ihn auch nicht bedrängen, denn letztendlich geht es mich nichts an.

Schweigend fahren wir die wenigen Stockwerke bis zu meiner Wohnung, und als ich dort aussteigen will, hält Luke mich zurück.

„Wartet Noah auf dich? Oder hättest du vielleicht noch Lust, ein Glas Wein bei mir zu trinken? Oder lieber ein Bier? Meinetwegen auch ein Wasser."

Ich weiß, dass ich ablehnen sollte, aber sein Blick ist so flehentlich, dass ich es einfach nicht übers Herz bringen kann.

Ich weiß ziemlich sicher, dass ich auch schon mal bessere Ideen hatte, aber verdammt ... eigentlich ist mir heute Abend auch nicht unbedingt danach, allein zu sein. All die vielen flirtenden Paare, die ein für mich erfolgreicher Abend so mit sich bringt, lassen mir manchmal bewusst werden, dass ich selbst mitunter ziemlich einsam bin.

Natürlich habe ich Noah, und ich habe Freunde. Ich habe einen Job, der mich voll und ganz in Anspruch nimmt, und das Letzte, was ich momentan gebrauchen kann, ist ein Mann in meinem Leben, weil dieser alles nur noch komplizierter machen würde.

Doch etwas zu wissen und etwas zu wollen sind manchmal zwei unterschiedliche Paar Schuhe, und gerade in diesem Augenblick, da möchte ich vor allem eins: nicht allein sein.

Es fühlt sich ganz leicht an, meine Hand in Lukes ruhen zu lassen und mit ihm die paar Stockwerke weiter nach oben zu fahren, mit ihm auszusteigen und mit ihm in seine Wohnung zu gehen. Viel zu leicht.

Luke

* * *

MANCHMAL BRAUCHT es nur sehr wenig, um sich nach einem beschissenen Tag gleich ein wenig besser zu fühlen. Es gibt Menschen, die schwören in solchen Fällen auf eine Tafel Schokolade, ein Glas Wein, eine heiße Badewanne oder ein Gespräch mit Freunden.

Luke hat für solche Fälle noch kein eigenes Patentrezept entdecken können, aber auf alle Fälle geht es ihm besser, seit er Mia im Aufzug getroffen hat.

Dass er auf sie steht, ist ihm bereits länger klar, warum auch nicht? Er ist ein Kerl und sie ist eine attraktive Frau.

Er fand sie bereits seit ihrer ersten Begegnung anziehend, und dass sie sich so offensichtlich darum bemüht, ihn abzuweisen, hat ebenfalls einen gewissen Reiz, auch wenn es nicht das Interessanteste an ihr ist.

Wenn er ganz ehrlich ist, kann er sich kaum erinnern, wann er sich das letzte Mal so sehr zu einer Frau hingezogen gefühlt hat, auch wenn er nicht in Worte fassen kann, was ihren genauen Reiz ausmacht. Sie bringt ihn zum Lächeln, dazu, sie zu begehren. Er liebt die Art, wie sie lacht. Sie ist eine tolle Mom, zumindest soweit Luke das beurteilen kann, denn bisher hat er die beiden nur wenige Male zusammen im Hausflur getroffen. Natürlich ist Mia wunderhübsch, und sie ist geistreich. Sie ist ganz anders als die Frauen, denen er sonst begegnet.

Wahrscheinlich liegt es auch daran, dass sie kein Puck-Bunny ist, also keins von den Groupies, die er sonst so kennenlernt, die einzig an seinem Favoritenstatus interessiert sind, jedoch nicht an ihm.

Geld und Ruhm, das sind zwei Dinge, die viele Menschen für sehr erstrebenswert halten, die aber auch zahlreiche Probleme mit sich bringen. Probleme und Neider – und das anscheinend sogar in der eigenen Familie, wenn er da an Danielle denkt.

Tatsache ist: Er will heute am liebsten gar nicht mehr über die Dinge nachdenken, die sich ihm an diesem Nachmittag aufgetan haben. Heute kann er ohnehin nichts mehr daran ändern und all die negativen Gedanken fressen ihn nur auf.

Tatsache ist auch: Er will heute nicht allein sein, denn so einsam wie auf dem Heimweg vorhin hat er sich schon lange nicht mehr gefühlt. Luke ist kein Typ dafür, der gut Dinge mit sich selbst ausmachen kann, wahrscheinlich ist er auch deshalb im Mannschaftssport so erfolgreich. Ohne Teamwork funktioniert es nicht, und wenn man Probleme damit hat, seine Zeit mit anderen Menschen zu verbringen, sich mit anderen zu arrangieren und verbunden zu fühlen, ist man in einem Eishockeyteam völlig falsch.

Sein Blick wandert zurück zu Mia, die auf seinem riesigen Sofa irgendwie verloren wirkt. Sie lächelt ihn an, ein bisschen verlegen, beinahe unsicher, und ist so süß dabei, dass sich in seiner Brust etwas beinahe schmerzhaft zusammenzieht.

„Möchtest du lieber ein Glas Wein oder lieber ein Bier?“ Luke hält eine Flasche Weißwein in der einen, eine Flasche Bier in der anderen Hand.

Mia räuspert sich.

„Ich glaube, ein Glas Wasser wäre mir lieber.“

„Dann sollst du ein Glas Wasser bekommen." Luke macht sich wieder auf den Weg in die Küche, auch wenn er Mias Entscheidung irgendwie bedauert. Es ist ja nicht so, dass er vorhatte, sie abzufüllen, aber ein Glas Wein wirkt immer ein bisschen entspannter. Nachdenklich öffnet er den Kühlschrank und nimmt eine Flasche Wasser für Mia und eine Flasche Eistee für sich selbst heraus; die zuckerfreie Variante, weil diese besser in seinen Ernährungsplan passt, der während der Spielzeit ziemlich streng ist. Meistens trinkt er auch Wasser, weil das einfach am gesündesten ist, aber manchmal braucht er etwas mit ein bisschen Geschmack.

Er stellt die beiden Flaschen mit zwei Gläsern auf ein Tablett und geht zurück zu Mia ins Wohnzimmer. Ihre Schuhe stehen vor dem Sofa, dort, wo er sie vorhin abgestellt hat, und Mia hat ihre Beine untergeschlagen, was sie gleich ein wenig lockerer wirken lässt – beinahe so, als wäre sie hier zu Hause.

„Du machst dich ausgesprochen gut auf meinem Sofa!" Luke lächelt, während er das Tablett auf dem kleinen Couchtisch abstellt.

Mia

* * *

Lukes Wohnung gefällt mir.

Sie ist schlicht, beinahe puristisch, mit sehr viel Schwarz und Weiß, das aber immer mal wieder von einem Sandton unterbrochen wird, sodass es nicht zu steril aussieht. Wenn es meine Wohnung wäre, würde ich vermutlich noch ein bisschen Deko hinstellen, doch die meisten Männer haben daran ja eher wenig Interesse. Wenn ich mich so umsehe, ist eigentlich nur das Nötigste vorhanden – ein Sofa, ein riesiger Fernseher, ein Esstisch aus irgendwelchem massivem Holz mit starker Maserung, dazu mit schwarzem Leder bezogene Stühle. Das Sofa ist ebenfalls riesig und mit schwarzem Leder bezogen. Ich habe keine Ahnung, warum sich Männer so etwas immer aussuchen, wahrscheinlich werden die Dinger speziell für Männer hergestellt. Zumindest ist es bequem und so riesig, dass locker eine sechsköpfige Familie darauf Platz finden würde.

Es ist für einen Junggesellen außergewöhnlich aufgeräumt hier, und ich frage mich, ob er sich wohl selbst darum kümmert oder eine Haushälterin hat. Vielleicht auch beides.

Mir ist ein bisschen kalt, wahrscheinlich hätte ich ihn lieber um einen Tee anstelle eines Wassers bitten sollen; allerdings kam ich mir selbst bei der Bitte um ein Glas Wasser schon irgendwie albern vor. Ich will auf alle Fälle einen klaren Kopf bewahren und bloß nichts Unüberlegtes riskieren, und ich glaube, Luke hat das durchaus bemerkt.

Natürlich war es bereits unüberlegt genug, überhaupt mit ihm hierherzukommen in seine Wohnung. Ich weiß, dass er auf mich steht, das hat er mir schließlich mehr als deutlich zu erkennen gegeben, und es wäre gelogen, wenn ich behaupten würde, dass ich ihn nicht ebenfalls anziehend finde.

Welche Frau, die generell auf Männer steht, würde das nicht tun? Luke ist einfach hinreißend. Diese Muskeln, dieses Gesicht, und verdammt noch mal, dieses unglaubliche Lächeln.

Luke reicht mir ein Glas Wasser und setzt sich dann zu mir, näher, als nötig wäre, und ich atme seinen einmaligen Duft ein.

„Du frierst ja!“ Er deutet auf meinen nackten Unterarm, auf dem sich eindeutig eine Gänsehaut gebildet hat, und ehe ich michs versehe, hat er beide Arme um mich gelegt und mich an seine breite, feste Brust gezogen.

Auf einmal ist mir gar nicht mehr kalt, ganz im Gegenteil. Hitze steigt in mir auf, und ich werde wieder nervös.

„Ich sollte jetzt gehen …“, flüstere ich und klinge ein wenig atemlos. Luke streckt die Hand nach mir aus, sein Daumen gleitet über meine Unterlippe, fährt die Kontur meines Mundes nach, streichelt dann über meine Wange.

„Ich finde nicht, dass du gehen solltest!“ Er klingt so selbstbewusst, so überzeugt, so absolut sicher, dass ich einen Moment lang innerlich ins Straucheln gerate. Ich strecke meine Finger nach Lukes Gesicht aus, spüre die rauen Bartstoppeln in der Innenfläche meiner Hand. Er schmiegt sein Gesicht hinein und schließt für einen Moment die Augen.

„Weißt du eigentlich, dass ich sechs Jahre älter bin als du?“ Sechs – das ist fast so alt wie mein Sohn.

Langsam öffnet Luke seine Augen wieder und runzelt die Stirn.

„Aha“, sagt er in einem Tonfall, als hätte ich ihm gerade mitgeteilt, dass der Spielwarenladen nebenan Barbiepuppen zum halben Preis anbietet. Er klingt, als ginge ihn das nichts an.

Er ist so süß. Süß und männlich. Ich bin mir nicht sicher, ob sich das nicht eigentlich ausschließt. Seufzend hebe ich meinen Kopf und küsse Luke auf die Wange.

„Ich sollte jetzt wirklich gehen … nein. Ich gehe jetzt!“ Ich stehe auf.

„Wenn du meinst, dass das das Richtige ist, kann ich dich wohl kaum davon abhalten, Mia.“ Er steht ebenfalls auf, beugt sich zu mir, zieht mich in seine Arme und ich spüre seinen Herzschlag, und verdammt noch mal, ich spüre seine Erektion, die sich hart gegen meinen Bauch drückt. Meinetwegen. Er ist meinetwegen erregt und ich … Bevor ich dazu komme, diesen Gedanken zu Ende zu führen, lässt Luke mich los und macht einen Schritt nach hinten, gibt mich wieder frei. „Schlaf gut, Baby.“ Seine Stimme ist ganz rau geworden, und ich bekomme erneut Gänsehaut, die sich langsam über meinen gesamten Körper ausbreitet und sich dann zu einem einzigen heißen kribbelnden Punkt zwischen meinen Beinen manifestiert. „Ich werde heute Nacht bestimmt wundervolle Sachen träumen.“ Lukes Lächeln scheint ein wenig verrutscht zu sein, während er seinen Blick von meinem Mund ausgehend über meinen Körper reisen lässt, voller sündiger Versprechungen, die ich wohl niemals einfordern werde.

Ich muss mich zweimal räuspern, bevor meine Stimme mir endlich gehorcht.

„Ich wünsche dir eine gute Nacht, Luke!“

So schnell ich kann, reiße ich seine Wohnungstür auf, bevor mich das letzte Quäntchen Willenskraft verlässt, und verschließe sie fest hinter mir, damit ich nicht in Versuchung komme, sie gleich wieder zu öffnen.

Die Luft hier draußen ist deutlich kälter als in Lukes Wohnung, und ich beginne umgehend zu frösteln, trotzdem habe ich nicht das Gefühl, auch bloß ein kleines bisschen abzukühlen.

Erst jetzt fällt mir auf, wie schnell mein Herz rast und wie sehr meine Beine zittern.

Luke stellt etwas mit mir an, was ich so nicht von mir kenne. Natürlich ist er nicht der erste Mann in meinem Leben, zu dem ich mich körperlich hingezogen fühle, aber ich habe einfach noch nie erlebt, dass es so intensiv und wider jegliche Vernunft ist. Normalerweise habe ich mich wirklich besser unter Kontrolle, und ich finde es unproblematisch, solcherlei Gefühle auszublenden. Um ganz ehrlich zu sein, ist es mir eher manchmal schwergefallen, mich solchen Gefühlen überhaupt hinzugeben, weil sie oft nicht intensiv genug waren. Sex kann eine angenehme Sache sein, aber es ist eigentlich nichts; auf das zu verzichten fand ich eher einfach.

Seufzend lehne ich mich an die Wand neben Lukes Wohnungstür und atme ein paarmal tief durch, um mich wieder zu sammeln. Ich muss dringend mein rasendes Herz beruhigen und meine zitternden Beine unter Kontrolle bringen.

Mit geschlossenen Augen presse ich beide Handflächen auf mein glühendes Gesicht. Meine Hände sind eiskalt, so ist es immer, wenn ich aufgeregt bin, beinahe so, als hätte ich Fieber, das stetig weiter und weiter steigt.

Fieber, meine Güte … Ich fühle mich tatsächlich ein bisschen so, als wäre ich in einem Fieberwahn, und das alles wegen eines Mannes, der gerade eingeschult worden ist, als ich fast schon Teenager war.

Jetzt ist er allerdings erwachsen. Er ist ein erwachsener Mann, und du bist eine erwachsene Frau und …

Ich versuche den Gedanken, die von innen gegen meine Schädeldecke zu hämmern scheinen, mit einem Kopfschütteln Einhalt zu gebieten, aber sie drängen sich immer weiter an die Oberfläche.

Luke ist ein erwachsener Mann, im Vollbesitz seiner geistigen Kräfte. Es ist ja nicht so, als ob ich ihn vor sich selbst schützen müsste.

Doch mich muss ich schützen. Vor ... vor was auch immer. Bevor Luke heute Abend zu mir in diesen verdammten Aufzug gestiegen ist, war mir noch völlig klar, wovor ich mich eigentlich schützen will, doch jetzt ist in meinem verdammten Hirn scheinbar nur noch Pudding vorhanden. Genau wie in meinen Knien.

Visionen davon, dass ich mich nicht zurückhalten kann und wir es an irgendeinem öffentlichen Ort treiben, wo uns die Presse erwischt, tauchen ungefragt in meinem Kopf auf. Wahrscheinlich würden Harry und Megan mir dann Noah wegnehmen, und überhaupt ... Noah ... ich sollte dringend an meinen Sohn denken. Mein Kind braucht mich. Mich und keinen weiteren Mann in unserem Leben, der nur für Verwirrung sorgt.

Mein Kind braucht mich in Vollbesitz meiner körperlichen und geistigen Kräfte und nicht diese hormongesteuerte Variante von mir, die Watte im Kopf und Pudding in den Knien hat!

Seufzend schaue ich auf die verschlossene Wohnungstür neben mir. Ein paar meiner Schutzmechanismen haben offenkundig noch funktioniert, als ich diese fest hinter mir zugezogen habe.

Mit einem letzten Blick auf die Tür setze ich mich in Bewegung, um Richtung Aufzug zu gehen.

Ich muss hier weg, und zwar schnell.

Ich kann Luke noch immer überall an mir riechen.

Luke

* * *

Der verdammte Aufzug macht Geräusche.

Das Ding ist wirklich laut, beziehungsweise seine Tür ist einfach entsetzlich schlecht gegen Schall gedämmt, was man bei der monatlichen Miete, die seine Wohnung kostet, eigentlich anders hätte erwarten dürfen. Also beides. Sowohl einen leiseren Aufzug als auch eine besser gedämmte Tür.

Das Geräusch nervt ihn jedes Mal, wenn der Aufzug auf seiner Etage hält, was natürlich nicht allzu oft vorkommt, denn außer seiner gibt es nur noch eine weitere Wohnung hier oben.

Wie auch immer – der blöde Aufzug ist nicht zu überhören, solange Luke sich in seinem Wohnzimmer aufhält, doch gerade hört er nichts.

Er hört schon seit fünf Minuten nichts, seit Mia gegangen ist, und auch die schwere Metalltür zum Treppenhaus ist eindeutig nicht ins Schloss gefallen, denn das wäre deutlich lauter gewesen.

Wenn aber weder der Aufzug noch die Tür zum Treppenhaus benutzt worden sind, dann kann Mia auch nicht weg sein. Die Frage ist nur, warum sie nicht gegangen ist, und eigentlich gibt es auf diese Frage bloß eine mögliche Antwort.

Luke kann spüren, wie sich ein zufriedenes Grinsen auf seinem Gesicht ausbreitet. Er hatte sich schon damit abgefunden, dass sie ihm wieder einen Korb gegeben hat und er einen weiteren Abend allein verbringen muss, doch jetzt fühlt er sich, als hätte sich ihm in der letzten Minute der Nachspielzeit noch die Chance auf das entscheidende Tor zum Sieg eröffnet.

In solchen Momenten sollte man nicht lange zögern, nicht zu viel nachdenken. Manchmal ist einfach schnelles Handeln gefragt, ansonsten ist so eine Chance hinterher nichts weiter als eine verpasste Gelegenheit.

Luke öffnet seine Wohnungstür, und tatsächlich ist Mia immer noch da und dreht sich nun zu ihm um. Sie wirkt beinahe so, als hätte er sie bei irgendetwas ertappt.

Mia

* * *

Geschwindigkeit ist keine Hexerei. Wahrlich nicht. Das habe ich mir bereits so oft gesagt, doch etwas zu sagen, etwas zu begreifen und auch danach zu handeln sind leider grundverschiedene Dinge.

Das habe ich nun davon, ich stehe hier auf dem Flur und weiß nicht, was ich sagen soll, damit ich nicht wirke wie ein liebeskranker Teenager, der nachts heimlich vor dem Haus seines Schwarmes herumlungert.

Zum Glück muss ich auch gar nichts sagen, denn Luke sagt auch nichts, er steht nur da, die Arme lässig vor der Brust verschränkt und in den Türrahmen gelehnt, und wirkt wie die Ruhe selbst.

Aber ich habe ihn im Fernsehen mal auf dem Eis gesehen, ich weiß, dass diese Lässigkeit trügerisch ist, und sobald ich ihn genauer betrachte, kann ich die Spannung in seinem Körper erkennen. Trotz seines Grinsens ist da dieser entschlossene Zug um seinen Kiefer, ist da dieses aufmerksame Blitzen in seinen Augen. Luke weiß ganz genau, was er will, und ich bin mir ziemlich sicher, dass es so ohne Weiteres kein Entkommen für mich geben wird.

Ich habe keine Ahnung, wie lange wir auf dem Flur stehen und uns anstarren, uns taxieren, darauf warten, dass der andere den ersten Schritt macht.

Es kommt mir wie eine Ewigkeit in einem einzigen Atemzug vor, dann setzen wir uns beide gleichzeitig in Bewegung, und ich habe das Gefühl, regelrecht in Lukes Arme zu fliegen. Vielleicht hebt er mich auch hoch, wer weiß das schon genau, und in diesem Augenblick ist es mir ohnehin völlig gleichgültig.

Alle meine Bedenken sind auf einmal verschwunden, ausgelöscht von Lukes Nähe, seinem Duft und seiner Wärme, die sich paradoxerweise lindernd auf die unangenehme Hitze in meinem Inneren auswirkt.

Er gibt ein Geräusch von sich, eine Mischung aus Seufzen und Knurren, während er mich mustert, gierig, leidenschaftlich. Das Ganze hat etwas beinahe Archaisches, und obwohl ich immer von mir dachte, es lieber leiser und sanfter zu mögen, habe ich mich noch niemals so weiblich, so begehrt und so machtvoll gefühlt. Es ist berauschend und absolut großartig.

„Wir sollten reingehen, Babe", flüstert Luke, seine Lippen so nah an meinen, dass ich seinen heißen Atem auf ihnen spüren kann.

Irgendwo in meinem Kopf wird eine Stimme laut, die mir etwas darüber erzählen will, dass ich vor ein paar Minuten noch froh war, es irgendwie aus Lukes Wohnung hinausgeschafft zu haben – aber jetzt sieht Luke mich an mit diesem intensiven, alles verzehrenden Blick, als gäbe es außer ihm nur noch mich auf dieser Welt, und alles in meinem Kopf schweigt. Stattdessen recke ich mich ein bisschen nach oben, bis meine Lippen über seine streifen; noch kein richtiger Kuss, ein kleiner Vorgeschmack auf das, was hoffentlich noch kommen wird.

Luke zieht zischend die Luft ein, was mich dazu animiert, weiterzumachen. Ich presse meine Lippen erneut auf seine, stärker diesmal, und nun kann ich gar nicht mehr damit aufhören.

Seine Lippen sind weich und fest zugleich, und er erwidert meinen Kuss voller Hingabe, spielt mit mir, neckt mich, erkundet mit seiner samtigen Zunge meinen Mund, knabbert und saugt, bis wir beide völlig atemlos sind.

Erst als Luke mich umdreht, sodass er mit seinem großen Körper meinen bedeckt, bekomme ich mit, dass das leise Klingeln, das ich vorhin kurz wahrgenommen habe, der Aufzug gewesen sein muss, aus dem wahrscheinlich gerade Lukes Nachbar gestiegen ist.

„Wir sollten wirklich reingehen …“, flüstert er und beinahe im selben Moment befinde ich mich auch schon in seiner Wohnung und Luke schließt die Tür hinter uns mit einem Tritt; dann ist er wieder bei mir und fährt damit fort, mich zu küssen.

Mich auf diese himmlische, verrückt machende Art und Weise zu küssen, während sich seine Hände in meinem Haar vergraben. Mit sanftem Druck streichen seine Finger zunächst über meine Kopfhaut, verkrallen sich schließlich in meinem Haar im Nacken und ziehen meinen Kopf sanft nach hinten, sodass Luke besseren Zugang zu meinem Mund bekommt.

Irgendwer stöhnt, als er seine samtige Zunge noch tiefer zwischen meine Lippen schiebt, und ich kann unmöglich sagen, ob er oder ich es bin, der diese Geräusche von sich gibt.

Luke schiebt seinen Oberschenkel zwischen meine Beine, und erst jetzt fällt mir die pochende Hitze auf, die sich in meiner Mitte gebildet hat. Unwillkürlich presse ich mein Becken gegen Lukes Bein auf der Suche nach mehr, auf der Suche nach Linderung, und die Hitze breitet sich noch weiter in mir aus.

„Luke …“, flüstere ich atemlos, und meine eigene Stimme klingt auf einmal völlig fremd in meinen Ohren.

„Ich bin da, Mia …“ Er unterbricht unseren Kuss, um mich zu mustern, die Lippen noch immer leicht geöffnet, und das Lächeln, das er mir nun schenkt, hat etwas Besitzergreifendes, beinahe Raubtierhaftes, das dafür sorgt, dass ich mich unendlich begehrt fühle.

Langsam, beinahe wie in Zeitlupe, senkt Luke seinen Mund abermals auf meinen, fährt mit der Zunge über meine Oberlippe, beißt sanft hinein, nur um den Biss gleich wieder mit seiner Zunge zu lindern.

Ich gebe ein Wimmern von mir, das mir wahrscheinlich unangenehm wäre, wenn ich nicht schon längst über die Grenze, dass mir etwas peinlich ist, hinaus wäre.

Ich presse mich noch ein bisschen fester gegen sein Bein, und dann ist da plötzlich zusätzlich ein anderes Geräusch, ein lautes, irgendwie elektronisches, das ich am Rande meines Bewusstseins wahrnehme, das mein hormonvernebeltes Gehirn zunächst allerdings nicht richtig zuordnen kann.

Luke hört auf, mich zu küssen, und ich ziehe ihn protestierend wieder an mich, woraufhin er seine Stirn gegen meine legt.

„Ich glaube, dein Handy klingelt. Ich weiß ja nicht, wer dich um diese Uhrzeit normalerweise noch alles so anruft, aber vielleicht ist es wichtig? Vielleicht ist etwas mit Noah?"

Erst jetzt kapiere ich, was eigentlich los ist, und erkenne auch den Klingelton, es ist nämlich der, den ich Harry zugewiesen habe.

„Das ist mein Exmann. Er ruft mich um solche Uhrzeiten sonst nie an ... da muss ich rangehen!"

Luke nickt und lässt mich los, bückt sich dann, um meine Handtasche für mich aufzuheben, die irgendwie auf dem Boden gelandet ist.

Einen Dank murmelnd suche ich nach meinem Handy und bin ein bisschen panisch, denn normalerweise ruft Harry mich nie an. Ich hoffe nur, dass nichts mit Noah ist!

„Hallo? Harry?" Ich bin ein bisschen atemlos, als ich den Anruf entgegennehme.

„Mia, hey, bist du schon zu Hause?" Irritiert runzle ich die Stirn.

„So gut wie, warum fragst du?" Sonst interessiert es meinen Ex schließlich auch nicht, was ich tue und lasse.

„Na ja, Noah geht es nicht gut. Er hat Fieber bekommen – und er weint die ganze Zeit und würde gerne nach Hause zu dir. Wenn du da bist, würde ich ihn gleich bringen, ist das okay?"

„Ja, natürlich ist das okay!"

„Bis gleich."

„Ja, bis gleich …“

Besorgt lege ich auf, und Luke schaut mich an, er wirkt ebenfalls besorgt.

„Alles in Ordnung?“

„Ja … ich meine nein, aber es ist nicht so schlimm. Noah ist krank und will gerne nach Hause. Er ist seit Tagen total erkältet, und er neigt dazu, hohes Fieber zu bekommen, und dann ist er immer extrem weinerlich und anhänglich. Harry, also mein Exmann, bringt ihn gleich.“

„Okay. Ich kenne das von Danielle, meiner zweitjüngsten Schwester … wenn sie Fieber hatte, hat sie manchmal so lange geweint, bis sie vor Erschöpfung eingeschlafen ist, und niemand konnte sie wirklich beruhigen, bis sich unser Hund zu ihr gelegt hat. Das war das Einzige, was ihr geholfen hat.“ Luke lächelt, ganz in seiner Erinnerung gefangen. „Ich würde Barney ja herholen, damit er sich zu Noah legen kann, leider lebt er nicht mehr, und danach wollte meine Mom keinen Hund mehr haben.“

Ich lächle ebenfalls.

„Ein Hund, der sich zu ihm ins Bett legt, würde Noah bestimmt gut gefallen, aber zum Glück schläft er erfahrungsgemäß auch so meistens sehr schnell ein und am nächsten Tag geht es ihm fast immer besser.“

„Das ist gut!“ Luke sammelt meine Schuhe ein. „Komm, ich bringe dich noch nach unten.“

Zusammen steigen wir schließlich in den Aufzug und diesmal ist die Stille zwischen uns irgendwie unangenehm.

10

Mia

* * *

Lange dauert die Fahrt bis auf meine Etage nicht, aber die ganze Zeit zerbreche ich mir den Kopf darüber, wie ich mich wohl von Luke verabschieden soll. Wie verabschiedet man sich nach einer Begegnung wie dieser voneinander?

Zum Glück bleibt es mir erspart, mich für irgendeine Option entscheiden zu müssen, denn kaum dass wir vor meiner Wohnung angekommen sind, höre ich von innen das Klingeln der Gegensprechanlage, die der Concierge benutzt, um Besucher zu melden.

So schnell ich nur kann, suche ich den Wohnungsschlüssel aus meiner Handtasche, schließe die Tür auf und nehme den Anruf entgegen.

„Bitte entschuldigen Sie die späte Störung, Ms. Mason, Ihr Exmann ist mit Ihrem Sohn hier. Er sagt, Sie wüssten Bescheid.“

„Ja, ich weiß Bescheid. Ich danke Ihnen, Robert. Bitte – schicken Sie die beiden einfach hoch.“ Anscheinend saß Harry bereits mit Noah im Wagen, als er mich angerufen hat, und sie waren schon fast hier. Das ist so typisch für Harry, er geht immer selbstverständlich davon aus, dass ich Zeit habe und zu Hause bin. Aber in diesem speziellen Fall ärgere ich mich mal nicht darüber, denn ich bin froh, wenn Noah gleich bei mir ist.

Ich lege auf, und als ich zu Luke schaue, beugt er sich vor, um mir einen zarten Kuss auf die Wange zu geben.

„Sag mir, falls du Hilfe brauchst, Mia.“ Seine Stimme ist so tief und samtig, dass ich eine Gänsehaut davon bekomme.

„Danke, das mache ich!“

„Okay. Gute Besserung an Noah.“

„Danke schön!“

Luke lächelt mir noch einmal zu, anschließend wendet er sich in Richtung des Treppenhauses, wofür ich ihm sehr dankbar bin, denn der Aufzug ist gerade auf dem Weg nach unten, und es muss ja nicht sein, dass sich Luke, Harry und Noah hier begegnen.

Kaum dass Luke im Treppenhaus verschwunden ist, kündigt sich der Aufzug mit einem leisen Klingeln an, und die Türen öffnen sich.

Harry kommt heraus, auf seinem Arm mein völlig aufgelöstes Kind, das nur noch die Kraft hat, um leise zu schluchzen. Er trägt seinen Pyjama mit den Dinosauriern darauf, dicke Socken und keine Schuhe. Mir schnürt der Anblick meines weinenden Sohnes das Herz ab, auch wenn ich weiß, dass es eigentlich nicht so schlimm ist.

„Er wollte unbedingt zu dir ..." Harry zuckt entschuldigend mit den Schultern und kommt zu mir herüber, um mir Noah zu reichen, der sich wie ein kleines Äffchen an mich klammert. Normalerweise ist er mir zu schwer, um ihn noch zu tragen, und normalerweise findet er selbst auch, dass er eigentlich zu groß dafür ist – doch wenn er krank ist, dann zählt das alles nicht.

Harry betrachtet uns nachdenklich.

„Megan und ich haben versucht, ihn zum Bleiben zu überreden, aber er hat bloß immer heftiger geweint, der kleine Kerl." Liebevoll streicht er ihm das Haar aus der Stirn. „Megan hat vorhin Fieber bei ihm gemessen, er hat 38,5°C – wir wussten nicht, ob wir ihm etwas zur Fiebersenkung geben sollen, und haben es deshalb gelassen. Es tut mir leid, dass ich ihn dir jetzt so bringe ..."

„Alles okay!", antworte ich, während Noah sein glühendes Gesichtchen an meinen Hals schmiegt. „Er ist schon seit zwei Tagen erkältet, und er bekommt so schnell Fieber, ich hatte ohnehin ein schlechtes Gewissen, dass ich ihn überhaupt zu dir gebracht habe."

„Wir haben ihn gern bei uns, und wir hätten uns auch um ihn gekümmert – aber er wollte partout zurück zu dir. So wie immer, wenn es ihm nicht gut geht."

„Ich danke dir fürs Bringen. Ich muss den kleinen Mann hier mal hinlegen, er wird mir zu schwer. Außerdem kann er seinen Schlaf bestimmt gut gebrauchen. Ich melde mich morgen und sage Bescheid, wie es ihm geht."

„Okay!" Harry beugt sich noch einmal zu unserem Sohn und streichelt ihm über den Rücken. „Dann schlaf dich mal gesund, kleiner Mann." Anschließend wendet er sich an mich. „Ich wünsche euch beiden eine ruhige Nacht."

„Danke schön! Ich melde mich morgen."

Ich warte noch, bis Harry die Wohnungstür wieder hinter sich geschlossen hat, dann bringe ich mein Kind in sein Zimmer und lege ihn in sein Bett. Er ist auf meinem Arm schon beinahe eingeschlafen, aber seine Atmung hat sich noch nicht wieder richtig beruhigt, sodass jedes Einatmen mit einem stockenden Schluchzen verbunden ist.

Ich streichle ihm über sein Haar und spüre, dass er zu zittern beginnt. Er fühlt sich glühend heiß an, und auch wenn Megan angeblich vorhin erst gemessen hat, hole ich das Fieberthermometer aus dem Badezimmerschrank. Als Baby und Kleinkind hat Noah so oft Infekte und Fieber gehabt, dass wir uns irgendwann eines von diesen Thermometern geleistet haben, mit denen man im Ohr messen kann, sodass man die Kinder nicht ständig dafür wecken muss – und jetzt zeigt es über 39°C an. Seine Hände sind im Gegensatz zu seinem Kopf und seinem Körper eiskalt.

Ich versuche, seine Körpertemperatur mit Wadenwickeln ein wenig zu senken, aber es hilft nicht. Ich weiß, dass manche Eltern ihre Kinder auch bis über 40°C fiebern lassen, doch ich habe dafür nicht die Nerven, zumal es Noah immer ziemlich schlecht geht, wenn er so hohes Fieber hat. Seufzend suche ich nach dem Ibuprofen-Saft, nur um kurz darauf festzustellen, dass ich anscheinend vergessen habe, neuen zu kaufen und wir keinen mehr im Haus haben.

Leise fluchend erneuere ich die Wadenwickel, was gar nicht so einfach ist, da sich Noah im Schlaf hin und her windet. Als ich fertig bin, setze ich mich in den Sessel neben seinem Bett, weil ich ihn jetzt nicht allein lassen möchte.

Seufzend schnappe ich mir mein Handy und beginne sinnlos im Internet zu surfen, um mich ein bisschen abzulenken, denn auf ein Buch oder etwas Anspruchsvolleres könnte ich mich gerade sowieso nicht konzentrieren.

Mir ist völlig klar, dass Kinder krank werden und Fieber bekommen und es im Normalfall harmlos und ungefährlich ist. Noah und ich haben das schon viele Male zusammen durchgestanden. Dennoch mache ich mir immer wahnsinnige Sorgen um ihn und kann das nicht abstellen. Vielleicht liegt es daran, dass ich meistens mehr oder weniger allein für ihn verantwortlich bin und niemanden habe, mit dem ich mich beraten kann. Harry kam dafür nie infrage. Zum einen hat er eigentlich überhaupt keine Ahnung von Kindern, zum anderen haben wir ein sehr distanziertes, eher sachliches Verhältnis zueinander. Das ist zwar gut, weil es eine Menge Streit erspart, aber in diesem Fall geht es ja vor allem um meine Gefühle – und die will und kann ich einfach nicht mit meinem Ex teilen. Meine eigenen Eltern wohnen zu weit weg, und meinen Ex-Schweigereltern gegenüber habe ich ein ähnliches Verhältnis wie Harry, auch wenn sie sich wirklich immer toll um ihren Enkel gekümmert haben und kümmern.

So oder so – ich bin, das muss ich leider zugeben, ein bisschen überbesorgt, wenn es meinem Kind nicht gut geht, und ich kann das auch nicht abschalten. Also habe ich irgendwann gelernt, es schlicht zu akzeptieren und damit zu leben. Jeder Mensch hat schließlich seine Macken und ich richte ja keinen großen Schaden damit an. Wenn ich versuche, mich weniger deswegen zu stressen, mache ich mir nur noch mehr Stress, weil ich mich zusätzlich unter Druck setze.

Noahs Temperatur steigt nun zwar nicht mehr, aber sie fällt auch nicht, und ich beginne, mein Handy nach Drugstores mit einem Notfall-Lieferservice zu durchsuchen. Essen kann man schließlich beinahe rund um die Uhr bestellen und sich liefern lassen, warum geht das nicht auch mit Medikamenten?

Leider werde ich nicht fündig, ich finde lediglich eine Apotheke in der Nähe, die noch geöffnet hat, das hilft mir allerdings auch nicht weiter, ich kann meinen Sohn im Moment unmöglich allein lassen.

Genervt will ich mein Handy gerade zur Seite legen, als eine Nachricht eingeht.

Luke:
Wie geht es Noah?
Ich hoffe, es hat ihn nicht zu
schlimm erwischt!

Die Nachricht ist von Luke, und ich bin gerade froh, dass ich die Lesebestätigung für meine Textnachrichten ausgeschaltet habe.

Dieser Abend war unglaublich ereignisreich – und unglaublich verwirrend.

Ich habe gerade keine Ahnung, was ich Luke antworten soll.

Schreibt man einem ... ja, einem was denn? Einem One-Night-Stand, der eigentlich gar keiner war, über den Gesundheitszustand seines Kindes? Schreibt man ihm überhaupt? Und wenn ja, was?

Ratlos starre ich eine Weile auf mein Handy, bis ich aufstehe, um erneut nach Noah zu sehen.

Luke

* * *

Mia antwortet nicht, zumindest nicht sofort. Wahrscheinlich ist sie gerade einfach zu sehr mit ihrem Kind beschäftigt. Luke hat genug von seinen Geschwistern mitbekommen, um zu wissen, wie anstrengend kranke Kinder manchmal sein können.

Dass sie einem auch die Tour bei einer Frau versauen, ist ihm bisher allerdings noch nicht passiert, und auch wenn er nicht behaupten kann, darüber froh zu sein, so hat er doch vollstes Verständnis für die Situation.

Vielleicht hätte er ihr gar nicht schreiben sollen; er will sie schließlich nicht bedrängen oder ihr irgendwie zu nahetreten. Trotzdem hat es Luke tatsächlich interessiert, wie es Noah geht. Er mag den kleinen Kerl und Mia mag er auch, es kommt ihm nur richtig vor, sich nach ihm zu erkundigen.

Das scheint sich heute durch Lukes gesamten Tag zu ziehen – heute ist alles ein bisschen falsch. Alles, bis auf das Zusammentreffen mit Mia, das zumindest hat sich verdammt richtig angefühlt.

Eigentlich müsste er schon längst schlafen, morgen muss er früh beim Training sein, aber vor den Spielen sind die Trainingseinheiten nicht sehr hart und bestehen größtenteils aus taktischen Besprechungen, insofern sollte das auch mit ein bisschen weniger Schlaf gut zu bewältigen sein; und zwischen Training und Spiel bleibt auch genug Zeit, um sich noch mal eine Stunde hinzulegen.

Im Moment jedenfalls ist an Schlaf nicht zu denken, stattdessen zappt er sich durch das Fernsehprogramm, ohne wirklich etwas anzusehen.

Irgendwann, nach einer Ewigkeit, brummt sein Handy.

Mia:
Es geht so.
Er hat hohes Fieber, und
ich bekomme es nicht inden Griff.
Wie das bei Kindern eben
manchmal so ist …
Lieb, dass du fragst.

Luke:
Das tut mir sehr leid für Noah.
Und für dich ebenfalls.

Dann zögert er einen Moment, bevor er noch hinzufügt:

Meine Mom hat uns
als Kinder immer
Wadenwickel gemacht.
Und wenn gar nichts mehr
ging, hat sie uns Fiebersaft
gegeben.

Kaum hat er es abgeschickt, bereut er es bereits, er will Mia schließlich nicht reinreden oder sie irgendwie belehren; wahrscheinlich war seine letzte Nachricht völlig bescheuert.

Kurz überlegt er, ob er die Nachricht einfach löschen soll, aber irgendwie sind gelöschte Nachrichten ja noch peinlicher, schon allein, weil sie so viel Raum für Spekulationen offenlassen. Obendrein ist es dafür zu spät, denn Mia antwortet in genau dem Augenblick, wo Luke sich doch für löschen entschieden hat.

Mia:
Wadenwickel mache ich auch immer.
Der Fiebersaft ist leider alle.
Es muss also irgendwie so gehen.

Mia

* * *

IRGENDWIE IST ES MERKWÜRDIG, dass Luke sich nach Noahs Wohlergehen erkundigt, Harry sich jedoch nicht. Vielleicht geht Harry auch schlicht davon aus, dass wir bereits schlafen, wer weiß das schon, aber dennoch ärgert es mich gerade.

Seit Harry mit Megan zusammen ist, ist er so bemüht um Noah, nur ganz so weit scheint seine Fürsorge dann wohl doch nicht zu gehen.

Wahrscheinlich bin ich undankbar, und ohnehin sollte ich das Ganze besser positiv betrachten: Harry hält mich für kompetent genug, um mit dieser Situation allein zurechtzukommen.

Ich messe noch einmal Noahs Temperatur, die nach wie vor unverändert ist, anschließend hole ich mir eine Wolldecke aus dem Wohnzimmer und schiebe den Sessel in seinem Zimmer so weit zurück, dass ich beinahe darin liegen kann. Der Sessel hat eine Art Ausklappfunktion, ich habe ihn mal extra zu diesem Zweck angeschafft, und er hat mir bereits treue Dienste erwiesen. Dies ist nicht die erste Nacht, die ich in Noahs Zimmer verbringe. Natürlich könnte ich ihn auch einfach in mein Schlafzimmer hinübertragen, was sicherlich bequemer wäre, aber mein Sohn schläft am liebsten in seinem eigenen Bett. Obendrein hat er einen so unruhigen Schlaf, dass ich kein Auge mehr zubekomme, wenn er mit bei mir liegt; einmal hat er mir im Schlaf beinahe die Nase gebrochen. Er hat sich im Laufe der Nacht mit dem Kopf ans Fußende gedreht, sodass seine Füße direkt neben meinem Gesicht lagen, dann muss er irgendetwas Verrücktes geträumt haben und er hat angefangen zu laufen. Wie ein kleiner Hund, der von der Jagd auf Kaninchen träumt, nur dass meine Nase dabei im Weg war, gegen die er im Traum so heftig getreten hat, dass sie am nächsten Tag blau war.

Seitdem bin ich vorsichtiger geworden, ich liege lieber hier auf dem nicht ganz so bequemen Sessel als mit meinem kleinen Kickboxer zusammen drüben im großen Bett.

Ich muss eingedöst sein, denn irgendwann werde ich davon wach, dass mein Handy erneut brummt.

Luke:
Konnte nicht schlafen und
habe noch einen kleinen
Nachtspaziergang unternommen.
Habe euch etwas mitgebracht.
Steht vor deiner Wohnungstür.
Wollte euch nicht stören.
Schlaf gut & bis morgen.

Ich bin so verschlafen, dass ich die Nachricht zweimal lesen muss, bis ich sie richtig verstanden habe. Luke war noch unterwegs und er hat irgendetwas vor meiner Wohnungstür deponiert.

Obwohl es nicht so klang, als wäre er selbst auch da, ertappe ich mich dabei, wie ich im Vorbeigehen mein Bild im Spiegel auf dem Flur überprüfe und mir noch einmal mit den Fingern durch meine Haare fahre.

Als ich meine Wohnungstür öffne, steht eine braune Papiertüte davor. Von Luke fehlt jede Spur, und einen kurzen Augenblick ringe ich mit mir, ob ich deswegen jetzt erleichtert oder vielleicht doch eher enttäuscht sein soll.

Letztendlich beschließe ich, mich einfach nur darüber zu freuen, dass er an mich gedacht hat, schnappe mir die Tüte und bringe sie in Noahs Zimmer, wo ich sie so leise wie möglich auspacke.

Luke muss in irgendeinem Drugstore in der Nähe gewesen sein, der vierundzwanzig Stunden geöffnet hat. In der Tüte befindet sich eine DVD mit dem neuesten Disneyfilm, den Noah und ich noch nicht kennen, eine Flasche Orangensaft, eine Tafel Schokolade, eine Tüte Salzbrezeln sowie ein Fläschchen mit Fiebersaft.

Völlig perplex schaue ich auf die Geschenke, dann wecke ich meinen Sohn, um ihm den erlösenden Fiebersaft einflößen zu können.

Nach einer halben Stunde beginnt der Saft zu wirken und das Fieber sinkt langsam, und ich kuschle mich zurück in meinen Sessel.

Mia:
Das Fieber ist endlich gesunken.

Ich danke dir!
Du bist wirklich ein Schatz.
Xoxoxo

Erst als ich schon halb eingeschlafen bin, fällt mir noch etwas auf:

Luke hat „bis morgen“ unter seine letzte Nachricht geschrieben, obwohl wir uns gar nicht verabredet haben.

11

Luke

* * *

Obwohl er so wenig Schlaf bekommen hat, ist Luke am Samstagmorgen zur gewohnten Zeit wach und fühlt sich erstaunlich fit.

Noch vor dem Training ruft er Dr. Connor an, eine Ärztin in der Nähe des Wohnortes seiner Mutter, die im Internet gute Empfehlungen bekommen hat, und weil er heute offensichtlich Glück hat, bekommt Luke sie sogar persönlich ans Telefon.

„Es ist immer schwierig, wenn sich jemand nicht helfen lassen will. Gesprächstherapien können helfen, und manchmal sind auch Medikamente nötig, um aus der Depression überhaupt wieder herauszukommen. Meinen

Sie, Sie könnten Ihre Mutter überreden, dass sie in meine Praxis kommt?"

„Ich bin mir nicht sicher, meine Mutter kann ziemlich stur sein. Aber vielleicht können wir einen Termin für die nächste Woche vereinbaren? Eventuell kann ich sie überreden, mit mir zusammen zu Ihnen zu fahren." Luke klemmt sich das Telefon zwischen Ohr und Schulter und ruft den Terminplan in seinem Handy auf, und tatsächlich hat er noch mal Glück – an seinem freien Tag hat auch Dr. Connor noch Zeit für seine Mom.

Nachdem er sich verabschiedet hat, muss er zum Training und zur Besprechung für das Spiel heute, und da er nah am Stadion wohnt, hat er bis zu dem Spiel heute Abend Zeit, um kurz zu Hause vorbeizusehen.

Die meisten Spieler haben ihr ganz eigenes Ritual vor einem Spiel, und Luke mag es, wenn er noch ein wenig Zeit nur für sich hat.

Er legt sich vor jedem Spiel eine neue Playlist an, in der maximal die Hälfte der Titel aus der vorherigen enthalten sein dürfen, die jedoch immer mit demselben Song beginnt und endet: einer schnellen, wütenden Nummer von einem völlig unbekannten Rapper, der über Sieg und Niederlagen erzählt.

Luke weiß gar nicht, wie der Typ heißt, ein Teamkamerad auf dem College hat den Song mal angeschleppt, es war eine Aufnahme von irgendeinem seiner dubiosen Kumpels.

Luke mochte weder den Teamkameraden wirklich gern noch gefällt ihm der Song sonderlich gut, aber damals haben sie jedes der vier Spiele gewonnen, vor dem sie den Titel gehört haben. Außerdem ruft er genau die richtige Portion

Aggressivität in ihm hervor, die er später auf dem Eis braucht.

Die restlichen Titel, also alle dazwischen, sind eher ruhiger, wild durcheinander gemischte Stilrichtungen von Elektronischem, über Rock- und Popballaden bis hin zu Country und Klassik. All das, was ihm irgendwie hilft, um sich zu konzentrieren.

Das ist Lukes Ritual. Das, und ein paar der vielen rotgelben Glückssocken, die ihm eine seiner Schwestern mal zu Weihnachten geschenkt hat. Eines der Paare trägt er bei jedem Spiel. Zum Glück hat er genug davon, und es müssen nicht immer dieselben sein. Manche Spieler tragen aus Aberglauben bei jedem Spiel dieselben Socken und waschen sie erst, wenn die Saison vorbei ist. Eine Zumutung für jeden, der sich einen Umkleideraum mit ihnen teilen muss!

Die meisten Eishockeyspieler sind schrecklich abergläubisch und auch Luke hält sich ziemlich penibel an sein Musik- und Sockenritual.

Zum Glück lässt sich das relativ leicht umsetzen, egal, wo man gerade ist, und es beinhaltet keine kompliziert zu beschaffenden Dinge wie Schokomilchreis mit Sojamilch oder neonpinkes Tape, ein Auslaufmodell einer ganz bestimmten Firma, die unbedingt vorhanden sein müssen, weil die Spieler sonst der Meinung sind, die Eishockeygötter oder wen auch immer nicht ausreichend besänftigt zu haben.

Bevor seine Playlist komplett abgelaufen ist, macht Luke sich mit einem frisch gewaschenen Paar seiner Glückssocken auf den Weg zum Stadion, eine Sporttasche über der Schulter, Musik in den Ohren.

Er geht immer zu Fuß, seit er in dieser Wohnung wohnt, noch ein großer Vorteil der Lage.

Im Stadion lässt ihn der Portier am Hintereingang hinein und tippt sich als Gruß nur kurz an seinen imaginären Hut. Luke erwidert den Gruß mit einem Lächeln. Normalerweise unterhält er sich kurz mit ihm, doch der Portier kennt die Ticks und Macken der Spieler an den Spieltagen und weiß, wie wichtig diese vielleicht albern erscheinenden Rituale für die Spieler sind.

Im Umkleideraum dröhnt laute Musik, die der Goalie festlegt.

Keine Ahnung, warum das so ist, aber die Torhüter sind immer die schlimmsten, was Aberglauben angeht, und niemand würde es wagen, sich mit ihnen anzulegen.

Zum Glück hat Luke schon seit ein paar Jahren Kopfhörer, die die Umgebungsgeräusche herausfiltern, und wenn er diesen Filter zuschaltet und seine eigene Musik ein bisschen lauter stellt, bekommt er von allem anderen nicht mehr viel mit.

Im Umkleideraum geht es vor den Spielen zu wie in einem Bienenstock. Es herrscht aufgeregte Betriebsamkeit, die für einen Außenstehenden wie das reinste Chaos erscheinen mag, aber Luke liebt diese angespannte Stimmung vor dem Spiel.

Lächelnd nickt er Tyson zu, der ein ähnliches Ritual wie Luke hat und vor den Spielen gerne Musik hört. Tyson sitzt halb umgezogen auf der Bank vor seinem Spind, den Kopf hängend, die Unterarme auf die Knie gestützt; die reine Konzentration. Er erwidert kurz Lukes Nicken, anschließend scheint er wieder in seine eigene Welt abzutauchen.

Luke beginnt damit, sich umzuziehen. Als er seine komplette Ausrüstung angelegt hat und nur noch das Mannschaftstrikot und der Helm fehlen, deponiert er die beiden

Bekleidungsstücke sorgfältig neben sich auf der Bank. Dann hört er sich den letzten Song in seiner Playlist an, atmet tief und konzentriert und nimmt schließlich die Kopfhörer ab.

Dieser Moment fühlt sich immer so an, als würde er aus seiner eigenen Welt zurück in die Realität auftauchen, und er braucht jedes Mal ein paar Augenblicke, bis er wieder in der wahren Welt ankommt.

Aus der Stereoanlage dringen die lauten, disharmonischen Laute irgendeiner Heavy-Metal-Band, die in einer Sprache singt, die Luke unbekannt ist. Er würde auf Finnisch tippen, und das, obwohl ihr Torhüter eigentlich Kanadier ist, der Typ ist manchmal mehr als merkwürdig. Ihr alter Goalie, Davon Frenley, war deutlich weniger merkwürdig, aber der ist vor einiger Zeit in den Ruhestand gegangen.

Bis sich alle Spieler vor dem Spiel sammeln, sind noch ein paar Minuten Zeit, und Luke nutzt diese, um den Blick über seine Teamkameraden schweifen zu lassen, die mittlerweile alle so gut wie fertig angezogen sind.

Irgendwann stoppt das aggressive Gegröle der finnischen Heavy-Metal-Band ziemlich abrupt, stattdessen schallt nun die Mannschaftshymne in beinahe ohrenbetäubender Lautstärke durch den Raum, und für Luke ist der Moment gekommen, sich sein Trikot über den Kopf zu ziehen.

Sobald die Hymne vorbei ist, ist es einen kurzen Augenblick lang beinahe gespenstisch still im Raum, dann geht die Tür auf und der Trainer kommt herein, positioniert sich in ihrer Mitte.

Schweigend mustert er jeden Spieler, einen nach dem anderen, und sein Blick ist wissend und durchdringend. Der Effekt wird von den zwei unterschiedlichen Augenfarben des Trainers noch verstärkt.

„Ihr wisst, dass ich kein Mann großer Worte bin. Ich hasse Reden, und ich weiß nicht, wer sich hat einfallen lassen, dass ein Trainer vor dem Spiel jedes Mal eine motivierende Ansprache für seine Spieler halten muss. Wenn man mich fragt, ist das in eurem Fall völlig überflüssiger Mist. Denn eine Mannschaft, die wirklich gut ist, weiß das, und sollte allein aus dieser Tatsache genug Motivation schöpfen. Ihr seid gut. Ich weiß das, und ihr wisst das auch. Also geht raus und beweist es auch allen anderen!"

Tyson reißt die Faust hoch und brüllt: „Icefoxes!", und alle anderen tun es ihm nach. Ein schlichter, wenig einfallsreicher Schlachtruf, aber um Einfallsreichtum geht es hier schließlich nicht.

Als Teamkapitän versammelt er nun die komplette Mannschaft um sich herum.

Auch hier werden in manchen Mannschaften noch große Ansprachen gehalten, aber Tyson ist kein Mann großer Worte.

Alle Spieler stehen nun im Kreis, die Arme auf die Schulter der Spieler neben ihnen gelegt, die Augen geschlossen als Zeichen für Stärke und Vertrauen.

„Ihr macht das schon, Männer!", sagt Tyson schließlich und es ist gleichzeitig das Signal für den Aufbruch.

Mia

* * *

NOAH VERSCHLÄFT DEN GANZEN MORGEN, und als er gegen Mittag wach wird, ist es, als wäre er nie krank gewesen.

Ich habe keine Ahnung, wie Kinder so etwas anstellen. Wenn ich am Vortag noch so hohes Fieber gehabt hätte, würde ich heute vermutlich kaum aus dem Bett kommen, doch mein Sohn springt bereits herum und ist gut gelaunt. Ab und an muss er sich noch die Nase putzen, aber ansonsten muss ich ihn heute eher bremsen, damit er sich nicht übernimmt.

Ausnahmsweise darf er heute also viel mehr fernsehen als normal, damit mein kleiner Wirbelwind sich noch etwas ausruhen kann. Wir schauen zunächst den Disney-Film, den Luke uns geschenkt hat, anschließend basteln wir etwas gemeinsam, und während ich Noahs Lieblingsessen koche – Kartoffelpüree mit gerösteten Zwiebeln und Chickennuggets –, darf er ein bisschen durch die Sender zappen.

Normalerweise schaut er sich dann eine Zeichentrickserie auf dem Kinderkanal an, aber heute scheinen ihn diese alle nicht zu interessieren, und ich kann hören, wie er schließlich auf dem Sportkanal hängen bleibt.

Seit er öfter Zeit mit Harry verbringt, interessieren ihn solche Dinge wesentlich mehr, und ich stelle fest, wie wichtig es für Kinder ist, dass sie eine Chance auf den Kontakt mit beiden Elternteilen haben; schon allein, weil ihnen jeder andere Dinge vermittelt. Ich selbst interessiere mich für Sport eigentlich überhaupt nicht. Um mich selbst sportlich zu betätigen, fehlt mir neben Kind und der Agentur schlichtweg die Zeit, und wenn ich mal dazu komme, den Fernseher einzuschalten, was ohnehin mehr als selten passiert, schaue ich mir lieber einen Film oder eine Dokumentation an als irgendwelche Sportveranstaltungen.

Bei Harry war das immer anders, er findet es entspannend, abends noch ein paar Sportsendungen zu schauen, und offensichtlich hat er unseren Sohn nun damit angesteckt.

Ich verteile gerade die Nuggets auf dem Teller, als mein Sohn mich ganz aufgeregt ruft:

„Mommy, schau mal, Luke und Tyson sind im Fernsehen! Komm schnell!"

Ich stelle unsere Teller auf ein vorbereitetes Tablett, nehme die Flasche Orangensaft aus dem Kühlschrank, die Luke uns mitgebracht hat, und gehe dann ins Wohnzimmer.

Normalerweise essen wir nicht vor dem Fernseher, aber wenn Noah krank ist, ist es eben eine Ausnahmesituation.

Im Fernsehen läuft ein Eishockeyspiel und selbst ich erkenne die Trikots der Icefoxes in ihrem hellen Türkisblau mit dem weißen Logo darauf. Man müsste blind sein, wenn man in Midway lebt und diese Trikots nicht kennt.

Ansonsten habe ich von Eishockey leider überhaupt keine Ahnung, doch weil Noah so enthusiastisch ist, schaue ich mir mit ihm zusammen das Spiel an, das anscheinend gerade erst begonnen hat.

„Kennst du dich mit Hockey aus, mein Schatz?", frage ich, während ich mir eine Gabel voll Kartoffelbrei in den Mund schiebe.

Noah starrt auf den Fernseher und ist anscheinend viel zu gebannt vom Spiel, um etwas zu essen.

„Nur ein bisschen …", murmelt mein kleiner Sohn. „Daddy schaut lieber Football, aber wir haben auch schon zusammen Hockey angesehen." Jetzt isst er doch ein Nugget, besser als nichts. „Es gibt immer sechs Spieler pro Team auf dem Eis, einer davon ist im Tor. Die anderen fünf haben irgendeinen Namen ... Reihe, glaube ich. Die werden alle paar Minuten ausgewechselt, weil es so anstrengend ist." Mit einem Blick, der mir anzeigt, dass er nun etwas besonders Wichtiges sagen möchte, schaut er mich an. „Eishockey ist nämlich der schnellste Mannschaftssport der Welt!"

„Oha! Das klingt wirklich sehr anstrengend", sage ich und versuche, anerkennend zu klingen, statt zu lächeln, schließlich hat er mit all dem, was er mir gerade erzählt, höchstwahrscheinlich recht. Er merkt sich solche Dinge immer sehr genau, und ich bin manchmal erstaunt, was er alles behält.

„Ist es auch." Er isst noch ein Nugget. „Deshalb gibt es nach zwanzig Minuten auch eine Pause. Damit die Spieler sich erholen können. In jedem Spiel werden zwei Pausen gemacht." Eine Gabel voll Kartoffelbrei folgt dem Nugget. „Es gibt übrigens zwei Mannschaften, und es geht darum, Tore zu machen. Den Ball nennt man Puck."

Jetzt muss ich doch lachen. „Ob du es nun glaubst oder nicht, das wusste selbst deine dumme, alte Mutter." Ich zwinkere ihm zu, und er schiebt den Teller von sich und kuschelt sich an mich.

„Du bist gar nicht dumm und alt, Mommy."

Lächelnd küsse ich ihn auf den Kopf. In ein paar Jahren wird er das vermutlich nicht mehr unbedingt so sehen, aber solange es noch geht, will ich es genießen, dass es anders ist.

Wir schauen uns zusammen das Spiel an, und innerhalb von wenigen Minuten hat mich das Eishockeyfieber gepackt, auch wenn ich vorher geschworen hätte, dass mir das niemals passiert. Das Spiel ist schnell und brutal, ständig krachen die Spieler mit voller Wucht ineinander, und manchmal geht alles so schnell, dass ich kaum hinterherkomme.

Nach dem ersten Drittel steht es 1:1, nach dem zweiten 2:1 für die gegnerische Mannschaft, und in der Pause bin ich so aufgeregt, dass ich beschließe, mir ein Glas Wein zu gönnen.

„Komm schnell, Mommy! Es geht weiter!“, ruft mich mein Sohn zurück ins Wohnzimmer und starrt auf den Fernseher. „Schau nur, da sind wieder Luke und Tyson. Sie spielen immer noch zusammen in einer Reihe!“

Ich habe keine Ahnung, wie oft so etwas geändert wird, doch die beiden scheinen wirklich super aufeinander eingespielt zu sein. Luke fängt fast jeden Puck ab, den die Gegner auf das Tor der Icefoxes spielen wollen, und irgendwie scheint er manchmal zu ahnen, was passiert, bevor man es überhaupt wissen kann. Die beiden Tore, die die Icefoxes kassieren mussten, sind passiert, als gerade eine andere Reihe auf dem Eis war.

Jetzt ist er erneut in so einer Situation. Ein Spieler der gegnerischen Mannschaft flitzt in einem feuerroten Trikot auf das Tor der Icefoxes zu, und in genau dem Moment, in dem er zum Schlag ausholt, hat Luke ihm den Puck auch schon abgenommen und spielt ihn Tyson zu, der damit in atemberaubender Geschwindigkeit über das Eis flitzt und schließlich einen Gegentreffer landet, bevor ich überhaupt richtig weiß, was hier geschieht.

„Juhuuuuu!“, brüllt Noah, springt vom Sofa hoch und reißt seine kleinen, dürren Ärmchen vor lauter Freude in die Luft. „Juhuuuuu! Jetzt ist wieder alles offen. Go, Icefoxes! Go Icefoxes! Go! Go! Go! Ihr schafft das!“ Seine Freude ist so ansteckend, dass ich mich gleich noch mehr freue. Wir schauen das Spiel zu Ende, und als die Icefoxes schließlich mit 4:2 gewinnen, fängt es draußen bereits an, dunkel zu werden.

Etwas erstaunt darüber, wie schnell die Zeit vergangen ist, schaue ich auf die Uhr.

„Ich würde vorschlagen, du gehst jetzt schnell duschen, und dann siehst du zu, dass du ins Bett kommst, mein Schatz! Morgen ist Schule."

Noah schmollt ein bisschen.

„Ich bin aber gar nicht müde. Außerdem bin ich doch krank."

„Du hast den ganzen Tag kein Fieber mehr gehabt, mein Schatz. Nicht mal erhöhte Temperatur. Ich denke, Schule ist dir morgen durchaus zuzumuten."

Mit gerümpfter Nase zieht mein Sohn in Richtung Badezimmer ab, und ich suche ihm einen frischen Pyjama heraus, weil der von letzter Nacht völlig durchgeschwitzt war.

Als ich ihm Gute Nacht sage, greift er noch einmal nach meiner Hand.

„Meinst du, wir könnten mal zu einem Spiel ins Stadion gehen, Mom? Und Luke und Tyson live sehen?" Mit großen, bittenden Kinderaugen schaut er mich sehnsuchtsvoll an.

„Möchtest du das gerne?", frage ich völlig überflüssigerweise, und er nickt.

„Das wäre toll."

„Okay. Pass auf. Wenn du mir versprichst, dass du die ganze Woche ohne zu murren in die Schule gehst, dann frage ich Madison morgen, ob sie uns eventuell Karten besorgen kann, was meinst du?"

„Das klingt großartig!", freut er sich, und ich gebe ihm noch einen Gute-Nacht-Kuss, bevor ich das Zimmer verlasse und das Licht lösche.

12

Luke

* * *

Irgendwer hat ein Hockeyspiel mal mit einem Rausch beschrieben, und auch wenn Luke noch nie Drogen genommen hat, hält er diese Beschreibung für durchaus treffend.

Er kennt keinen anderen Zustand, in dem man so fokussiert ist, es einem so sehr gelingt, sich nur auf eine einzige Sache zu konzentrieren, dass man kaum noch etwas um sich herum wahrnimmt.

Vielleicht ist die Euphorie beim Sex ein bisschen mit dem bei einem Spiel vergleichbar, und wahrscheinlich ist das auch der Grund, warum so viele seiner Kollegen an den Spielabenden Sex haben, ob nun mit ihren Partnerinnen, mit irgendwelchen Groupies oder mit beidem. Man braucht irgendetwas, um wieder einen klaren Kopf zu bekommen, Adrenalin und Endorphine abzubauen, sich zu beruhigen und zu sammeln.

„Kommt noch einer von euch mit in die Bar? Tyson? Luke?“ Tucker Frost, ihr Rechtsaußen, schaut erwartungsvoll zu ihnen herüber.

„Ich bin für heute raus!“ Tyson hebt beide Hände in die Luft. „Ich habe meiner Frau einen ruhigen Abend versprochen und den werde ich auch einhalten.“

„Ich dachte, bei euch geht es eher ziemlich wild zu.“ Tucker grinst so breit, dass Luke sich überlegt, ob das nicht schon schmerzhaft sein muss. Tucker weiß manchmal nicht, wann es genug ist, und gerät deshalb immer wieder in Schwierigkeiten. Zum Glück nimmt Tyson die Sache gelassen.

„Nur kein Neid, Tucker, nur kein Neid. Irgendwann wirst vielleicht auch du erwachsen und stellst fest, dass Groupies nicht alles sind.“

Tucker blickt drein, als hätte ihm jemand erzählt, dass er beweisen könne, dass es den Weihnachtsmann *wirklich* gibt, dann schüttelt er sich kurz und murmelt irgendetwas, was verdächtig nach „Eher friert die Hölle zu“ klingt, ist aber clever genug, um Tyson nicht weiter zu widersprechen.

„Was ist mit dir, Steward?“, wendet er sich schließlich an Luke. „Kommst du wenigstens mit, oder hast du auch *Besseres* vor?“

Luke zögert einen Moment, denn obwohl er lange Phasen hatte, in denen er irgendwelchen Groupies in irgendwelchen Bars auch nicht unbedingt abgeneigt war, ist er in letzter Zeit vorsichtiger geworden. Außerdem ist da noch Mia, die ihm im Kopf herumgeistert.

„Geh mit und pass auf Tucker auf ...“, raunt Tyson ihm schließlich zu. „So, wie der drauf ist, bringt er sich heute sonst noch in Schwierigkeiten!“

Eigentlich hat er keine Lust mehr, heute Abend auszugehen, doch Tucker ist ein wichtiger Spieler, und Tyson hat ein Gespür dafür, wann seine Jungs dabei sind, sich in Schwierigkeiten zu bringen – und Tucker bringt sich oft in Schwierigkeiten. Der Coach hat angedroht, ihn bei der nächsten Prügelei für drei Spiele zu sperren, und so etwas ist für den Rest des Teams immer eine Katastrophe.

„Okay, ich komme mit.“ Luke schnürt sich die Schuhe zu und greift nach seinem Sakko.

Die Teamleitung, also die Besitzer, Manager und der Trainerstab, legen eine Menge Wert darauf, dass die Jungs nach dem Spiel anständig aussehen, denn zu diesem Zeitpunkt wimmelt es nur so von mit Kameras bestückten Presseleuten im und um das Stadion, und selbstverständlich kennt jeder Sportjournalist, der etwas auf sich hält, auch die einschlägigen Bars, in die die Spieler abends noch gehen.

Beim Eishockey mag es zwar manchmal etwas rauer zugehen, dennoch kommen auch Familien mit ihren Kindern zu den Spielen, sehen sich die Übertragungen im Fernsehen an und kaufen die vielen Fanartikel. Eishockey ist ein Milliardengeschäft und ein schlechter Ruf eines Starspielers kann schnell einen Strich durch diese Rechnung machen. Selbst der talentierteste Spieler erhält irgendwann keine Verträge mehr, wenn er sich dauerhaft zu schlecht benimmt. Der gute Ruf der Mannschaft ist wichtig, er sorgt für wohlwollende Kritiken und wohlwollende Fans.

„Guter Junge.“ Tyson schlägt Luke kurz auf die Schulter,

und um ehrlich zu sein, bedeutet Luke diese Geste eine Menge.

Mia

* * *

OBWOHL ICH VON letzter Nacht ziemlich geschafft bin, ist es für mich noch viel zu früh, um schlafen zu gehen. Wenn ich mich schon so früh hinlege, schlafe ich zwar meistens schnell ein, aber werde nach ein paar Stunden wieder wach, lange bevor der Wecker klingelt, und komme anschließend nicht mehr zur Ruhe.

Nachdem ich Noah ins Bett gebracht habe, beschließe ich, noch eine Weile fernzusehen, denn auch wenn ich heute bereits eine Weile ferngesehen habe, ist es doch ein seltener Luxus, dabei selbst das Programm auswählen zu können.

Leider läuft nichts, was mich so wirklich interessiert, schließlich bleibe auch ich bei irgendeinem Sportsender hängen und rede mir ein, dass es nichts mit Luke zu tun hat, dessen Gesicht momentan in Großaufnahme gezeigt wird.

Er lächelt, breit und gewinnend, und die Moderatorin, die ihn interviewt, irgendeine Annalie Kineill, kommt mit ihrer nächsten Frage etwas ins Stocken. Ich kann das mehr als gut nachvollziehen, denn obwohl ich gerade nicht persönlich vor ihm stehe, hat Lukes Lächeln eine verheerende Wirkung auf meinen Hormonhaushalt und mich.

„Was unternehmen Sie heute nach diesem Spiel? Ich

habe vorhin noch einen Blick auf die Statistiken geworfen, wussten Sie, dass Sie an drei der vier Tore eine unmittelbare Beteiligung hatten? Und das als Verteidiger! Das ist wirklich enorm."

Luke zuckt mit den Schultern und schafft es, beinahe ein bisschen verlegen aufgrund dieses Lobes zu wirken, obwohl ich mir fast sicher bin, dass er es gewohnt ist, mit solcherlei Lorbeeren umzugehen. Dennoch lässt ihn diese kurze Verlegenheit unglaublich sympathisch wirken.

„Wenn Sie das sagen, wird es wohl so stimmen. Auf dem Eis selbst komme ich kaum dazu, mich um solche Dinge zu kümmern. Wir schauen nur auf den Spielstand und geben unser Bestes, dass die höhere Punktzahl auf unserer Seite steht. Da gibt es keine Zeit für Statistiken!" Er lächelt erneut, dieses Mal entschuldigend.

„Dann wissen Sie ja jetzt Bescheid. Ich nehme an, Sie gehen noch irgendwo feiern?" Ein wenig übereifrig kommt die Moderatorin einen Schritt näher, fast so, als würde sie hoffen, dass Luke sie mitnimmt.

„Ja klar! Unsere Gegner waren heute sehr stark, allerdings waren wir stärker. Ich denke, wir haben es uns verdient, unseren Sieg ein wenig auszukosten."

„Und feiern Sie diesen Sieg mit Champagner oder auch mit Frauen?"

Ein bisschen fassungslos starre ich den Fernseher an. Ich kenne mich wirklich nicht gut aus mit solcherlei Interviews, aber ist so eine Frage nicht ziemlich daneben? Ich finde schon. Luke anscheinend auch, denn er blinzelt einmal, anschließend noch ein weiteres Mal, bevor er sich erstaunlich schnell wieder im Griff hat.

„Sie sind doch Sportreporterin – eigentlich müsste Ihnen

bekannt sein, dass wir während der Saison dazu angehalten sind, auf Alkohol und sonstige Rauschmittel zu verzichten.“ Luke zwinkert der Reporterin gut gelaunt zu und verabschiedet sich dann höflich, aber bestimmt, nicht ohne ihr noch einen schönen Abend zu wünschen.

Luke

* * *

Es gibt gute und schlechte Reporter, solche, die er leiden kann, und welche, gegen die er eine tiefgehende Abneigung verspürt.

Annalie Kineill gehört eindeutig in die letztere Kategorie, und Lukes Abneigung gegen sie hat nichts damit zu tun, dass viele Spieler – und auch viele Fans – mit Frauen als Sportreporter ein grundsätzliches Problem haben.

Es liegt einzig und allein daran, dass ihre Fragen dumm, dreist und oberflächlich sind und er immer wieder den Eindruck bekommt, dass es ihr gar nicht um den Sport, sondern lediglich um Klatsch und Tratsch geht, wenn sie Interviews führt.

Obendrein kennt Luke mindestens zehn Spieler aus verschiedenen Teams, mit denen sie angeblich mal etwas hatte. Er glaubt zwar nur drei von ihnen, dass diese Geschichte auch stimmt, aber so oder so ist ein solches Verhalten hochgradig unprofessionell.

Er traut dieser Frau einfach alles zu, sie würde vermutlich auch ihre Großmutter für eine gute Story verkaufen.

Manche Spieler lassen sich gerne von ihr interviewen, was einzig der Tatsache geschuldet ist, dass Annalie gut aussieht, blond ist und riesige Titten hat.

Nicht, dass das ein Zeichen von Inkompetenz wäre, aber wenn es so ziemlich das Einzige ist, was eine Sportreporterin zu bieten hat, ist das doch eher ein Armutszeugnis.

Angeblich hat der Sender, für den sie arbeitet, sie eingestellt, weil sie hoffen, dass sich dank ihr auch mehr Frauen für Sport interessieren, allerdings glaubt Luke eher weniger an diese Theorie. Wenn ihn jemand fragen würde, würde er behaupten, dass der Sender sie aufgrund ihrer Oberweite eingestellt hat. Die meisten Männer schauen bei so etwas gerne zweimal hin. Das könnte natürlich kein Sportsender zugeben, denn dann käme es sicherlich sofort zu einem Aufschrei aufgrund von Sexismus, und das nicht zu Unrecht.

Kopfschüttelnd beobachtet Luke Annalie dabei, wie sie sich nun erst auf Tyson und danach auf Tucker stürzt, um die beiden mit ihren lächerlichen Fragen zu löchern.

„Ich hasse diese dämliche Kuh." Sarah Wellington, die Tochter des Teambesitzers, die mittlerweile einen großen Teil der Geschäfte führt, ist unerwartet neben Luke aufgekreuzt. „Wegen Tussis wie ihr haben Frauen in dieser Branche mit noch mehr Vorurteilen zu kämpfen. Die Alte ist einfach furchtbar. Schau dir nur an, wie sie Tucker am Arm betatscht."

Luke zuckt mit den Schultern.

„Ich glaube nicht, dass Tucker das viel ausmacht. Er ist bei Frauen nicht sonderlich wählerisch ..."

Sarah gibt ein Geräusch von sich, das eine Mischung aus Schnauben und Lachen ist.

„Da könntest du allerdings recht haben.“ Dann wird sie wieder ernst und wendet sich Luke zu. „Ich weiß, dass es mir als deine Vorgesetzte eigentlich nicht zusteht, so etwas zu fragen. Aber du bist ja quasi noch als Küken zu uns gekommen und ich fühle mich irgendwie für dich verantwortlich. Deshalb frage ich dich trotzdem. Bist du denn wählerischer geworden, was Frauen angeht? Ich meine damit nicht die Groupies, bitte – nehmt euch so viele Groupies, wie ihr wollt, solange sie es auch wollen und ihr euch schützt. Doch wenn mir diese Anmerkung erlaubt sein darf, deine letzte Freundin war schon ... na ja. Wenn ich deine Mutter wäre, würde ich an dieser Stelle vermutlich theatralisch dreinschauen, die Hände ringen und sagen: ‚Du hast wirklich Besseres verdient, mein Junge!‘“

Luke muss lachen.

„Ob du es glaubst oder nicht – so etwas Ähnliches hat meine Mutter tatsächlich zu mir gesagt.“ Grinsend rückt er seine Krawatte zurecht.

„Ich glaube es dir sofort. Nur hörst du auch auf sie?“ Sarah hat sich halb zu ihm gedreht, sodass sie ihn anschauen kann, aber gleichzeitig Tucker mit Annalie Kineill im Auge behält, bereit, jederzeit einzugreifen, wenn es sein muss.

„Manchmal höre ich auf meine Mutter, und manchmal, stell dir vor, komme ich auch selbst zu dem ein oder anderen sinnvollen Ergebnis, wenn ich mich ein bisschen anstrenge.“

„Das beruhigt mich wirklich sehr.“

In diesem Moment dringt ein lautes, beinahe hysterisches Gelächter von Annalie und Tucker zu ihnen herüber, und Sarah räuspert sich.

„Ich glaube, da muss ich mal einschreiten. Genieß deinen Abend, Luke – und tolles Spiel heute!“

„Danke!“

Er beobachtet, wie Sarah zu Annalie geht, und lächelt. Als er neu im Team war, haben sie und ihr Mann Eric McLeoad, der Trainer, Luke unter ihre Fittiche genommen, etwas, was nicht in jedem Team selbstverständlich ist, und Luke hat ein beinahe familiäres Verhältnis zu den beiden. Sofern eine Geschäftsbeziehung so etwas überhaupt zulässt.

Luke hat keine Probleme, wenn Sarah ihm solche Fragen stellt, anders, als wenn aufdringliche Sportreporterinnen das tun würden, und Sarah hat tatsächlich recht: Seine letzte Freundin war der totale Reinfall.

Vivian … na ja. Eigentlich war sie eins von den Groupies, die die Jungs und er abends in den Bars auflesen, und dann hat sie sich irgendwie geweigert, wieder zu gehen.

„Können wir los?“ Tucker kommt auf ihn zu und grinst schief. „Ich habe Annalie übrigens auch noch für später eingeladen – das wird bestimmt ein lustiger Abend. Sie ist scharf, finde ich …“

„Na, großartig“, murmelt Luke, Tucker scheint ihn jedoch nicht zu hören, denn er läuft einfach weiter.

„Bist du mit deinem eigenen Wagen da oder soll ich dich mitnehmen?“ Die Autoschlüssel klappern demonstrativ in seiner Hand.

„Weder noch, aber ich würde vorschlagen, wir treffen uns in der Bar.“

Luke ist wirklich kein Feigling, allerdings muss man schon lebensmüde sein, um zu Tucker Frost in den Wagen zu steigen. Wenn man diesen Fehler einmal gemacht hat, passiert es einem so schnell kein weiteres Mal. Es sei denn, man steht darauf, sich die halbe Fahrt über wie eine hysterische alte Lady an der Seitentür festzuklammern und an jeder roten Ampel zu beten, dass Tucker sie diesmal nicht wieder einfach ignoriert. Eigentlich grenzt es an ein Wunder, dass sie ihm den Führerschein noch nicht abgenommen haben, und wahrscheinlich wäre es sinnvoll, wenn jemand während der Fahrt auf ihn aufpassen würde. Doch Luke ist zwar bereit, in der Bar den Babysitter für Tucker zu spielen, aber nicht wahnsinnig genug, um auch mit ihm dorthin zu fahren.

„Okidoki, dann bis gleich, Kumpel!" Mit beschwingten Schritten verschwindet Tucker auf dem Parkplatz, während Luke sich zu Fuß auf den Weg in Richtung der Bar macht.

13

Mia

* * *

Der Montagmorgen ist hektisch und beginnt damit, dass Noah und ich verschlafen.

Normalerweise passiert mir das nicht, denn ich bin in der Regel schon wach, bevor mein Wecker klingelt, aber die Nacht auf dem Sessel in Noahs Zimmer steckt mir noch immer in den Knochen.

Zum Glück sind es nur zwanzig Minuten, die wir zu spät aufstehen, die genügen allerdings, um alles durcheinanderzubringen und zusätzlich dafür zu sorgen, dass Noah seinen Bus verpasst, sodass ich ihn zur Schule fahren muss.

Irgendwie schaffe ich es dennoch, pünktlich zur Arbeit zu kommen, ich bin nur weder ordentlich geschminkt noch habe ich Klamotten an, in denen ich mich wohlfühle, weil ich einfach das Erstbeste aus meinem Schrank gezerrt habe, das mir zwischen die Finger gekommen ist.

Madison kommt erst später, und heute Nachmittag müssen wir uns dringend um die Stellenanzeige kümmern, damit noch genug Zeit bleibt, jemand Neues einzuarbeiten, bevor Madison in die Babypause geht.

Wir wollen das schon seit einer Weile machen, aber es hat so etwas Endgültiges. Natürlich möchte Madison nach der Babypause wieder in der Agentur einsteigen, nur wer weiß schon genau, ob das wirklich alles funktionieren wird. Ich weiß aus eigener Erfahrung, wie schwer es ist, sich von seinem Kind zu trennen, gerade solange es noch sehr klein ist. Auch ein paar Stunden können einen da manchmal schon in eine ernste Krise stürzen, und ich könnte es meiner Freundin nicht verübeln, wenn sie beschließt, sich das zu ersparen, sobald das Kind erst mal da ist, zumal sie ja keine finanziellen Gründe hat, wieder arbeiten zu müssen. Doch selbst wenn sie nach einem Jahr Pause zurückkommt, muss ich ein ganzes Jahr auf sie verzichten beziehungsweise mit jemand anderem zusammenarbeiten, und der Gedanke gefällt mir absolut nicht. Es ist ja noch gar nicht so lange her, dass sie überhaupt wieder in die Agentur eingestiegen ist, und ich kenne niemanden, mit dem ich lieber zusammenarbeiten würde als mit ihr.

Ohnehin stelle ich es mir schwierig vor, jemanden komplett neu einzuarbeiten. Madison und ich haben das Konzept unserer Agentur zusammen entwickelt, und wenn ich ganz ehrlich bin, möchte ich jemand anderen gar nicht in die Geheimnisse unserer Agentur einweihen, das würde sich immer ein bisschen wie Verrat anfühlen.

Seufzend fahre ich den Rechner hoch und starre auf den Bildschirm.

Vielleicht könnten wir auch nach einer Art Sekretärin oder Assistentin suchen, die mir einen Teil des Papierkrams abnimmt, die Fotos für die Kundendatei macht, die Termine für mich regelt, ab und an mal ein paar Anrufe erledigt oder mich, wenn nötig, zu den Events begleitet. Das würde mir das Leben hier bereits deutlich einfacher machen, und wir könnten auch überlegen, ob wir jemanden fest anstellen und nicht nur als Vertretung für die Babypause.

Ich werde diese Idee nachher mit Madison besprechen. Sobald wir so jemanden gefunden haben, könnte sie auch jetzt schon weniger Stunden übernehmen, eigentlich wäre das die ideale Lösung.

Ich mache mir ein paar Notizen, dann stehe ich auf, um meine erste Kundin für heute hereinzulassen, eine nette Frau Mitte vierzig, die sich vor zwei Jahren von ihrem Mann getrennt hat und nun noch einmal ganz von vorn anfangen möchte.

„Ich hätte niemals gedacht, dass es so schwer sein kann, wieder jemanden Geeignetes zu finden. Manchmal habe ich den Eindruck, dass alle Männer in meinem Alter wahlweise vergeben, völlig bescheuert oder schwul sind." Sie seufzt tief, während sie etwas nervös an ihrer Handtasche herumnestelt, und ich muss lachen.

„Witzigerweise habe ich etwas Ähnliches gerade letzte Woche von einem Mann gehört – nur in Bezug auf Frauen. Ich werde nachher mal Ihre Daten abgleichen, vielleicht sollten wir ein Treffen arrangieren." Ich zwinkere ihr gut gelaunt zu und sie lächelt. „Machen Sie sich keine Sorgen, ich glaube, den

Eindruck haben viele Leute. Gerade wenn man die Dreißig überschritten hat, kann es manchmal unheimlich schwer sein, jemanden zu finden, der nicht allein deshalb Single ist, weil ihn alle anderen verschmäht haben, und das in der Regel aus triftigen Gründen. Das Problem ist, dass es meist ausgerechnet diejenigen sind, die einem ständig über den Weg laufen, und das ist manchmal so frustrierend, dass der ein oder andere beschließt, lieber allein zu bleiben, als sich dem ganzen Datingstress weiterhin auszusetzen." Schnell gebe ich ein paar Informationen in den Rechner ein. „Doch genau dafür sind wir ja da. Wir versuchen, soweit es uns eben möglich ist, schon vorher herauszufinden, wer zusammenpassen könnte und wer sich lieber erst gar nicht kennenzulernen braucht. Das erspart eine Menge Frustration, glauben Sie mir!" Aufmunternd lächle ich sie an. „Den Fragebogen haben Sie mir ja bereits ausgefüllt, jetzt machen wir noch schnell ein paar Fotos für unsere Kartei und dann melde ich mich bei Ihnen, sobald ich einen oder mehrere geeignete Datingpartner gefunden habe. Wie klingt das?"

„Zu schön, um wahr zu sein." Sie seufzt erneut. „Sie würden mich sehr glücklich machen, wenn Sie es schaffen würden, dass es in meinem Leben wieder einen Mann an meiner Seite gibt."

Wir gehen noch ein paar Punkte auf meiner Liste durch, anschließend verabschieden wir uns.

Es ist doch merkwürdig, wie sehr sich die Menschen nach einem Partner an ihrer Seite sehnen, und zum ersten Mal seit einer halben Ewigkeit frage ich mich, ob ich nicht irgendetwas im Leben verpasse.

Luke

* * *

EIGENTLICH IST die Fahrt bis nach Hause zu weit, um sie nach dem Training noch zu schaffen, aber in nächster Zeit wird er nicht dazu kommen, da er zu viel unterwegs sein wird. Obendrein war heute der einzig freie Termin, den er bei der Ärztin für seine Mutter ergattern konnte, und er will das auf keinen Fall verpassen.

Eigentlich hätte er gleich gestern nach dem Spiel schon fahren können, denn der Abend mit Tucker war eine einzige Katastrophe. Annalie Kinelli ist in der Bar aufgetaucht, die sie besucht hatten, und hat sich Tucker förmlich an den Hals geschmissen. Die Nummer, die die beiden da abgezogen haben, hätte Luke lieber nicht gesehen, denn Tucker hat Annalie beinahe auf dem Tresen flachgelegt. Irgendwie ist es Luke schließlich gelungen, die beiden in ein Taxi zu verfrachten und zu einem Hotel zu schicken. Allerdings hat natürlich halb Midway mitgefilmt, was vorher zwischen Tucker und der Reporterin abgegangen ist. Über die Konsequenzen, die das für Tucker haben wird, will sich Luke lieber gar keine genaueren Gedanken machen.

Eine Stunde, bevor er da ist, ruft er an.

„Hallo, Mom!“ Er lässt seine Mutter gar nicht erst groß zu Wort kommen. „Ich bin in einer Stunde zu Hause und wir haben einen Termin. Zieh dir bitte etwas an, ansonsten nehme ich dich im Schlafanzug mit.“ Dann legt er wieder auf. Hoffentlich kauft sie ihm die Drohung ab, denn um ehrlich zu sein weiß er nicht, was er machen würde, wenn sie sich einfach weigern sollte. Nach wie vor im Schlafanzug dasitzen sollte oder sich in ihrem Schlafzimmer verschanzen oder so etwas in der Art.

Zur Sicherheit ruft er auch noch Danielle und Emma an, damit sie dafür sorgen, dass ihre Mom halbwegs gesellschaftsfähig ist, wenn er gleich ankommt.

Zu seiner unendlichen Erleichterung wartet sie angezogen und gekämmt in der Küche auf ihn und trinkt eine Tasse Kaffee, als er ankommt.

„Wir müssen gleich weiter, Mom." Eigentlich ist er froh, dass er nicht viel Zeit hat, die Überrumpelungstaktik hat bei seiner Mutter schon immer am besten funktioniert. „Komm, nimm dir deine Jacke, wir fahren los."

Ohne darauf zu achten, ob sie ihm auch wirklich folgt, geht er gleich zurück zu seinem Wagen und wartet, bis sie aus dem Haus kommt. Nachdem Luke ihr beim Einsteigen geholfen hat, schließt er die Tür hinter ihr.

„Wohin fahren wir eigentlich?" Seine Mom spielt nervös an dem Henkel ihrer zerknautschten braunen Handtasche.

„Zu einer Ärztin, die sich damit auskennt, jemandem zu helfen, wenn er trauert."

Eigentlich hätte er sich an dieser Stelle auf ein Donnerwetter gefasst gemacht, denn seine Mutter hat ihr ganzes bisheriges Leben jegliche Seelenklempner verabscheut und jedes psychische Leiden als reine Einbildung abgetan. Doch sie sieht ihn bloß still an. Irgendwann seufzt sie tief.

„Deshalb bist du extra hierhergekommen? Nur um mich zum Arzt zu fahren?"

„Ja, Mom. Deswegen bin ich extra hergekommen. Wir machen uns alle Sorgen um dich."

Ein erneutes Seufzen folgt, dann sieht sie wieder aus dem Fenster.

„Seit euer Dad gestorben ist … na ja. Es ist vielleicht alles ein bisschen viel für mich im Moment. Der Haushalt, die

Sache mit Danielle …" Zum Glück ist die Farm nicht mehr aktiv, ansonsten wäre es eine absolute Katastrophe.

„Du meinst ihre Schwangerschaft?"

„Ja." Sie schweigt einen Moment lang. „Danielle geht davon aus, dass ich mich auf das Kind freue. Und ich freue mich tatsächlich; ich liebe Kinder, das weißt du. Aber ich mache mir auch entsetzliche Sorgen, wie sie das alles schaffen soll. Sie hat ja noch nicht mal einen Collegeabschluss, wie soll das mit ihr weitergehen? Sie hat sich ihre ganze Zukunft versaut, und ich habe niemanden mehr, mit dem ich darüber reden kann. Weißt du, es ist wirklich hart, wenn die Person, mit der du beinahe dein gesamtes Leben geteilt hast, plötzlich einfach nicht mehr da ist."

„Scheiße, Mom, das tut mir so leid. Ich vermisse Dad auch. Wir alle vermissen ihn." Allerdings haben er selbst und seine Geschwister auch alle ihr eigenes Leben. Wahrscheinlich ist man darauf vorbereitet, sein Leben irgendwann ohne seine Eltern verbringen zu müssen, aber seine Mom war nicht darauf vorbereitet, es ohne ihren Mann verbringen zu müssen. Er muss zugeben, dass das schon irgendwie etwas anderes ist.

„Du sollst doch nicht fluchen, Luke!"

„Entschuldige bitte." Er greift nach ihrer Hand. „Warum hast du nie mit mir darüber geredet?" Kurz erwidert sie den Druck seiner Hand, dann entzieht sie sich ihm wieder.

„Du hast dein eigenes Leben, Luke, und das ist auch gut so. Ich freue mich, wenn du mich anrufst, doch du hast genug eigene Dinge, um die du dich kümmern musst. Ich wette, die Liste der Dinge, die du täglich zu erledigen hast, ist lang, und ich will nicht auf dieser Liste stehen."

„Mom …"

„Nein, widersprich mir nicht.“ Abwehrend hebt sie die Hand. „Ich bin deine Mutter und nicht dein Kind. Ich wollte nie zu den Müttern gehören, die ihren Kindern auf die Nerven gehen und immer Dankbarkeit dafür einfordern, dass sie als Mütter ihren Job gemacht haben.“

„Ich bin dir trotzdem dankbar, Mom.“

„Das weiß ich.“ Ihr Blick begegnet seinem und wird jetzt etwas sanfter. „Aber du bist mir dankbar genug. Ich brauche dich nicht auch noch als Therapeuten.“

„Okay.“ Luke umfasst das Steuer etwas fester und zögert eine Weile. „Dann wird es vielleicht Zeit, dass wir dir einen professionellen Therapeuten sichern, oder?“

Das Schweigen zwischen ihnen scheint sich endlos auszudehnen, bis sie irgendwann antwortet:

„Ja, das sollten wir wahrscheinlich.“

DER TERMIN bei der Ärztin verläuft, soweit Luke das beurteilen kann, recht gut. Sie redet erst mit seiner Mom allein und, als diese dazu ihr Einverständnis gegeben hat, auch noch mit Luke.

Schließlich einigen sie sich darauf, dass Lukes Mutter eine Gesprächstherapie macht, und durch sehr viel Glück kennt die Ärztin eine Therapeutin, die gerade einen Platz freihat. Normalerweise muss man auf solche Plätze wohl sehr lange warten. Außerdem besprechen sie, dass sie kurzfristig eine Haushaltshilfe anstellen werden, damit seine Mom nicht alles allein machen muss und etwas mehr Zeit für sich hat.

„Die Depression Ihrer Mutter ist meinem ersten Empfinden nach noch nicht sehr ausgeprägt, ich denke, dass es sehr gut war, dass Sie so schnell reagiert haben. Ich würde es gerne mit einigen pflanzlichen Präparaten versuchen, statt dass wir zu Antidepressiva greifen. Manche davon helfen sehr schnell und sehr gut, die Stimmung aufzuhellen, Antrieb, Motivation und Schlaf zu verbessern. Wenn das nicht genügen sollte, sehen wir weiter. Schritt für Schritt. Eine solche Behandlung ist ein Marathon, kein Sprint."

„Ist das in Ordnung für dich, Mom?"

„Ja, Dr. Connor und ich haben schon darüber gesprochen."

Dr. Connor lächelt.

„Es ist mir sehr wichtig, dass Sie begreifen, dass eine Depression eine ernste Erkrankung ist. Man kann sie nicht besiegen, indem man sich einfach nur ein bisschen zusammenreißt und nicht so anstellt. Viele Leute erwarten, dass das funktioniert, aber das tut es nicht. Genauso wenig, wie das etwa bei einer Lungenentzündung helfen würde. Sie müssen dringend weiter herkommen, Mrs. Steward. Zumindest, wenn Sie wollen, dass es Ihnen besser geht." Dr. Connor versorgt sie noch mit einem Haufen Adressen, unter anderem von Haushaltshilfen in der Nähe, bevor sie sie schließlich mit einem neuen Termin sowie einem weiteren bei der Therapeutin entlässt.

14

Mia

* * *

„Mommy?“ Noah kommt atemlos zurück in unsere Wohnung und ruft mich auf diese gewisse Art und Weise, die jede Mutter in Alarmbereitschaft versetzt.

„Was ist los?“ Das Backblech, das ich gerade noch in der Hand hatte, fällt hinunter und landet mit einem lauten Scheppern auf dem Fliesenboden.

„Komm schnell, unten in der Mülltonne bewegt sich was. Schnell, Mommy! Schnell!“ Mein Sohn klingt völlig aufgelöst, aber ich beruhige mich ein bisschen. Anscheinend hat er sich nicht verletzt – was ja schon mal gut ist.

„Was meinst du damit, dass sich da etwas bewegt?“ Widerliche Bilder von Unmengen von Maden kommen mir in den Kopf. Im Sommer und an warmen Herbsttagen ist das manchmal unglaublich ekelhaft, vor allem dann, wenn viele Essensreste unverpackt im Container gelandet sind. „Maden oder so etwas in der Art?“, frage ich daher nach, bloß um sicherzugehen – denn das muss ich mir wirklich nicht anschauen. Mir wird bereits bei dem bloßen Gedanken daran schlecht, auch wenn ich verstehen kann, dass so etwas auf Jungs vielleicht eine gewisse Faszination ausübt.

„Nein, ich glaube, es sind kleine Hunde. Oder kleine Katzen. Ich konnte es nicht richtig erkennen. Komm bitte schnell!“ Aufgeregt zupft er an meinem Ärmel, um seiner Aussage Nachdruck zu verleihen.

„Bist du dir sicher?“

„Ich konnte es nicht richtig erkennen, die Stufe davor reicht nicht. Komm bitte und schau es dir an.“

„Okay, lass uns herausfinden, was da los ist. Ich muss mir nur schnell Schuhe anziehen.“ Egal, was es ist, ich weiß, dass er sowieso keine Ruhe geben wird, bis ich nachgesehen habe – und vielleicht ist es ja auch wichtig.

Der Container steht an der Hinterseite des Hauses und seitlich davon gibt es zwei Stufen, die es ermöglichen, dass auch kürzer geratene Menschen den Müll hineinwerfen können; allerdings reicht die Oberkante auch so noch bis zu Noahs Nase, wirklich problemlos hineinsehen kann er also nicht.

Ich klettere nun ebenfalls auf die Stufen, und dort unten bewegt sich tatsächlich etwas. Bewegt sich und maunzt, und zwar herzerweichend.

„Verdammt …“ Ich hoffe sofort, dass Noah nicht mitbekommen hat, wie ich fluche. Im Container ist es zu dunkel, und ich kann nicht genug erkennen, um zu schauen, was dort vor sich geht. Also nestele ich mein Handy aus meiner Hosentasche und schalte die Taschenlampe ein. Als ich in den Müllcontainer leuchte, entdecke ich sie – zwei winzige Katzenwelpen, die sich in der hintersten Ecke zusammengekauert haben und nun entsetzt die Augen aufreißen und ins Licht blinzeln.

„Kannst du was erkennen, Mommy?" Beinahe ehrfurchtsvoll steht Noah neben mir auf der Treppe und versucht, ebenfalls etwas zu erkennen, allerdings ist er viel zu klein.

„Da drin sind zwei Katzen. Wir müssen versuchen, sie da irgendwie herauszuholen." Das Problem ist, dass sie auf der anderen Seite sitzen und nicht den Eindruck machen, als würden sie sich sonderlich freuen, mich zu sehen. Ich habe gerade keine Idee, wie ich sie da herausholen soll.

„Kannst du sie nicht rufen?"

„Ich kann mir nicht vorstellen, dass sie auf mich hören würden."

„Versuch es doch wenigstens mal."

„Miez, miez, miez!", rufe ich und komme mir etwas albern dabei vor, nur wie soll man fremde Katzen sonst rufen? Meine Oma hat ihre früher immer erfolgreich damit angelockt, allerdings vermute ich, dass es nur funktioniert hat, weil sie diesen Ruf mit Futter verbunden haben. „Miez, miez!", versuche ich es noch einmal, aber außer dass die beiden Kleinen jetzt noch lauter maunzen, passiert gar nichts. Ich leuchte die beiden Katzenbabys erneut an. Die eine ist rot, die andere grau getigert, und sie wirken wirklich winzig und obendrein ziemlich hilflos. Es tut mir in der Seele weh, so etwas zu sehen. Ich laufe probehalber einmal auf die andere Seite hinüber und strecke meine Hände in den

Container, obwohl ich genau weiß, dass das zu nichts führt; meine Arme sind viel zu kurz, und die kleinen Katzen sind viel zu weit weg. Die beiden beobachten mich mit großen Augen, und die mit dem roten Fell öffnet das Maul zu einem Fauchen, was eher niedlich als abschreckend wirkt.

„Du musst reinkrabbeln und sie rausholen, Mommy!" Zu dieser Erkenntnis bin ich mittlerweile auch gekommen, denn ich habe keine Ahnung, was ich sonst machen soll, auch wenn mich bei dem Gedanken, in den Müllcontainer steigen zu müssen, der Würgereiz überkommt. Andererseits sitzen die beiden armen Katzen auch dort drin, wer weiß, wie lange schon, und sie haben bestimmt eine viel empfindlichere Nase als ich.

„Also gut ...", murmele ich und werfe einen letzten Blick in das Innere des Containers. „Du musst mir die Katzen dann abnehmen und sie gut festhalten, okay?"

„Was macht ihr denn hier?" Hinter uns ertönt eine tiefe Stimme, eine Stimme, bei der mein Körper zu kribbeln beginnt, und ich weiß, dass Luke hinter uns steht, auch ohne dass Noah ihn aufgeregt begrüßt.

„Wir haben zwei Katzen im Müll gefunden, und Mommy klettert jetzt rein, um sie rauszuholen!"

„Katzen im Müll?" Luke stellt sich neben mich und schaut ebenfalls in das dunkle Innere; ich zücke erneut mein Handy und aktiviere die Taschenlampe, damit er etwas erkennen kann.

„Meine Güte, die sind ja winzig." Bevor ich noch etwas sagen kann, ist Luke in den Mullcontainer gesprungen.

Nur wenige Augenblicke später reicht er das erste Kätzchen raus und kurz darauf das zweite hinterher, um anschließend selbst und in all seiner Pracht aus dem Container zu klettern.

An seiner Schuhsohle klebt ein verdrecktes Stück Zeitung, ansonsten hat er das ganze Abenteuer unbeschadet überstanden.

Der Blick, den Noah Luke zuwirft, grenzt an Heldenverehrung, und ich kann es ihm nicht übel nehmen. Ich bin selbst ziemlich beeindruckt von diesem unerschrockenen Einsatz und gleichzeitig unendlich dankbar dafür, dass ich selbst nicht in die Müllberge klettern musste.

„Was machen wir denn jetzt?", fragt Noah, das rote Kätzchen eng an seine Brust gedrückt. Dass er Luke und nicht mich fragt, sollte mir vielleicht zu denken geben, aber ich starre den Mann vor mir genauso atemlos an, wie mein Sohn es tut, auch wenn ich mich gleichzeitig frage, wo die selbstständige, lebenserfahrene Frau abgeblieben ist, die ich bis vor wenigen Minuten noch gewesen bin.

Das graue Kätzchen an meiner Brust beginnt zu zappeln. Wer hätte gedacht, dass sie auch in diesem zarten Alter schon ziemlich scharfe Krallen haben?

„Aua!", sage ich vielleicht eine Spur zu vorwurfsvoll und halte das Tierchen ein bisschen weiter von mir weg.

Luke nimmt es mir schweigend ab, und unverschämterweise macht die kleine Katze bei ihm keinerlei Anstalten, sich irgendwie zu wehren. Stattdessen kuschelt sie sich in seine Hand und betrachtet ihn mit nahezu liebevoller Hingabe. Kluges Tier. Ich würde auch stillhalten, wenn ich es wäre, die er mit diesem besorgten und fürsorglichen Blick mustert – es ist einfach zum Dahinschmelzen. All meine Eizellen beginnen schlagartig zu tanzen und wollen Milliarden Kinder mit diesem Mann zeugen, während ich ihn mit dem Katzenbaby in der Hand mustere. Lukes Hand ist so groß, dass das Tier beinahe ganz darin verschwindet.

„Ich denke, wir nehmen die beiden erst mal mit hoch und versorgen sie mit Wasser. Sie sind ziemlich klein, aber da sie die Augen schon offen haben, sind sie mindestens zehn Tage alt." Er betrachtet das Tierchen genauer. „Außerdem sind sie ziemlich niedlich. Ich würde vorschlagen, wir lassen sie beim Tierarzt durchchecken, und dann schauen wir weiter, oder was meinst du, Sportsfreund?"

15

Mia

* * *

Ich habe keine Ahnung, wie es tatsächlich passiert ist, aber keine zwei Stunden später befinden wir uns in Lukes Auto. Noah sitzt auf der Rückbank, die beiden frisch entflohten und geimpften Kätzchen in einem nagelneuen Transportkorb neben sich, und er lächelt in einer Tour.

Wir sind auf dem Weg zu Lukes Familie, zu seiner Mutter und seinen Schwestern, um die beiden kleinen Katzen dort abzugeben, denn in unserem Haus ist es leider streng verboten, Tiere zu halten, und Luke hat uns versichert, dass die Katzen bei seiner Familie reichlich Platz haben werden. Außerdem hat er Noah versprochen, dass er die beiden Kätzchen immer besuchen kommen darf, wenn seine Mommy es erlaubt, und ich habe versprochen, dass er ab und an hinfahren kann.

Was vielleicht nicht sonderlich klug von mir gewesen ist, denn Lukes Familie wohnt nicht gerade um die Ecke und die ganze Situation fühlt sich auch so schon seltsam genug an.

Es ist das erste Mal, dass wir uns seit dem Abend, an dem Noah krank geworden ist, wiedersehen. Ich weiß, dass das Team danach eine halbe Ewigkeit unterwegs gewesen ist, schließlich informiert mich Madison regelmäßig über solche Dinge; und ich muss gestehen, dass ich Luke anschließend aus dem Weg gegangen bin, so gut es eben möglich war. Gestern kam er vor mir nach Hause, ich habe ihn heimkommen sehen und bin extra langsamer gegangen, damit ich ihm nicht begegne. Er hat mir eine Nachricht geschickt, nachdem er wieder da war, aber ich habe so getan, als hätte ich sie nicht gelesen.

Ich bin ein bisschen überfordert, denn ich habe keine Ahnung, wie man sich jemandem gegenüber verhalten soll, mit dem man beinahe Sex hatte. Wahrscheinlich wüsste ich auch nicht, wie ich mich verhalten sollte, wenn wir nicht bloß beinahe, sondern tatsächlich Sex gehabt hätten; da wäre die Sache wohl noch komplizierter.

Wenn Luke nur nicht immer so nett wäre. Wenn er nicht so toll mit Noah umgehen könnte ... Allerdings verhalten die beiden sich eher, als wären sie Freunde. Und wenn er vor allem nicht so verdammt gut riechen würde, dann wäre ich vielleicht noch in der Lage, einen klaren Gedanken zu fassen.

Luke

* * *

Er hat seit der Highschool keine Frau mehr mit nach Hause genommen, und um ehrlich zu sein, hätte er gedacht, dass die Umstände etwas eindeutiger wären, wenn er es denn mal macht. Dass er eine Frau mit nach Hause nimmt, die er mal heiraten möchte oder die zumindest eine feste Beziehung mit ihm führt.

Stattdessen plagt er sich die gesamte Fahrt über mit der Frage herum, als was er Mia und Noah um Himmels willen vorstellen soll.

Neben Mia zu sitzen, eine so lange Zeit, und sie nicht berühren zu dürfen, macht ihn noch nervöser, als er es ohnehin schon ist. Sie trägt ein geblümtes Kleid mit einer langen Strickjacke und dazu eine dieser halb durchsichtigen Strumpfhosen, und Luke fragt sich bereits die ganze Zeit über, wie es sich wohl anfühlt, wenn er seine Hand auf ihren Schenkel legen und langsam an ihrem Bein nach oben streichen würde. Ist die Strumpfhose glatt und ein bisschen seidig, oder gehört sie zu denen, die sich eher wie Samt anfühlen?

Und Mia?

Wie würde sie reagieren?

Vermutlich würde sie ihm die Hölle heißmachen, wenn er sie betatscht, während ihr Sohn hinten im Auto sitzt. Dennoch fällt es ihm schwer, dem Drang zu widerstehen, und einen Großteil der Fahrt ist er damit beschäftigt, den Ständer in seiner Hose möglichst so zurechtzurücken, dass er weder auffällt noch schmerzt.

Eine Stunde vor ihrer Ankunft ruft er zu Hause an.

„Hi, Mom, wir sind in einer Stunde da … ich bringe Besuch mit. Eine Freundin mit ihrem Sohn … und zwei Überraschungen.“

Seine Mutter antwortet etwas verhalten, dass sie sich freut, und Luke kommen erneut Zweifel daran, ob sein Plan wirklich so gut ist, wie er zunächst dachte. Er ist sich ehrlich nicht sicher, ob er seine Mom nicht noch mehr überfordert mit dem Besuch, den er mitbringt, und auch mit den zwei kleinen Kätzchen, die er ihr nun aufs Auge drücken will. Andererseits sind Danielle und Emma ja auch noch da, um sich um die Katzen zu kümmern, und als sie Kinder waren, haben sie immer Haustiere gehabt; die gehören zu einer Farm irgendwie dazu, auch dann, wenn man nur Ackerbau und keine Viehzucht betreibt. Erst als die Farm nicht mehr bewirtschaftet worden ist, verschwanden auch nach und nach die Haustiere.

Als sie ankommen, steht seine Mom schon in der Tür und wartet.

Luke fällt erneut auf, wie sehr sie abgenommen hat. Ihre Kleider hängen an ihr herunter wie eine schlaffe Hülle, die nicht so recht zu ihr gehören will. An sich würde ihr der Gewichtsverlust sicherlich nicht schaden, seine Mom war, seit er denken kann, deutlich übergewichtig, aber wenn so etwas nicht freiwillig, sondern aus Kummer geschieht, ist es doch Grund zur Besorgnis.

Immerhin lächelt sie, als er mit Mia und Noah aus dem Auto steigt, und ihr Blick wandert von Mia zu Noah, bevor sie Luke ansieht und fragend die Augenbrauen hochzieht.

Er zuckt grinsend mit den Schultern, was soll er auch sagen?

Schließlich löst Noah die Situation, indem er den Transportkorb mit den Katzen aus dem Auto holt und losrast.

„Bist du Lukes Mom? Ich bin Noah. Wir haben heute zwei Katzen im Müllcontainer gefunden, sie sind noch Babys. Luke meinte, dass sie hier bei dir wohnen können!" Er überschlägt sich fast beim Sprechen, und Luke kann sehen, wie seine Mutter ein warmes Lächeln aufsetzt.

„Hallo, Noah, es freut mich, dich kennenzulernen. Ich bin übrigens Joyce. Zeig mal her, was du da hast." Sie beugt sich über das Körbchen. „Herrje, die sind ja noch winzig!"

„Ja, wie gemein, oder? Irgendwer hat sie ausgesetzt und wollte sie einfach verhungern lassen!" Noah klingt noch immer rechtschaffend empört.

„Mom … das hier ist mein Kumpel Noah und das ist seine Mom Mia, eine Freundin von mir. Ich kam heute zufällig dazu, als sie die beiden Findlinge, die wir mitgebracht haben, im Müllcontainer entdeckt haben."

„Und da ist dir nichts Besseres eingefallen, als sie zu uns zu bringen?" Seine Mom versucht vorwurfsvoll auszusehen, aber so richtig gelingen will ihr das nicht, vielleicht auch, weil die beiden Kätzchen jetzt furchtbar anfangen zu maunzen, vermutlich weil sie hungrig sind und das Geräusch einfach herzerweichend ist, ebenso wie Noahs Blick.

„Die beiden dürfen doch bleiben, oder? Sie haben sonst niemanden mehr auf der Welt, und in unserer Wohnung ist es nicht erlaubt, Tiere zu halten."

Noahs Blick würde selbst einen Eisblock zum Schmelzen bringen, und seine Mom ist alles andere als das.

„Also – was soll ich jetzt noch sagen?" Sie lächelt, und zum ersten Mal seit Wochen erreicht das Lächeln wieder ihre

Augen. „Kommt rein, ihr drei, und dann schauen wir mal, was wir für euch tun können. Bleibt ihr über Nacht?"

„Ja, es ist zu weit, um noch zurückzufahren!", antwortet Luke, bevor Mia auf die Idee kommen kann, etwas anderes zu sagen. Auf keinen Fall wird er sich die Gelegenheit entgehen lassen, sie über Nacht hierzubehalten.

Mia

* * *

IRGENDWANN SIND die kleinen Katzen versorgt und schlafen, und Noah hat den Nachbarshund auf der Wiese entdeckt.

„Setz dich doch, Mia!" Lukes Mutter fuchtelt mit den Händen in Richtung Luke, der auf einer Art Holzsessel in der Sonne sitzt und Noah anfeuert, während dieser mit dem Nachbarshund um die Wette rennt. Es ist ungewöhnlich warm für die Jahreszeit, und mit entsprechend dicker Kleidung ist es in der Sonne noch richtig angenehm. Joyce beobachtet die ganz Szene mit einem kleinen Lächeln. „Luke war als Kind auch immer so, er wollte unbedingt der Schnellste sein!" Sie deutet auf Noah, der sich den Ball zurückerobert hat, ihn erneut wirft und wieder alles gibt, um schneller bei dem Ball zu sein als der Hund.

„Ist es nicht gefährlich, wenn er versucht, dem Hund seine Beute abzunehmen?"

Joyce lächelt erneut.

„Mach dir keine Sorgen, Liebes. Normalerweise würde ich dir recht geben, doch dieser Hund ist das gutmütigste

Wesen, das mir jemals begegnet ist. Er taugt nicht viel als Wachhund, dafür ist er wirklich ein lieber Kerl.“ Tatsächlich gibt er Noah jedes Mal freiwillig den Ball, weil mein Sohn natürlich zu langsam ist, aber ich entspanne mich erst ein bisschen, als sie aufhören zu rennen und Noah dem Hund stattdessen die Ohren krault, was dieser mit einem tiefen Seufzen quittiert und sich auf den Rücken dreht, um sich von seinem neuen Kumpel den Bauch streicheln zu lassen.

„Nun setz dich schon …“, sagt Joyce erneut. „Genieß die letzten Sonnenstrahlen. Luke macht bestimmt gerne ein bisschen Platz für dich. Ich werde in der Zwischenzeit reingehen und mich um das Abendessen kümmern.“

Der Sessel, in dem Luke sitzt, ist viel zu klein für uns beide, maximal zwei Kinder würden dort nebeneinander hineinpassen, aber bevor ich etwas sagen kann, hat er mich an den Hüften gepackt und quer auf seinen Schoß gezogen.

„Du solltest tun, was meine Mutter dir sagt …“, flüstert er amüsiert in mein Ohr, so nah, dass seine Lippen mich berühren. Mein Körper reagiert sofort auf ihn, mein Schoß zieht sich beinahe schmerzhaft zusammen und meine Brustwarzen richten sich auf.

„Du riechst so gut, Baby, weißt du eigentlich, dass du mich völlig verrückt machst?“ Er zieht mich ein bisschen höher, sodass seine Erektion nun fest gegen meinen Po drückt. Verdammt, er ist so hart, und es fühlt sich so gut an. Himmel, hilf, dieser Mann bringt mein Blut in Wallung, ohne dass er überhaupt etwas dafür tun muss.

Im Schein der Herbstsonne wirkt sein Haar kastanienrot und seine Augen sind stahlgrau und auf mich gerichtet, als hätte er noch nie etwas Begehrenswerteres gesehen.

„Du kannst von Glück reden, dass wir nicht alleine sind“,

flüstert er jetzt, und mir wird heiß, obwohl die Sonne gar keine sonderliche Kraft mehr hat.

„Warum? Was wäre denn, wenn wir alleine wären?" Ich bin mir gar nicht sicher, ob ich die Antwort überhaupt hören will, aber ich habe sie ausgesprochen, bevor ich darüber wirklich nachdenken konnte. In Lukes Nähe habe ich manchmal das Gefühl, nicht ich selbst zu sein.

Luke fährt mit dem Zeigefinger die Kontur meines Kiefers nach, anschließend die meines Halses, schließlich wandert seine ganze Hand über meine Schlüsselbeine und fährt tiefer an meinem Körper hinab. Als er meine Brustwarzen erreicht, die sich unter seiner Berührung noch ein bisschen mehr zusammenziehen, atmen wir beide zischend ein.

„Wenn ich mit dir alleine wäre ..." Mit beiden Händen umfängt er meine Taille und zieht mich noch ein Stück höher, sodass ich nun auf seiner Erektion sitze. „... dann würde ich dir dieses süße Kleid aufknöpfen, bis deine perfekten Brüste für mich freiliegen. Ich würde dir den BH nach unten ziehen und die Strumpfhose ..."

„Es sind Strümpfe", murmle ich, völlig in Lukes Fantasie gefangen. „Halterlose Strümpfe. Ich trage nicht gerne Strumpfhosen, sie sind unbequem."

Jetzt wandert seine Hand an der Außenseite meines Oberschenkels hoch. Überall dort, wo er mich berührt, hinterlässt er ein warmes Kribbeln, bis er am Saum meiner Strümpfe angekommen ist. Anscheinend konnte er nicht wiederstehen, sich davon zu überzeugen, ob es auch stimmt, was ich ihm erzähle.

„O Baby, Süße ... du machst mich völlig verrückt. Wenn wir alleine wären ...", spielt er das Spiel weiter, das er vorhin begonnen hat, „... würde ich dein Höschen zur Seite schieben und prüfen, ob du schon nass bist. Bist du schon nass?"

Ich beiße mir auf die Lippen und nicke dann.

„Ja!", flüstere ich so leise, dass ich mir nicht sicher bin, ob er es überhaupt versteht. „Ich bin nass für dich."

Ich kann hören, wie sein Atem schwerer wird, und ich bewege mich leicht, um mich an seinem harten Schwanz zu reiben, der sich durch die Schichten von Bekleidung so köstlich gegen meine Mitte drückt.

„Fuck ...", flüstert Luke und schließt einen Moment die Augen. „Du glaubst nicht, wie sehr ich mir wünschen würde, dass wir jetzt alleine wären. Ich wäre so schnell in dir, dass du es kaum mitbekommen würdest."

„Oh, ich glaube, das würde ich durchaus mitbekommen!" Denn ich habe mittlerweile eine ungefähre Vorstellung davon bekommen, wie groß sein bestes Stück ist. Ich reibe mich noch einmal an ihm. „Unmöglich, dass ich das nicht mitbekomme."

Er lacht rau auf, und dann sind seine Hände auf einmal weg, legen sich züchtig auf die Stuhllehnen. Ich schaue ihm irritiert ins Gesicht, aber sein Blick ist auf etwas vor sich gerichtet.

„Hey, Kumpel, genug gespielt?" Luke lächelt, und erst jetzt registriere ich, dass Noah auf uns zugelaufen kommt. Mein Sohn sieht glücklich aus, und er starrt vor Schmutz. „Ich würde vorschlagen, du gehst rein und wäschst dir die Hände und das Gesicht, und anschließend schauen wir mal, ob wir etwas zu essen finden, oder? Ich weiß ja nicht, wie es dir geht, ich habe einen Bärenhunger."

Noah schaut uns an und nickt begeistert, anscheinend ohne überhaupt wahrzunehmen, dass es irgendwie merkwürdig ist, dass ich auf Lukes Schoß sitze, dann läuft er ins Haus, und wir sind wirklich allein.

Allerdings machen wir nichts von alledem, was Luke mir vorher ins Ohr geflüstert hat, stattdessen springe ich beinahe hektisch von seinem Schoß. Meine Hände flattern zu den Knöpfen meines Oberteils, bis mir auffällt, dass er ja gar nicht wirklich aufgeknöpft hat, und Lukes Grinsen wird noch ein bisschen breiter, als ich ihn ansehe. Er sieht sehr zufrieden mit sich aus, beinahe selbstgefällig.

Er steht nun ebenfalls auf.

„Später, Baby. Ich verspreche es dir.“ Er greift nach meiner Hand und führt mich ins Innere des Hauses, und ich stehe noch viel zu sehr neben mir, um ihm zu widersprechen.

Luke

* * *

Manchmal kann die Wahl der Kleidung, die man trägt, einen vor einer Menge unangenehmer Dinge retten; zum Beispiel davor, dass der Rest der Familie mitbekommt, dass man mit einem Dauerständer herumläuft.

Als er vorhin mit Mia hereingegangen ist, hat er sich sein Hemd ausgezogen, unter dem er noch ein Langarmshirt trägt, und es sich um die Hüfte geknotet, sodass die langen Ärmel nun genau vor seiner Mitte hängen und alles verbergen, was dort geschieht. Das mag vielleicht nicht die modischste Art und Weise sein, um ein Hemd zu tragen, aber in diesem Falle erscheint es Luke als die einzig angemessene Art.

Mia deckt zusammen mit Emma und Danielle den Tisch, während Noah die beiden Kätzchen mit der Spezialnahrung füttert, die sie heute vom Tierarzt bekommen haben. Seine Mom hat irgendwo ein paar alte Klamotten von ihm hervorgekramt, und Noah trägt nun ein T-Shirt von Luke, das ihm ein bisschen zu groß ist, und eine graue Jogginghose, beides nicht unbedingt in seiner Größe, dafür jedoch sauber. Noahs eigene Sachen sind schon in der Waschmaschine gelandet. Darum hat Danielle sich gekümmert, die ausnahmsweise mal nicht schmollt, sondern abwechselnd Noah über den Kopf streichelt und die kleinen Kätzchen bewundert.

„Vielleicht wird sie ja doch eine gute Mutter", sagt Luke zu seiner Mom, während er ihr dabei hilft, den Kartoffelauflauf aus dem Ofen zu holen und das Gemüse in eine Schüssel umzufüllen.

„Sie ist völlig vernarrt in Noah. Er ist aber auch wirklich ein süßes, aufgewecktes Kerlchen."

„Ja, das ist er. Ich mag ihn auch." Lächelnd gleitet sein Blick zu dem kleinen Jungen.

„Mia gefällt mir auch gut. Wie alt ist sie?"

„Zweiunddreißig."

Die Augenbrauen seiner Mutter wandern in die Höhe, während sie Mia betrachtet. „Sie sieht jünger aus. Aber zweiunddreißig ist ein gutes Alter. Diese jungen Dinger sind nichts für dich. Du brauchst eine vernünftige Frau an deiner Seite."

„Mia und ich sind nur Freunde, Mom!" Als er zu Mia hinschaut, bleibt sein Blick an ihrem Hintern kleben, der in diesem Kleid genauso entzückend aussieht wie in den Jeans, die sie sonst trägt.

„Habe ich dir nicht beigebracht, dass du nicht lügen

sollst?", tadelt sie ihn, allerdings ist ihre Stimme dabei ganz sanft.

„Ach Mom ... manchmal sind die Dinge kompliziert."

„Dann sorg doch dafür, dass sie einfach werden."

Danach nimmt sie eine der vorbereiteten Schüsseln und bringt sie zum Esstisch, womit das Gespräch vermutlich offiziell als beendet gilt.

16

Mia

* * *

„Hey, Sonnenschein …“ Wahrscheinlich hätte ich damit rechnen müssen, dass Luke irgendwo auf mich wartet, aber ich zucke dennoch erschrocken zusammen. „Schläft der kleine Krieger?“

„Ja, tief und fest. Es war ein langer, anstrengender Tag für ihn.“ Ich muss lächeln, wenn ich daran denke, wie schnell Noah gerade eingeschlafen ist, auf diese Art und Weise, wie es nur Kinder können, wenn sie sich voll und ganz verausgabt haben.

„Er ist wirklich ein tolles Kind, ich mag ihn sehr.“ Luke zieht mich zu sich und schließt wie selbstverständlich seine Arme um mich, und ich bin viel zu willensschwach, um mich dagegen zu wehren. Seufzend lehne ich meinen Kopf gegen seine Schultern, denn ich muss gestehen, dass ich den Tag ebenfalls aufregend fand und nun langsam müde werde.

Zumindest ging mir das so, bevor ich Lukes berauschenden Duft eingeatmet habe, der auf einmal mein Bewusstsein komplett durchdringt.

Es sollte verboten werden, dass ein Mann so riechen darf, ich halte das wirklich für gemeingefährlich.

„Sollten wir nicht zurück in die Küche gehen? Die anderen warten doch bestimmt schon auf uns."

Luke zuckt mit den Schultern und zieht mich noch ein bisschen enger an sich.

„Ich habe ihnen gesagt, dass wir jetzt auch schlafen gehen, wir müssen schließlich morgen früh aufstehen, um zurück nach Midway zu fahren. Training und so ... niemand wird uns heute Abend noch vermissen." Lukes Stimme klingt auf einmal viel rauer als sonst, und in meinem Bauch beginnen Schmetterlinge zu tanzen. „Wenn ich ehrlich sein soll, muss ich gestehen, dass ich noch gar nicht sonderlich müde bin ..." Seine Lippen liebkosen auf einmal die empfindliche Haut unter meinem Ohr, und ich atme zittrig ein.

„Möchtest du vielleicht noch ein bisschen fernsehen?", necke ich ihn, was ihm ein kleines, sexy Lachen entlockt.

„Nein, definitiv nicht." Er klingt jetzt wieder völlig ernst. „Ich möchte etwas ganz anderes, und das weißt du auch." Seine Finger gleiten über meinen Nacken und nach vorn zu meinen Schlüsselbeinen, während Luke kleine Küsse auf meinen Hals bis zu meiner Kinnlinie und zurück haucht.

„Öhm, was könnte das sein?" Ich stelle mich absichtlich

dumm, und Luke weiß das, aber ich muss es einfach hören, und anscheinend weiß er das auch.

Er schiebt mich ein kleines Stück von sich, nicht weit genug, um mich loslassen zu müssen, aber so weit, dass er mir in die Augen schauen kann. Der Flur wird nur durch eine winzig kleine Lampe erhellt, und bei diesen Lichtverhältnissen sehen Lukes Augen aus, als bestünden sie aus flüssigem Metall.

„Dich, Baby. Ich will dich." Sein Blick zeigt nun nichts mehr als Begehren, und Luke lässt mir keine Zeit, irgendetwas zu erwidern. Er schiebt mich nach hinten, bis ich mit dem Rücken gegen seine Zimmertür stoße, dann beginnt er mich zu küssen.

Wobei es das eigentlich nicht trifft.

Er erobert viel mehr meinen Mund mit seiner Zunge, bis ich nur noch aus willenloser Lust bestehe. Schließlich unterbricht er seinen Kuss, öffnet die Tür in meinem Rücken und schiebt mich ins Innere des Zimmers, wo ich mich beinahe im selben Augenblick wieder an die Tür gedrückt vorfinde, diesmal von der Innenseite.

Luke umfasst meine beiden Hände und schiebt sie über meinen Kopf hoch.

„Ich will dich schon so lange, Mia. Ich bekomme dich einfach nicht aus meinem Kopf. Du machst mich wahnsinnig, weißt du das?"

Anscheinend erwartet er darauf nicht wirklich eine Antwort, denn nun küsst er mich erneut, verschließt meine Lippen mit seinen, bedrängt mich, lockt mich, verwöhnt mich mit seiner Zunge, macht weiter, bis ich nur noch dazu in der Lage bin, leise zu wimmern.

Es ist unglaublich, wie hinreißend dieser Mann küssen

kann, und als er schließlich damit aufhört, ringe ich nach Luft, und mein Herz rast, als hätte ich einen Marathon hinter mir.

Luke lässt meine Hände los, und ich lasse sie sinken, bis sie auf seiner Brust ruhen, dieser unglaublich breiten und muskulösen Brust, unter der ich sein Herz ebenso heftig rasen fühlen kann wie mein eigenes.

Wir ringen beide einen Moment lang nach Atem, bevor Luke mir sanft das Haar aus dem Gesicht streicht, zärtlich und fürsorglich zugleich.

„Was ist nun, Baby, willst du mich auch?“ Er presst seine Erektion gegen meinen Bauch und seinen Oberschenkel gegen meine Mitte, und ich keuche statt einer Antwort, aber er lässt mich damit nicht durchkommen. „Los, sag es mir!“, flüstert er an meinem Ohr und hält in jeglicher Bewegung inne, übt nur noch den leichten Druck gegen meine Mitte aus, der mich beinahe in den Wahnsinn treibt, weil es zu viel und gleichzeitig zu wenig ist. „Sag es, Mia! Sag es mir …“, flüstert er an meinem Ohr, und es gelingt mir irgendwie, mit dem Kopf zu nicken, und tatsächlich schaffe ich es auch, meine Stimme wiederzufinden, allerdings erst, nachdem ich mich zweimal geräuspert habe.

„Ja …“, krächze ich schließlich. Ich hätte niemals gedacht, dass Sprechen so viel Willenskraft kosten kann.

„Ja was?“

Er ist wirklich erbarmungslos mit mir, und ich stöhne, als er mir in den Hals beißt, um gleich wieder damit aufzuhören. „Sag es mir, Mia. Ich will es hören.“

„Ja, ich will dich auch!“ Ich schreie diesen Satz beinahe und lege mir erschrocken die Hand auf den Mund, weil ich Angst habe, dass uns vielleicht jemand gehört haben könnte.

Luke lächelt nur, beinahe diabolisch.

„Keine Sorge, sie haben dich nicht gehört. Diese beiden Zimmer haben früher meinem Bruder und mir gehört, und nichts, was hier geschieht, kann man im anderen Trakt des Hauses wahrnehmen. Wahrscheinlich hätte meine Mom uns früher sonst rausgeschmissen …“

Das ist gut zu wissen, trotzdem will ich jetzt keine Geschichten von früher hören. Ich will Luke, denn auch ich will ihn schon schrecklich lange, auch wenn das vielleicht falsch sein mag, und spätestens seit dem Abend, an dem Noah krank geworden ist, geht er mir einfach nicht mehr aus dem Kopf.

Ich verkralle mich in seinem Shirt und zerre ungeduldig daran, bis ich es ihm schließlich über den Kopf ziehen kann, dann presse ich meinen Mund auf seine nackte Haut und atme tief ein.

Himmel, hilf!

Ich befürchte, dass dieser Mann ein nicht zu unterschätzendes Suchtpotenzial hat, aber wie alle Süchtigen hindert mich das nicht daran, weiterzumachen.

Mit zittrigen Fingern nestele ich an seiner Gürtelschnalle herum und ich bekomme das Mistding nicht auf. Statt mir zu helfen, lacht Luke nur rau auf und beginnt erneut, mich zu küssen, was alles andere als zu meiner Konzentration beiträgt. Irgendwann gelingt es mir dennoch, seinen Gürtel zu öffnen, und anscheinend habe ich Glück, denn seine Hose geht ganz unkompliziert auf und ich schiebe sie ihm mitsamt seinen Boxershorts über die Knie nach unten.

Luke tritt aus seiner Hose heraus und streift sich gleichzeitig die Socken von den Füßen, und mein Blick wandert nach unten.

Im Raum brennt nur eine kleine Nachttischlampe, es herrscht gerade genug Licht, um alles erkennen zu können, was ich sehen will.

Luke ist wunderschön. Er ist der schönste Mann, den ich jemals gesehen habe, und der allerschönste Mann, den ich jemals nackt gesehen habe. Sein Mund ist leicht geöffnet, als würde er meinen nächsten Kuss kaum erwarten können, und seine Augen leuchten. Sein Körper besteht aus nichts als festen Muskeln und goldener, warmer Haut.

Und dann ist da noch seine Erektion, die stolz aufragt und beinahe darum bettelt, von mir berührt zu werden. Ich strecke die Hand nach ihr aus und spüre seidig weiche Haut über einem harten Schaft, und als ich sie umfasse, wird sie noch ein bisschen härter.

„Baby …", stöhnt Luke an meinem Ohr, und gibt erneut dieses Geräusch von sich, dieses leise Knurren, das irgendwo in meinem Bauch als heiße, lustvolle Vibration widerhallt.

Er küsst mich, während ich ihn streichele, und zieht mich dabei aus. Ungerechterweise hat er deutlich weniger Probleme dabei als ich.

Er zieht mir alles aus bis auf meine Strümpfe, anschließend schiebt er mich von sich und betrachtet mich, Gier und Hingabe in seinem Blick.

„So schön …", raunt er, bevor er mein Gesicht umfasst und meine Lippen mit einem leidenschaftlichen Kuss verschließt. Er zieht mich aufs Bett, sodass ich auf ihm liege, und greift nach seiner Hose, um ein Kondom aus der Tasche zu ziehen und es sich überzustreifen.

Ich drücke meinen Körper an seinen, während ich meine Mitte an ihm reibe.

„Baby …", stöhnt Luke rau und tief. „Wenn du noch etwas

von mir haben willst, dann solltest du damit aufhören, und zwar jetzt. Und du willst doch noch etwas von mir haben, oder?“

Einen Moment lang zögere ich, obwohl ich die Antwort eigentlich kenne, denn ich will ihn unbedingt in mir spüren. Andererseits ist mein Orgasmus bereits zum Greifen nahe, und wenn ich nur ein kleines bisschen weitermachen würde, würde ich kommen, hier und jetzt, einfach bloß, indem ich mich an Lukes Erektion reibe, während er mich küsst.

„Du bist eine kleine Hexe!“, raunt er in mein Ohr, als er mein Zögern bemerkt, und dreht mich dann um. „Du bist eine kleine Hexe und du hast mich völlig verzaubert.“

Ich liege jetzt unter ihm, und er schiebt meine Knie mit seinem auseinander, bevor er sich an meinem Eingang positioniert. Ich hätte erwartet, dass er gleich in mich eindringt, denn wir sind beide schon ziemlich weit, viel zu weit, um jetzt noch einen Rückzieher zu machen – nicht, dass ich das wollen würde –, aber Luke sieht mich dennoch an, als wolle er mich um Erlaubnis fragen.

„Bitte …“ Ich umfasse seine Schultern und ziehe ihn zu mir herunter, um ihn zu küssen. „Bitte … lass mich nicht mehr länger warten.“

Anscheinend ist es genau das, was er hören wollte, denn während sich seine Zunge langsam in meinen Mund schiebt, dringt auch sein Schwanz in mich ein. Langsam, Zentimeter für Zentimeter, so, als hätten wir alle Zeit der Welt.

Er ist ziemlich groß, vielleicht ist es auch einfach zu lange her, dass ich das letzte Mal Sex hatte, doch ich brauche einen Moment, um mich an ihn zu gewöhnen, weil er mich so sehr dehnt, dass es fast schmerzhaft ist. Ohne dass ich etwas dazu sagen muss, verharrt er regungslos in mir, bewegt sich keinen

Zentimeter, auch wenn ich an seinem angespannten Gesichtsausdruck erkennen kann, wie schwer ihm das fallen muss.

Irgendwann verflüchtigt sich der leichte Schmerz, und die Lust, die ich vorher empfunden habe, kehrt langsam zurück. Probehalber kippe ich das Becken an und lasse es sanft kreisen. Es fühlt sich großartig an, beinahe zu gut, um wahr zu sein.

Luke dreht uns erneut um.

„So kannst du alles bestimmen, Baby …“ Er umfasst meine Hüften mit beiden Händen, dann lässt er sie los und widmet sich stattdessen meinen Brüsten.

Früher mochte ich diese Position nie, ich habe mich immer so beobachtet gefühlt, wenn ich oben war, aber Lukes Blicke auf mir zu spüren ist unglaublich sexy. Ich fühle mich nicht beobachtet, sondern einfach nur unendlich begehrt, und als ich mich nun erneut bewege, schließt Luke kurz seine Augen.

Irgendwann beschleunige ich das Tempo und sein Blick wird glasig.

„Ich kann spüren, wie du immer enger wirst, Baby. Kommst du gleich?“

Ich lecke mir über die Lippen.

„Ja …“, hauche ich, und dann komme ich tatsächlich, die Wellen meines Orgasmus ergreifen mich mit einer solchen Wucht, dass ich nach vorn kippe. Auf Lukes Brust, in seine Arme, die mich umfassen und festhalten, und wie aus weiter Ferne bemerke ich, dass auch er einen Orgasmus hat.

17

Luke

* * *

Er wäre gerne die ganze Nacht mit Mia zusammengeblieben, aber sie hatte Sorge, dass Noah irgendwann aufwachen und nach ihr suchen könnte, also ist sie gegangen, und Luke hat allein in seinem eigenen Bett geschlafen. Zumindest hat er die gesamte Nacht von ihr geträumt.

Luke hatte schon mit vielen Frauen Sex, doch es war noch mit keiner so wie mit Mia.

Als würde der Sex mit ihr irgendwie tiefer gehen, Stellen in ihm erreichen, die es bei einer anderen nicht gab.

Jetzt sitzt sie neben ihm im Auto, und ab und an wirft sie ihm ein verstohlenes Lächeln zu. Wahrscheinlich denkt sie gerade an letzte Nacht, genau wie er selbst. Er kann kaum noch an etwas anderes denken.

Ihr so nah zu sein und sie nicht zu berühren, grenzt an Folter, also berührt er sie doch, möglichst unauffällig, damit Noah nichts davon mitbekommt.

Es ist das erste Mal, dass er es bereut, sich solch ein großes Auto gekauft zu haben, denn in seiner Riesenkarre ist es gar nicht so leicht, jemanden diskret und wie zufällig anzufassen; er muss sich jedes Mal dafür zu ihr hinüberlehnen.

Zum Glück erleichtert es Mia ihm, weil sie so weit wie möglich zu ihm herübergerutscht ist, offenkundig sehnt sie sich ebenso nach ihm wie er sich nach ihr.

Sie sieht besonders hübsch aus heute, sie trägt beinahe kein Make-up und ihr Haar ist offen und wirkt ein bisschen durcheinander, und Luke kann sich nicht entscheiden, ob er mit den Händen durchfahren möchte, um es zu glätten, oder es noch weiter verstrubbeln möchte.

Auf der Rückbank quasselt Noah in einer Tour, er ist immer noch aufgeregt wegen der Kätzchen. Heute Morgen durfte Noah sie noch einmal füttern, und Lukes Mom und seine Schwestern haben versprochen, sich gut um die beiden zu kümmern. Luke hegt keinerlei Zweifel daran, dass sie genau das auch wirklich tun werden, denn sie waren alle drei ganz vernarrt in die kleinen Tiere.

„Deine Familie ist sehr nett." Mia lächelt und gähnt dann herzhaft, vielleicht hat sie in der vergangenen Nacht genauso lange wach gelegen wie er selbst.

„Meine Familie fand dich auch sehr nett. Dabei mag meine Mom selten ein Mädchen, das einer von uns Jungs mit nach Hause bringt. Sie sind ihr in der Regel alle nicht gut genug.“ Er streicht über Mias Hand, die auf der Mittelkonsole liegt, und als er ihr ins Gesicht sieht, entdeckt er, dass ihr Lächeln irgendwie verrutscht ist. „Alles okay mit dir?“

„Was?“ Sie blinzelt ihn zerstreut an und zieht ihre Hand weg. „Ja, alles okay. Ich bin bloß ein bisschen müde.“

Mia

* * *

„Dabei mag meine Mom selten ein Mädchen, das einer von uns Jungs mit nach Hause bringt.“

Dieser Satz hat mich irgendwie aus dem Konzept gebracht, und auch am nächsten Tag hängt er mir noch nach.

Auf dem Weg zur Arbeit steige ich beinahe in den falschen Bus ein, weil ich immer noch damit beschäftigt bin, darüber nachzudenken, was dieser Satz bedeutet.

Vielleicht hat Luke ihn einfach so dahingesagt.

Vielleicht steckt aber auch mehr dahinter, denn wenn man ein *Mädchen mit nach Hause bringt*, ist sie mehr als nur eine Freundin oder eine Nachbarin. Dann ist sie keine zufällige Bekannte mehr, sondern eine Beziehung.

Allerdings bin ich kein Mädchen mehr, sondern eine erwachsene Frau.

Seit diesem Wochenende sogar eine erwachsene Frau, die es mit einem Kerl treibt, der viel zu jung für sie ist, so jung, dass er noch von Mädchen redet statt von Frauen. Noah himmelt ihn an, aber er sieht Luke eindeutig eher als Kumpel denn als Vaterfigur, und Luke ist so unglaublich jung …

Was mich nicht davon abhält, ständig an den Sex mit ihm zu denken.

Wie verkorkst bin ich eigentlich?

„Alles okay mit dir?“ Madisons Stimme reißt mich aus meinen Gedanken, als sie in mein Büro kommt, um mir eine Tasse Tee hinzustellen.

„Ja, alles in Ordnung, ich habe lediglich ein bisschen Kopfschmerzen.“ Nicht nur verkorkst, sondern auch eine Lügnerin. Ich entwickle mich wirklich zu einem ganz wunderbaren Menschen.

„Oh, das tut mir leid. Vielleicht liegt es am Wetter? Dieser ewige Wechsel von warm zu kalt und wieder zurück bringt mich auch völlig durcheinander. Soll ich dir etwas aus der Apotheke holen?“ Toll, jetzt habe ich auch noch ein schlechtes Gewissen. Meine schwangere beste Freundin bietet mir an, für mich in die Apotheke zu gehen, weil ich sie angelogen habe. Ich bin wahrscheinlich noch viel verkorkster, als ich zugeben will.

„Das ist lieb von dir – aber es geht schon. Der Tee hilft bestimmt auch.“ Lächelnd greife ich nach der Tasse. „Wie laufen die Vorbereitungen für das Kletter-Date?“, lenke ich vom Thema ab. Mir ist es unbegreiflich, dass sich Menschen darauf einlassen, sich von völlig Fremden beim Klettern sichern zu lassen, doch gerade bei der jüngeren Generation sind diese Termine sehr beliebt, vielleicht, weil es mal etwas anderes als klassisches Dating ist. Bei der jüngeren Generation ... wie das klingt. Ich werde wirklich alt.

„Alles bestens, die Kletterhalle inklusive Trainer ist gebucht und wir sind sozusagen ausverkauft.“ Madison klingt sehr zufrieden. Zu Recht – es ist immer gut, wenn wir für solche Events voll belegt sind. „Willst du mitgehen und die Beaufsichtigung übernehmen, oder soll ich?“

„Tyson hat frei an diesem Tag, oder?“ Auch wenn ich es als Frage formuliert habe, war es eigentlich eher eine Feststellung. Ich *weiß,* dass Tyson an diesem Tag freihat. Nicht, weil ich so eine gute Freundin bin, sondern weil mein seit Neustem bestehendes reges Interesse an Eishockey auch dazu führt, dass ich mir die Spielpläne angesehen habe. Madison und Tyson haben so wenig Zeit miteinander, dass seine freien Tage etwas Besonderes für sie sind.

„Ja, hat er.“ Sie lächelt. „Aber es ist kein Problem für mich, trotzdem zu dem Kletter-Date zu gehen.“

Ich winke ab.

„Noah ist an dem Wochenende ohnehin bei Harry und Megan, es macht mir also nichts aus.“

„Du bist die Beste. Ich bin dir was schuldig.“

„Quatsch, bist du nicht. Das hier ist unser gemeinsamer Job, schon vergessen?“ Schließlich zögere ich einen Moment. „Aber vielleicht könntest du mir trotzdem einen Gefallen tun. Noah würde sich gerne mal ein Spiel ansehen, meinst du, du könntest mir eventuell Karten besorgen? Wenn es nicht geht, ist es auch kein Problem, dann versuche ich selbst welche aufzutreiben.“ Ich weiß allerdings, dass das gar nicht so einfach ist, zumindest wenn man gute Plätze bekommen will. Die Karten sind oft lange im Voraus ausverkauft.

„Ach Quatsch, kein Problem. Ich frage Tyson heute. Den Spielern stehen doch immer Freikarten für Verwandte und Freunde zur Verfügung. Ich kann allerdings nicht versprechen, dass es sofort funktioniert. Er hält zwar immer eine Karte für mich zurück, die restlichen spendet er in der Regel für wohltätige Zwecke – aber da lässt sich bestimmt was machen!“

„Du bist ein Schatz!“ Ich werfe ihr eine Kusshand zu, die sie auffängt und sich gespielt theatralisch an die Wange hält.

„Ich liebe dich auch wie blöde, meine Süße!“ Lachend zwinkert sie mir zu, bevor sie mein Büro wieder verlässt.

Kaum dass sie die Tür hinter sich geschlossen hat, kommt sie noch einmal zurück.

„Ich habe übrigens über deine Idee mit der ‚erweiterten Sekretärin‘ nachgedacht. Ich finde das super. Wenn du möchtest, bereite ich heute die Stellenanzeige dafür vor. Sobald ich fertig bin, zeige ich sie dir. Dann können wir noch mal darüber sprechen.“

„Wunderbar!“, erwidere ich, und als Madison diesmal mein Büro verlässt, bin ich endgültig wieder allein mit all meinen verrückten Gedanken.

18

Luke

* * *

Wenn es tatsächlich einen Aspekt gibt, den Luke an seinem Job nicht leiden kann, dann sind es die Auswärtsspiele.

Nicht die Spiele an sich – die sind in Ordnung, auch wenn es zugegeben mehr Spaß macht, zu Hause und mit der Unterstützung der eigenen Fans zu spielen, die logischerweise zu einem Heimspiel in größerer Masse erscheinen als bei den auswärtigen Spielen.

Aber im Laufe seiner Karriere hat er eine tiefe Abneigung gegen Hotelzimmer entwickelt und dagegen, sie sich mit irgendwem teilen zu müssen. Ohnehin hat Luke nie so ganz verstanden, warum sie immer zu zweit in ein Zimmer gesteckt werden. Sie alle bekommen mehrere Millionen

Dollar Gehalt pro Jahr, müssen sich jedoch unterwegs ein Zimmer teilen. Die offizielle Begründung ist, dass das gut für die Teambildung sei; in Lukes Augen ist es allerdings reiner Bullshit. Klar, man lernt, sich mit anderen Spielern zu arrangieren, aber es sorgt meistens eher für Reibereien. Seiner Meinung nach spielt vor allem die Kontrolle eine wichtige Rolle. Wenn man sich zu zweit ein Zimmer teilt, kann der andere nur bedingt Groupies mitnehmen oder wüste Partys schmeißen, weil er eben nicht allein ist.

In den meistens Teams kann man sich aussuchen, mit wem man sich ein Zimmer teilt, doch bei den Icefoxes wird diese Einteilung von der Teamleitung übernommen; Beschwerden, die man dazu eventuell einreicht, werden grundsätzlich ignoriert.

Natürlich sind die meisten Hockeyspieler ziemliche Diven, die jede Menge Macken haben, allerdings sind die Icefoxes einer der Spitzenvereine in der Profiliga, sowohl was die Erfolge als auch was die Bezahlung der Spieler angeht. Bloß die wenigsten Spieler wären dumm genug, ein Angebot der Icefoxes abzulehnen oder den Verein freiwillig wieder zu verlassen. Erfolgreicher zu werden als hier ist beinahe unmöglich. Insofern nehmen die meisten der Spieler die strengeren Regeln durchaus in Kauf – denn neben eitel und eigen sind die meisten von ihnen auch ehrgeizig und auf Erfolg aus.

Luke ist sich durchaus im Klaren darüber, dass es sich um ein Privileg handelt, für diese Mannschaft spielen zu dürfen. Meistens genießt er dieses Privileg. Einzig dann nicht, wenn er sich ein Zimmer mit Tucker teilen muss.

„Haben sie dich schon wieder als meinen Babysitter

eingeteilt?“, mault Tucker herum, als sie ihre Schlüssel an der Rezeption abholen.

„Das sollte dir zu denken geben, ich bin immerhin fünf Jahre jünger als du. Eigentlich sollte es also umgekehrt sein.“ Genervt nimmt Luke seine Schlüsselkarte entgegen und schnappt sich seine Reisetasche.

„Manche Leute werden eben nie so alt, wie sie sich benehmen, und du benimmst dich wie ein alter Opa. Vor allem, seit du dich von dieser bekloppten Vivian getrennt hast und von Groupies nichts mehr wissen willst.“

„Besser ein Opa als eine männliche Hure, oder nicht?“ Weil er keine Lust hat, auf den Aufzug zu warten, nimmt er die Treppe, und Tucker stapft wie ein beleidigtes Kleinkind hinter ihm her.

„Huren sind Sexobjekte, und ich habe rein gar nichts dagegen, wenn schöne Frauen mich als Sexobjekt betrachten. Apropos Sex: Den solltest du vielleicht auch mal wieder haben. Du warst wesentlich entspannter, als du noch regelmäßig einen weggesteckt hast. Natürlich warst du immer schon irgendwie langweilig, was Partys angeht, aber zumindest warst du nicht so entsetzlich verklemmt.“

„Ach, halt doch die Klappe!“

Genau das macht Tucker dann auch, und Luke bereut es beinahe, denn wenn er an Sex denkt, muss er an Mia denken, und er will nicht an Mia denken.

Er hat ihr gestern eine Textnachricht mit Bildern der beiden Katzen geschickt, und sie hat sich bedankt und ihm eine gute Reise gewünscht. Das Ganze war mehr als sachlich. Seitdem herrscht Funkstille. Sie meldet sich niemals einfach so bei ihm, und er hat keine Lust, sich aufzudrängen. Luke ist es ernsthaft nicht gewohnt, dass Frauen so abweisend sind, was ihn irgendwie verunsichert.

Sie will ihn, so viel ist sicher, zumindest will sie Sex mit ihm.

Den will er natürlich auch. Eigentlich sollte ihm das völlig genügen.

Leider tut es das irgendwie nicht. Es ärgert ihn, wenn sie sich nicht meldet, ohne dass er sich das wirklich erklären kann.

Schlecht gelaunt schmettert er seine Tasche auf das Bett.

Man hat Tucker und ihm ein Zimmer mit einem Doppelbett gegeben, großartig. Ärgerlicherweise hat Luke vorhin mitbekommen, dass das Hotel völlig ausgebucht ist, es hat also auch wenig Sinn, um ein anderes Zimmer zu bitten.

„Na toll, dann können wir ja heute Nacht miteinander kuscheln." Leider macht sich Tucker im Bett immer breit, eigentlich wäre es bequemer, gleich auf dem Boden zu schlafen.

„Da stehst du doch drauf ...", brummt Tucker und wirft seine Tasche ebenfalls aufs Bett. Das kann ein erfreulicher Aufenthalt werden.

Mia

* * *

„KÖNNEN wir heute zusammen Eishockey schauen, Mommy? Bitte?" Noah schiebt den Einkaufswagen vor sich her, und er sieht so süß und winzig klein hinter dem riesigen Wagen aus, dass ich ganz wehmütig werde.

„Woher weißt du denn, dass heute überhaupt ein Spiel stattfindet?“ Ich habe ihm zumindest nichts davon erzählt, weil ich es eigentlich vermeiden wollte, das Spiel zu schauen. Eine kleine Luke-Auszeit wäre sicher heilsam für mich; vielleicht würde das helfen, um ihn endlich aus dem Kopf zu bekommen, statt immer nur an Sex mit ihm zu denken, als wäre ich eine besessene Nymphe.

„Ich habe die Vorschau dafür gesehen, als ich mit Daddy Sport im Fernsehen geschaut habe. Sie nennen das Spiel *Kampf der Eisgiganten*. Das klingt doch cool, oder?“ Jetzt hüpft er auf und ab und sieht total begeistert aus. Sein Einkaufswagen kommt durch sein Gehüpfe leicht ins Schlingern, und ich muss eingreifen, damit er nicht in das Regal mit Campbells Tomatensuppe rauscht.

„Aufpassen, Sportsfreund. Das wäre fast schiefgegangen!“, ermahne ich Noah, der sofort reuig dreinschaut und etwas ruhiger wird.

„Tut mir leid, Mommy“, sagt er zerknirscht, beginnt dann jedoch gleich wieder zu strahlen. „Können wir uns trotzdem das Spiel ansehen?“

„Na gut. Aber nur, wenn du dir vorher deinen Schlafanzug anziehst.“ Eigentlich lasse ich ihn nicht so lange aufbleiben, auch am Wochenende ist so etwas eher eine Ausnahme. „Was meinst du, wollen wir auch ausnahmsweise vor dem Fernseher essen?“ Es ist schon recht spät, und ich habe keine Lust, mich zu stressen, damit wir fertig sind, bevor das Spiel anfängt.

Noah gibt begeisterte Quietschlaute von sich, die ich als

Ja interpretiere, und weil der Einkaufswagen beinahe erneut ins Schlingern gerät, nehme ich ihm diesen jetzt ab.

„Okay, also – was hältst du von Nachos mit Dip und einem Gemüseteller zum Abendessen? Ich könnte den Crème-fraîche-Kräuterdip dazu machen, den du so gerne magst."

Das ist, um ehrlich zu sein, auch nicht ungesünder als der Nudelauflauf, den ich eigentlich eingeplant habe, geht obendrein wesentlich schneller und lässt sich deutlich besser vor dem Fernseher essen.

„Ja!", sagt Noah mit viel Nachdruck. „Das machen wir!" Zögernd geht er einen Moment neben mir her. „Wäre es okay, wenn ich die Nachos aussuche?"

„Klar. Aber bitte keine scharfen." Die mögen wir beide nicht, doch wenn ich ihn nicht darauf hinweise, schaut er manchmal nicht richtig hin.

„Okay!" Begeistert flitzt er los, und während ich Gurken, Tomaten und Paprika für den Rohkostteller aussuche, sucht Noah nach dem Knabberzeug.

Ich bin gerade fertig, als er zurückkommt, in den Händen hält er stolz eine schwarze Verpackung, die zwei Tüten Nachos und drei Sorten Dip enthält.

„Schau mal, Mommy, eine Nacho-Partysonne. Wir können also heute Abend eine richtige Eishockeyparty feiern!"

„Das klingt wirklich super, mein Großer!" Ich beuge mich zu ihm und küsse ihn auf den Kopf und bin ganz stolz darauf, dass mein wilder Junge so begeisterungsfähig ist.

Luke

* * *

DIE SPANNUNG vor dem Spiel ist deutlich greifbarer als sonst.

Von den Medien wurde es als „Kampf der Eisgiganten" angekündigt, was seinen Grund hat, denn sowohl die Icefoxes als auch die Icebears, gegen die sie heute antreten werden, gehören zu den favorisierten Teams in diesem Jahr.

Beide Mannschaften sind stark, wirklich ebenbürtige Gegner, und Luke liebt solche Spiele über alles. Gewinnen macht Spaß, auch gegen eine schwache Mannschaft, aber gegen eine starke Mannschaft ist ein Sieg besonders süß.

Seine Playlist hat er noch in Midway zusammengestellt, sie enthält eindeutig zu viele Liebeslieder; das wird ihm jedoch erst so richtig klar, als er sie jetzt anhört.

Titel aus seiner Playlist zu überspringen widerspricht seinem Ritual, das macht er nur, um sich den letzten Titel noch anhören zu können, wenn er sich mit der Gesamtlänge verkalkuliert hat. Also hört er sich jeden der Songs an, einen nach dem anderen. Wenn er sich vorstellt, dass Mia sich das Spiel ansieht, gibt das vielleicht einen besonderen Motivationsschub, und als Luke später auf dem Eis steht, fühlt er sich tatsächlich ziemlich gut.

Das Spiel ist anstrengend, denn die Icebears legen ein enormes Tempo vor und scheinen heute besonders aggressiv zu sein.

Mehr als einmal landet Luke mit einem lauten Krachen an der Bande, während die gegnerischen Fans laut johlen und sich freuen.

Einer der Angreifer hat es auf seinen schlechten Fuß abgesehen, Luke hat keine Ahnung, woher der von seinen Problemen weiß, doch offenkundig weiß er es. Jedes Mal, wenn der Schiedsrichter nicht hinsieht, versucht er mit der Kelle nach seinem Fuß zu haken. Das ist zwar nicht erlaubt, allerdings kann es auch nicht geahndet werden, wenn es gerade niemand sieht.

Irgendwann kommt Tucker dahinter und setzt dem Spuk ein Ende, indem er ihm einen so heftigen Bodycheck verpasst, dass der Gegenspieler ausgetauscht werden muss, weil er einen Cut über der Augenbraue davonträgt, der nicht aufhören will zu bluten. Zum Glück hat Tucker die Sache so geschickt angestellt, dass es dafür keinen Ärger gibt.

Das ist es, was ein gutes Team ausmacht. Es spielt keine Rolle, wie sehr man sich sonst auf die Nerven geht, wenn es hart auf hart kommt, ist man füreinander da.

Erstaunlicherweise gelingt es Tucker, das Spiel ohne Strafminuten zu Ende zu spielen, und letztendlich siegen die Icefoxes mit 6:4, sehr zum Leidwesen der Icebears und deren Fans.

An solchen Abenden ist es meistens keine gute Idee, den Sieg feiern zu gehen, denn alle Bars dürften voll mit einheimischen Fans sein, und es ist schon mehr als einmal deswegen zu Prügeleien gekommen.

Frustrierte Fans können echte Hitzköpfe sein, und vom Sieg euphorisierte Hockeyspieler sind es sowieso.

Luke ist heute ohnehin nicht mehr nach Party zumute.

Spiele sind immer anstrengend, aber dieses hat ihn an seine Grenzen getrieben.

Im Umkleideraum lässt er sich auf die Bank sinken, während Trainer McLeod zu einer Lobeshymne ansetzt und die Spieler gleichzeitig ermahnt, dass sie sich den Sieg nicht zu Kopf steigen lassen sollen.

„Übrigens hat die Vereinsleitung beschlossen, dass es für

heute eine Ausgangssperre gibt. Erwische ich einen von euch außerhalb der Hotelbar oder eurer Zimmer, fällt eine Strafe an.“ Unwilliges Gemurmel folgt, aber niemand traut sich, tatsächlich laut zu werden. Luke hält seine Klappe, ihm ist das nur recht, zumal es dafür sorgt, dass er nicht den Babysitter für Tucker spielen muss. „Dafür gibt es einen Bonus für jeden von euch. Die Höhe wird individuell festgesetzt, ihr könntet euch bei meiner Frau melden, wenn ihr wieder in Midway seid. Sie wird euch über die Details unterrichten.“

Eine Nachricht, die wesentlich positiver aufgenommen wird als die vorherige.

Luke schafft es gerade noch, sich den Hockeymief vom Leib zu waschen – Schoner und Handschuhe, in die man hineinschwitzt, sind eine wirklich ekelhafte Angelegenheit – und sich etwas anzuziehen, bevor die Presse in die Umkleideräume gelassen wird.

Mia

* * *

„GEWONNEN! Sie haben gewonnen!“ Noah reißt seine kleinen Ärmchen in die Luft, als hätte er selbst zu diesem Sieg erheblichen Beitrag geleistet, und ich muss lachen.

„Das haben sie.“ Soweit ich das beurteilen kann, haben die Icefoxes großartig gespielt. Nicht dass ich auch bloß die geringste Ahnung hätte, aber das, was ich gesehen habe, sah grandios aus, stellenweise beinahe mühelos. „Jetzt ab ins Bett mit dir, mein kleiner Champion. Und denk ans Zähneputzen!"

Noah flitzt ins Bad und ich räume unser gebrauchtes Geschirr in die Spülmaschine.

Es gefällt mir, Luke auf dem Eis anzusehen, es gefällt mir viel zu sehr. Er wirkt so souverän und selbstsicher, gleichzeitig auf so männliche Art gezielt aggressiv, dass ich meine weiblichen Hormone jedes Mal zur Räson rufen muss, wenn ich ihn dabei beobachte.

Ich dachte bisher immer, dass einzig Frauen Sexobjekte sein könnten, doch Luke ist eindeutig männlich, und ich bin eindeutig viel schärfer auf ihn, als gut für mich sein kann.

Als Noah fertig damit ist, seine Zähne zu putzen, bringe ich ihn ins Bett und lese ihm noch eine Gute-Nacht-Geschichte aus der neuen Buchreihe vor, die wir gerade angefangen haben und bei der es um eine Schule in England geht, an der jedes Kind ein verzaubertes Tier bekommt. Das erste Buch ist so spannend, dass ich manchmal gar nicht mit dem Vorlesen aufhören mag, aber heute Abend ist es bereits ziemlich spät und mein Sohn ist müde, sodass ich tatsächlich nur das eine Kapitel vorlese, auf das wir uns ursprünglich mal geeinigt haben.

„Schlaf gut, mein kleiner Champion." Ich küsse ihm auf den Kopf und decke ihn noch einmal ordentlich zu, bevor ich den Raum verlasse.

Im Wohnzimmer läuft nach wie vor der Fernseher, und gerade flimmert Luke in Großaufnahme über den Bildschirm. Er wird auch heute interviewt, wieder von einer Frau, aber diesmal deutlich professioneller als von der letzten Reporterin, die ihn ständig betatscht hat.

Gerade lächelt Luke, und ich bin kaum noch dazu in der

Lage, auf das zu hören, was er da erzählt, weil ich völlig hingerissen bin.

Diese Lippen habe ich schon geküsst …

Meine Besessenheit für ihn erfüllt mich mit deutlicher Sorge.

Ich habe keinen Platz für einen Mann in meinem Leben, erst recht nicht für einen, der noch wesentlich weniger Zeit hat als ich selbst und sein Geld damit verdient, dass er sich mit anderen Kerlen um einen Puck prügelt.

Wenn man ein Kind hat, so wie ich, dann braucht man mehr als einen geeigneten Partner für sich selbst, man braucht auch immer eine Vaterfigur für sein Kind.

Luke ist zu jung für mich, und erst recht ist er zu jung, um für Noah ein geeignetes Vorbild zu sein.

Vielleicht mag ich da ja altmodisch sein, aber das Wohlergehen meines Sohnes ist mir wichtig, wichtiger noch als mein eigenes, und sollte ich je wieder einen festen Partner haben, kommt nur einer dafür infrage, der gut für uns beide ist.

Trotzdem kann ich meinen Blick einfach nicht von Luke abwenden, und ich stelle fest, dass ich in ernsthaften Schwierigkeiten stecke.

19

Luke

* * *

Nach einer gefühlten Ewigkeit in diversen Hotelzimmern fühlt sich Luke, als hätte er langsam jegliche Orientierung verloren.

Am schlimmsten sind die Zimmer, die zu irgendwelchen Ketten gehören und immer gleich aussehen, egal, in welcher Stadt man sich gerade befindet. Wahrscheinlich ist die Idee dahinter, dass man sich zu Hause fühlt, egal, wo man gerade ist, aber Luke findet es einfach nur befremdlich.

Zumindest waren die letzten Spiele alle erfolgreich für die Icefoxes, und die Stimmung ist dementsprechend gut, als das Team schließlich in den Flieger zurück nach Midway steigt, vielleicht auch, weil sich die meisten von ihnen auf zu Hause freuen.

„Holt Madison dich nachher ab?“, versucht Luke Tyson so beiläufig wie möglich zu fragen. Sein Teamkapitän beginnt zu grinsen wie ein Vollidiot, sobald er den Namen seiner Frau hört; es wäre fast schon lächerlich, wenn er nicht so glücklich wirken würde. Ein Anflug von Eifersucht macht sich in Lukes Brust breit.

Es muss schön sein, wenn es einen Menschen gibt, der einen so zum Lächeln bringt, und wenn die Verhältnisse dann auch noch eindeutig geklärt sind. Wenn man voll und ganz weiß, dass der andere zu einem gehört. Wahrscheinlich würde er selbst genauso grinsen wie Tyson, wenn es einen solchen Menschen in seinem Leben geben würde. Wobei der Gedanke an Mia Luke durchaus auch zum Lächeln bringt.

„Ich hoffe sehr, dass sie mich abholt. Ich bin lange genug ohne sie ausgekommen, jetzt wird es wieder Zeit …“

Abwehrend hebt Luke die Hand.

„Erspar mir die Details, bitte. Ich will dir auch morgen noch in die Augen sehen können.“

„Jetzt tu nicht so. Du kannst auch Tucker noch in die Augen sehen, selbst wenn der gestern vor unser aller Augen fast ein Groupie vernascht hat. Du bist doch völlig abgestumpft.“

Dass Tucker gestern schon wieder eine eindeutig nicht jugendfreie Performance mit einem Groupie mitten an der Bar hingelegt hat, stimmt. Wenn Luke ihm nicht irgendwann auf die Schulter getippt hätte, um ihn darauf hinzuweisen, dass gleich jemand die Bullen ruft, sollte er nicht einen Gang zurückschalten, wäre Tucker vermutlich noch weitergegangen.

Dass er ihm heute trotzdem noch in die Augen schauen kann, stimmt auch. Vielleicht auch deshalb, weil er von

Tucker ohnehin nichts anderes erwartet, spätestens seit der Stripper-Aktion zu Halloween letztes Jahr traut Luke Tucker so ziemlich alles zu.

Aber Tyson ist im Gegensatz zu Tucker so etwas wie eine Respektsperson für Luke. Das ist irgendwie etwas anderes.

„Wie sieht es eigentlich bei dir aus, Luke? Was ist mit der Verfasserin der Textnachrichten, die dich immer so zum Grinsen bringen? Holt sie dich ab?“

Auf einmal fühlt sich Luke seltsam ernüchtert, denn in den letzten Tagen gab es nicht eine einzige Textnachricht, die ihn zum Grinsen gebracht hätte.

„Es ist ... ein bisschen kompliziert.“ Er hört sich beinahe kleinlaut an, als er das sagt, und Tyson zieht die Augenbrauen erstaunt in die Höhe.

„Was denn, gibt es etwa eine Frau, die dem unglaublichen Luke-Steward-Lächeln widerstehen kann? Ich glaub es ja nicht.“

„Nicht jede Frau lässt sich von einem Lächeln, Äußerlichkeiten und einem Promi-Status rumkriegen ...“

Beinahe schlagartig wird Tyson wieder ernst.

„Ich weiß. Ich weiß das nur zu gut. Und ich weiß auch, dass du keine Ratschläge von mir haben möchtest, aber du kennst mich – ich erteile dir trotzdem welche. Eine Frau, die sich von solchen Dingen nicht beeindrucken lässt, ist es wert, um sie zu kämpfen. Gerade für unsereins. Gerade wenn man nie weiß, ob sie einen nicht genau deshalb wollen, ist es gut, wenn sie sich davon nicht beeindrucken lassen.“

Dann setzt Tyson seine Kopfhörer auf, stellt die Rückenlehne seines Sitzes nach hinten und schließt die Augen.

Das Gespräch ist anscheinend offiziell beendet.

Mia

* * *

Noah verbringt dieses Wochenende bei seinem Vater; danach wird Harry erst auf Dienstreise und im Anschluss daran mit Megan in den Urlaub fahren, sodass mein Sohn dann im Ausgleich dazu zwei Wochenenden nacheinander bei mir ist.

Als Noah aufgebrochen ist, war er ganz aufgeregt, weil Harry und Megan mit ihm eine dieser Monstertruckshows besuchen wollen, an denen, ich gebe es zu, ich selbst immer zu wenig Interesse hatte, um mit Noah dorthin zu fahren.

Es ist eindeutig gut, wenn Kinder Zeit mit ihrer Mutter und ihrem Vater verbringen können, schon allein, weil jeder unterschiedliche Interessen mitbringt und Kinder so aus der vollen Bandbreite schöpfen können.

Ich selbst habe mich mit reichlich Arbeit eingedeckt.

Dieses Wochenende steht eine Mottoparty mit unseren Paaren mit dem Thema Disco an, und da Tyson heute nach viel zu langer Abwesenheit wieder zu Hause ist, werde ich auch dieses Event übernehmen – dafür werde ich weniger arbeiten, wenn Harry unterwegs ist und sich nicht um Noah kümmern kann.

Ich muss zugeben, dass ich Mottopartys nicht sonderlich mag, vielleicht, weil ich mich so ungerne verkleide, aber es gibt eben Kunden, die an genau so etwas Spaß haben.

Da ich selbst das Ganze nur beaufsichtigen muss, fällt meine Kostümierung auch sehr moderat aus.

Ich trage eine enge Jeans, dazu ein silbernes Pailettentop und bunte Sandaletten mit Metalliceffekt in Pastellfarben mit mörderisch hohen Absätzen und glitzernden Sternchen über den Zehen. Meine Haare binde ich zu einem hohen Pferdeschwanz und lege etwas mehr Make-up auf, als ich es im Alltag tue. Ich versuche, halbwegs seriös auszusehen, aber auch nicht so, als hätte ich mir keine Mühe gegeben. Es ist manchmal ein schwieriger Spagat, den Madison und ich bei solchen Veranstaltungen machen müssen.

Nach einem Blick in den Spiegel greife ich auch noch zu einem taillierten Blazer, der das ganze Outfit etwas bürotauglicher macht.

Der Abend ist recht amüsant und verläuft ohne größere Zwischenfälle, zumindest wenn man davon absieht, dass das ein oder andere Paar sich immer mal versehentlich auf die Füße tritt, während sie zusammen mit einem Tanzlehrer eine Choreografie zu einem alten Song aus den Achtzigern einstudieren. Trotzdem lachen alle und haben jede Menge Spaß, und ich denke, dass Madison und ich für eine gute Zusammenstellung der Paare gesorgt haben, denn als ich schließlich gehe, sehe ich, dass viele von ihnen ihre Nummern austauschen oder noch zusammen weiterziehen.

Ich bewundere sie für so viel Elan, denn es ist mittlerweile beinahe dreiundzwanzig Uhr geworden und ich zumindest bin müde und reif für mein Bett.

Da ich keine Lust mehr habe, mit der U-Bahn zu fahren, entschließe ich mich, ein Taxi zu nehmen.

Midway ist zwar eher eine ruhige Stadt ohne erhöhte Kriminalität, aber manchmal bin ich trotzdem nicht gerne allein im Dunkeln unterwegs. Obendrein ist ein Taxi viel komfortabler und es geht wesentlich schneller.

Meine Füße sind mittlerweile eiskalt, es war sicherlich keine sonderlich schlaue Idee, um diese Jahreszeit noch mit offenen Sandalen loszuziehen, allerdings passten sie viel zu gut zum heutigen Motto. Meine Füße sind jedenfalls Eisklumpen, als ich aus dem Taxi steige, obendrein machen sie einen Höllenlärm auf dem Fliesenboden in der Lobby.

Der Concierge schaut zu mir auf, und als er mich sieht, erscheint ein Lächeln auf seinem Gesicht.

„Oh, da sind Sie ja. Bitte warten Sie kurz, es ist etwas für Sie abgegeben worden, kleinen Moment." Er drückt ein paar Knöpfe an der Anlage, die vor ihm steht, anschließend bückt er sich und zaubert einen Blumenstrauß hervor. Der Strauß erstrahlt in wunderschönen Gelb- und Orangetönen.

Mit gerunzelter Stirn nehme ich ihn entgegen.

„Wissen Sie zufällig, wer den abgegeben hat?"

Der Concierge lächelt schon wieder.

„Berufsgeheimnis, Ma'am. Ich habe versprochen, Stillschweigen zu bewahren. Aber ich soll Ihnen auch noch diese Karte geben." Er holt einen Umschlag hervor, auf dem in einer unbekannten Handschrift mein Name steht. Ich nehme sie dankend entgegen und gehe dann zum Aufzug hinüber.

Irgendwie komme ich mir ein bisschen vorgeführt vor, und ich möchte die Karte lieber lesen, ohne dass mich neugierige Augen dabei beobachten.

Kaum dass sich die Aufzugtüren hinter mir geschlossen haben, reiße ich den Umschlag auf.

Hey Sonnenschein,
ich musste bei diesen Blumen
an dich denken.
Luke

Ich starre auf die Karte und auf die Blumen.

In meinem Bauch beginnen Schmetterlinge wild zu flattern.

Ich bin zweiunddreißig Jahre alt, aber das hier ist das erste Mal, dass mir ein Mann Blumen schenkt.

Als sich die Aufzugtüren auf meiner Etage öffnen, erahne ich ihn, bevor ich ihn sehe.

Luke lehnt lässig grinsend an meiner Wohnungstür, und mein Herz setzt einen Moment aus, als ich ihn entdecke, nur um im Anschluss doppelt so schnell weiterzuschlagen.

Er sieht gut aus, umwerfend gut. Er trägt eine dunkelgraue Anzughose und ein Hemd ohne Krawatte, das am Kragen offen steht und nahezu dazu einlädt, noch ein paar Knöpfe mehr zu öffnen, damit ich meine Hände hineinschieben kann. Die Anziehung, die er auf mich auswirkt, ist verheerend.

„Hey, Sonnenschein … da bist du ja.“

Noch viel schlimmer als sein Outfit und sein Aussehen ist dieses Lächeln, das dafür sorgt, dass ich umgehend weiche Knie bekomme.

Luke

* * *

MIA STEIGT AUS DEM AUFZUG, die Blumen, die er ihr geschenkt hat, hält sie in der Hand, und verdammt noch mal, sie ist einfach hinreißend schön.

Heute Abend trägt sie hohe Absätze, und als sie vor ihm

steht, ist sie so groß, dass er nur den Kopf ein Stück neigen müsste, um sie küssen zu können.

„Guten Abend, Luke!“ Sie lächelt, aber er kann unter ihrem Lächeln erkennen, dass sie eine Spur verunsichert ist. Diese Distanz, die sie ständig zwischen ihnen aufbaut, ist zurückgekehrt, doch Luke ist sich ziemlich sicher, dass es ihm gelingen wird, all ihre Sorgen und Zweifel zu beseitigen, wenn sie sich erst mal von ihm küssen lässt.

Vielleicht ist es moralisch nicht ganz in Ordnung, Sex einzusetzen, um ans Ziel zu kommen, allerdings ist es manchmal das, was am besten funktioniert, denn wenn sie Sex haben, wird Mia weich und anschmiegsam, und er liebt es, wenn sie so ist.

„Danke für die Blumen.“ Ihr Blick ruht auf dem Strauß in ihrem Arm und kehrt dann wieder zu ihm zurück. „Wartest du schon lange auf mich?“

Er nimmt ihr den Strauß aus dem Arm, damit sie die Hände freihat, um die Tür aufzuschließen.

„Um ehrlich zu sein, habe ich den Concierge bestochen, damit er mir Bescheid sagt, wenn du kommst.“

„Oh!“, antwortet Mia, und Luke kann nicht deuten, ob es sich dabei um ein positives oder ein negatives *Oh* handelt.

„Darf ich hineinkommen?“, fragt er, nachdem sie die Tür geöffnet hat und sie hineingegangen ist, während er nach wie vor auf dem Flur steht.

„Ja, natürlich … bitte …“ Sie macht einen Schritt zur Seite und nimmt ihm die Blumen wieder aus der Hand. „Danke noch mal, sie sind wirklich wunderschön.“

Mia geht in die Küche und holt eine Vase aus dem Schrank, um die Blumen ins Wasser zu stellen, und tritt dann einen Schritt zurück, um sie auf dem Tisch zu bewundern.

Dabei prallt sie gegen Luke, weil er direkt hinter ihr steht. Sie duftet absolut unglaublich, nach Pfirsichen und nach Sonnenschein, und er umfasst sanft ihre Taille.

„Hoppla …“, flüstert er in ihr Ohr, und sie reagiert mit einem leisen Seufzen, das ihr vermutlich gar nicht bewusst ist. „Immer langsam“, sagt Luke mit einem Lächeln in der Stimme und dreht Mia in seinen Armen zu sich um.

Im Himmelblau ihrer Augen tanzen die goldenen Funken, und sie mustert ihn, als wäre sie sich noch unklar darüber, was sie nun tun möchte – ihn küssen oder ihn aus ihrer Wohnung komplimentieren.

Zum Glück ist Luke sich nicht unschlüssig, er hat seine Entscheidung schon getroffen, als er heute aus dem Flugzeug gestiegen ist.

Mia

* * *

„Du bist so wunderschön, Baby!“ Luke streicht mir eine Haarsträhne hinters Ohr, die sich aus meiner Frisur gelöst haben muss. Seine Finger fühlen sich warm und gut auf meiner Haut an und hinterlassen ein leichtes Prickeln überall dort, wo er mich berührt.

Lukes Blick bleibt an meinem Mund hängen, und ich weiß, worauf das alles hier hinauslaufen wird, wenn ich die Sache nicht sofort stoppe.

Eine einmalige Sache! Es sollte nicht mehr als eine einmalige Sache werden …

Mir ist klar, dass es am besten wäre, jetzt einfach einen Schritt nach hinten zu machen. Noch besser wären natürlich zwei oder drei Schritte. Ich sollte Abstand zwischen uns bringen, mich seinen Händen entziehen und ihn dann freundlich, aber bestimmt aus meiner Wohnung komplimentieren.

Das alles sollte ich.

Sollte ich wirklich.

Dringend!

Trotzdem bleibe ich stehen, wo ich bin, und lege meinen Kopf ein wenig in den Nacken, um Luke besser ansehen zu können.

Bis gerade habe ich geschworen, dass es nichts an ihm gibt, was mich so sehr dazu bringt, dahinzuschmelzen, wie sein Lächeln. Dieses Lächeln, das seine Augen übermütig funkeln lässt, während sich auf seinen Wangen Grübchen bilden und man einfach mitlächeln muss, weil es so offen, ehrlich und ansteckend ist.

Doch jetzt gerade, da ist er vollkommen ernst, und er sieht mich mit dieser Intensität an, die ich bisher nur bei ihm beobachtet habe, wenn er auf dem Eis ist. Luke betrachtet mich, als gäbe es gerade sonst nichts auf der Welt, das ihn mehr interessiert als ich. Sein Blick ist ruhig, ohne die geringste Spur von Amüsiertheit darin.

„Ich habe dich vermisst, meine Schöne!" Während Luke auch noch die zweite Hand an mein Gesicht hebt, um es sanft zu umfassen, bekomme ich weiche Knie. Die stille Ernsthaftigkeit, die er gerade an den Tag legt, gefällt mir noch besser als sein Lächeln. Es fühlt sich gut an, auf diese Weise von ihm betrachtet zu werden, als wäre ich etwas ganz Besonderes für ihn.

Kurz schließe ich die Augen in einem halbherzigen

Versuch, mich zu sammeln. Ich sollte das beenden. Hier und jetzt.

Luke scheint meine Bedenken zu erahnen, wahrscheinlich ist er darauf trainiert, die nächsten Schritte seiner Mit- und Gegenspieler zu erkennen, dass er auch mein leichtes Zögern umgehend erkennt.

Ich muss feststellen, dass er vielleicht nicht immer völlig fair spielt, denn bevor ich überhaupt weiß, wie mir geschieht, landen seine Lippen auf meinen, sanft und zärtlich, aber mit so viel Gefühl, dass es mir völlig unmöglich ist, mich gegen ihn zu wehren.

Sein Kuss ist süß, beinahe langsam, und als ich unwillkürlich seufze, nutzt er die Gelegenheit, um mit seiner Zunge in meinen Mund einzudringen.

Samtig weich umschmeichelt er meine Zunge mit seiner, spielt mit mir, bis ich ganz und gar kapituliere und gegen ihn sinke, weil meine Knie sich auf einmal furchtbar weich anfühlen.

Luke lässt mein Gesicht los und schlingt stattdessen beide Arme um meine Taille, hält mich fest an sich gedrückt, warm und sicher.

Es fühlt sich unglaublich gut an, so gehalten zu werden!

Ich weiß nicht, wann ich mich das letzte Mal an jemanden anlehnen konnte, es muss Jahre her sein, und mir fällt auf einmal auf, wie sehr ich das vermisst habe. Eigentlich macht es mir nichts aus, Verantwortung zu übernehmen, Kontrolle zu übernehmen für mein Leben, für das meines Sohnes, für meine Agentur – aber gerade merke ich, dass es auch gut ist, all das mal nicht tun zu müssen.

Es fühlt sich viel zu gut an, um jetzt damit aufzuhören.

Was soll's auch.

Ich habe eine wirklich anstrengende Woche hinter mir, und irgendwie habe ich gerade den Eindruck, dass ich verrückt wäre, wenn ich mir das hier nicht gönne. Ein paar Stunden mit Luke, die mich auf andere Gedanken bringen, mich entspannen lassen. Das ist sehr viel besser als das Glas Wein, das ich eigentlich für diesen Zweck geplant habe, und mit Sicherheit auch deutlich gesünder.

Ich kuschle mich ein bisschen tiefer in seine Arme, und Luke unterbricht unseren Kuss, um mich anzulächeln, aber sein Lächeln ist anders als sonst, eher glücklich als fröhlich und wunderschön.

„Ich freue mich auch, dass du zurück bist", flüstere ich, während mein Mund schon wieder nach seinem zu suchen beginnt, weil ich nicht genug von Lukes Küssen bekommen kann.

Ohne unseren Kuss zu unterbrechen, hebt er mich hoch, und ich schlinge meine Beine um ihn, um es ihm einfacher zu machen, auch wenn ich nicht wirklich glaube, dass das nötig wäre. Es macht ihm offenkundig keine sonderliche Mühe, mich zu tragen, beinahe so, als würde ich kaum etwas wiegen, und in der Tat komme ich mir winzig, zierlich und beinahe zerbrechlich in seinen Armen vor.

Er trägt mich ins Schlafzimmer und setzt mich auf der Mitte meines Bettes wieder ab, nur um sich umgehend über mich zu schieben und mich weiterzuküssen.

Ich könnte süchtig werden nach dieser Art von Küssen. Seine Lippen wandern langsam über meine, beinahe träge. Er haucht einen Kuss auf meinen Mundwinkel, danach einen weiteren auf die andere Seite, fährt mit seiner Zunge die Kontur meiner Unterlippe nach und saugt meine Oberlippe zwischen seine Zähne, beißt mich, neckend und zart, bloß um schließlich seine Zunge über meine streicheln zu lassen.

Irgendwann wandern seine Küsse tiefer, er liebkost meinen Hals, leckt über die empfindliche Stelle an meinem Puls und ich erschauere unter ihm voller Wonne.

„Hiervon habe ich geträumt …“, flüstert er an meinem Hals und atmet tief ein. „Ich habe von deinem Duft geträumt. Mir ist noch nie eine Frau begegnet, die so gut riecht wie du.“ Er drückt seine Nase zwischen meinen Hals und meine Schulter, und ich muss kichern, weil es ein kleines bisschen kitzelt, allerdings werde ich ziemlich schnell wieder ernst, als Luke seinen Körper langsam auf meinen hinabsenkt und ich seine Erektion an meiner Mitte spüren kann. Er presst sich einmal kurz gegen mich, wie um mir zu beweisen, wie sehr er mich will, und ich stöhne so laut auf, dass es mir umgehend peinlich ist.

Dieser Kerl hat etwas an sich, was mich völlig die Kontrolle verlieren lässt, und das geht weit über sein gutes Aussehen hinaus. Ich habe mich noch niemals zu einem Menschen derart hingezogen gefühlt wie zu Luke Steward, und ich befürchte, dass er ziemlich genau um die Wirkung weiß, die er auf mich hat.

Ich möchte mehr von ihm sehen, mehr von ihm spüren, ich sehne mich nach ihm, nach mehr von ihm, will ihm noch näher sein, als ich es ohnehin schon bin.

Wie von selbst wandern meine Hände zum Bund seiner Hose, ziehen das Hemd heraus, bis ich sie darunter schieben kann, um die glatte, warme Haut seines Rückens zu spüren.

Luke dreht uns beide herum, sodass ich nun auf ihm sitze, und beginnt, sein Hemd aufzuknöpfen.

„Lass mich das machen …“ Ich schiebe seine Hände

beiseite und öffne dann einen Knopf nach dem nächsten, schließlich betrachte ich den Mechanismus, der die Manschettenknöpfe an den Ärmelenden zusammenhält.

„Ich mach das schon!“ Luke öffnet sie selbst, bevor er sich das Hemd von den Schultern zieht und es achtlos neben das Bett wirft und umgehend das Shirt folgen lässt, das er unter seinem Hemd getragen hat.

Als ich ihn das letzte Mal ohne Oberteil gesehen habe, ist mir kaum Zeit geblieben, ihn in Ruhe zu betrachten und zu erkunden, und wer weiß, ob ich je wieder Gelegenheit dazu haben werde. Also lasse ich meine Hände über die festen Muskeln unter Lukes Brust gleiten, umkreise seine kleinen, dunklen Brustwarzen mit dem Daumen und beuge mich dann vor, um einen Kuss auf sein Brustbein zu pressen.

Langsam lasse ich meine Hände über Lukes Flanken nach vorn zu seinem Bauch gleiten. Seine Muskeln zucken an den Stellen, an denen ich ihn berühre. Er ist der schönste Mann, der mir jemals begegnet ist, ich muss gestehen, dass ich völlig hingerissen von ihm bin.

„Ich bin ein solcher Glückspilz!“ Langsam wandern meine Hände zum Bund seiner Hose, um den Gürtel zu öffnen, aber Luke lässt mich nicht. Er umfängt meine Handgelenke und hält sie fest, bevor er mich erneut küsst, diesmal stürmischer.

„Ich bin der Glückspilz von uns beiden, Baby. Glaub mir das!“

Luke lässt meine Hände los und umfasst stattdessen mein Gesicht, neigt meinen Kopf nach hinten, um mich noch tiefer, noch intensiver küssen zu können, und ich vergesse alles andere um mich herum. Auf einmal sind alle meine Zweifel verschwunden, denn was wir hier tun, fühlt sich viel zu gut an, um falsch zu sein. Und was soll es auch? Es ist schließlich nur Sex.

Ich vergesse Ort und Zeit um mich herum, es gibt bloß noch Luke und seine begabten Hände mit seiner begabten Zunge und diesem wunderschönen Körper und dem ebensolchen Gesicht.

Irgendwann liege ich nackt unter ihm, und er richtet sich auf, um mich besser betrachten zu können. Wahrscheinlich wäre mir das unter anderen Umständen unangenehm, meine Figur sieht nicht mehr aus wie vielleicht noch vor zehn Jahren, die Schwangerschaft hat Spuren an meinem Körper hinterlassen. Doch in Lukes Blick liegt nichts als Begehren und Bewunderung, und es fühlt sich gut an. Ich fühle mich schön, weil ich erkennen kann, dass ich genau das in seinen Augen bin.

„So schön …", murmelt Luke in diesem Moment, als könne er meine Gedanken lesen, als wisse er ganz genau, wie gut er mir tut, und küsst die kleine Wölbung meines Bauchs. Langsam wandert sein Mund tiefer an meinem Körper hinab, und ich versuche ihn wegzuschieben, bin mir nicht sicher, ob ich wirklich will, dass er mich dort küsst, aber Luke lässt mich nicht. „Nicht!", flüstert er und haucht einen Kuss auf meinen Venushügel. „Ich will dich schmecken. Ich kann, seit wir uns das letzte Mal gesehen haben, nur noch daran denken, wie du wohl schmeckst." Ohne mir eine Chance für weiteren Widerstand zu geben, senkt er seinen Mund herab und leckt der Länge nach über meine empfindlichste Stelle, teilt meine feuchte Mitte mit seiner Zunge, und wir stöhnen beide gleichzeitig auf. „Noch viel besser, als ich es mir erträumt hatte." Seine Stimme klingt beinahe versonnen, und als er seinen Mund nun wieder auf mich senkt, verkrallen sich meine Hände in seinem Haar.

„O mein Gott, Luke …“, höre ich mich selbst stöhnen, als er an meiner kleinen Perle zu saugen beginnt. Ich spüre sein leises Lachen mehr, als ich es höre, ein zufriedenes, männliches Lachen voller Stolz.

„Es gefällt mir, wenn du meinen Namen stöhnst, Baby!“ Mit einem diabolischen Grinsen beugt er sich erneut über mich, dringt mit zwei Fingern in mich ein und fährt damit fort, mich mit Zunge und Lippen zu stimulieren.

„Luke!“, stöhne ich wie auf Kommando erneut. „Bitte, bitte … hör nicht auf.“

Er hört nicht auf, und es ist beinahe zu viel, obwohl es gleichzeitig zu wenig ist. Es ist himmlisch, es ist teuflisch, und ich brauche nicht lange, bis ich zuckend an seinem Mund komme.

Luke lässt trotzdem nicht von mir ab, vielleicht hätte ich ihn nicht darum bitten sollen, nicht aufzuhören, denn in diesem Fall hätte ich vermeiden können, dass ich mich unter ihm in ein zuckendes, wimmerndes, willenloses Wesen verwandle, das irgendwelches unzusammenhängendes Zeug von sich gibt und gleichzeitig versucht, seinen Kopf wegzuschieben und an Ort und Stelle zu halten.

Doch Luke ist erbarmungslos. Er macht weiter, bis ich kurz davor bin, wieder zu kommen, dann erst zieht er seine Finger aus mir heraus, und ich vermisse sie umgehend, beinahe schmerzhaft.

„Warte kurz, Baby. Warte nur kurz auf mich …“ Er beugt sich über die Bettkante, um ein Kondom aus der Tasche seiner Hose zu ziehen, die dort am Boden liegt, und wenige Sekunden später dringt er in mich ein.

Er küsst mich, tief und innig, ich schmecke eine betörende Mischung aus mir und ihm, und als ich mich dieses Mal meinem Höhepunkt nähere, habe ich das Gefühl, in Ohnmacht fallen zu müssen, völlig die Kontrolle zu verlieren.

„Lass dich einfach fallen. Ich habe dich. Ich bin bei dir." Noch ein Kuss, tiefer diesmal, noch inniger, seine Zunge dringt in die Tiefe meines Mundes ein, gleichzeitig zieht Luke mich hoch, sodass ich auf seinem Schoß zu sitzen komme, hört nicht damit auf, mit tiefen Stößen in mich einzudringen, und schlingt beide Arme um mich. „Ich halte dich, Baby. Lass dich fallen. Komm für mich, Süße. Komm für mich!"

Mehr brauche ich nicht. Obwohl ich mir nicht sicher bin, ob es gut ist, mich dermaßen an ihn zu verlieren, gehorcht mein Körper ihm blind, und Luke macht sein Versprechen wahr, hält mich fest, während ich komme, und lässt mich auch nicht los, als er mir kurz darauf folgt. Er hält mich auch noch fest, als wir beide völlig außer Atem sind, erschöpft und befriedigt.

Mit seinem Zeigefinger malt er kleine Kreise auf meiner Wirbelsäule und gibt ein zufriedenes Geräusch von sich, das mich beinahe an ein Schnurren erinnert, bloß dass es tiefer und männlicher ist. Vielleicht hört es sich so an, wenn ein Tiger schnurrt.

„Lauf nicht weg, ich bin gleich zurück, ich muss nur mal kurz ins Bad und das Kondom loswerden." Luke beugt mich nach hinten, bettet mich auf eines der Kissen und zieht sich aus mir zurück, deckt mich noch zu, bevor er ins Bad geht und mich allein in meinem Schlafzimmer zurücklässt.

Ich lausche auf die Geräusche, das kurze Rauschen des

Wassers, das Geräusch des Deckels des Mülleimers, dann das erneute Rauschen von Wasser.

Ich sollte ihn wegschicken, wenn er gleich wiederkommt.

Der Gedanke taucht irgendwo am Rande meines Bewusstseins auf, und er erscheint mir logisch. Denn Sex mit jemandem zu haben, ist das eine, mit ihm anschließend zu kuscheln und Zeit zu verbringen etwas ganz anderes, und ich sollte da wirklich für klare Verhältnisse sorgen.

Doch als Luke zu mir zurückkommt, mich schweigend in seine Arme zieht und uns zudeckt, sind alle meine guten Vorsätze plötzlich verschwunden.

Dieser Mann riecht unglaublich gut, und er fühlt sich noch viel besser an. Ich fühle mich sicher bei ihm, geborgen, beschützt. Wie könnte man in diesen Armen auch anders empfinden?

Nur noch ein paar Minuten.

Ich versuche mich selbst zu beruhigen. Ein paar Minuten mehr, was machen die schon aus? Als die paar Minuten vergangen sind, höre ich an Lukes tiefen, gleichmäßigen Atemzügen, dass er eingeschlafen ist. Ich kann ihn unmöglich wecken und wegschicken, das käme mir nahezu grausam vor!

Also kuschle ich mich tiefer in seine Arme und schlafe ebenfalls ein, schlafe so tief und so traumlos wie schon lange nicht mehr.

20

Luke

* * *

Als er wach wird, nimmt er zunächst zwei Dinge wahr: zum einen, dass er in keinem Hotel ist, denn das Bett ist viel zu bequem dafür, zum anderen den warmen und weichen Körper einer Frau.

Mia ...

Lächelnd schaut er auf die Frau, die in seinen Armen liegt und sich so anfühlt, als würde sie genau dorthin gehören. Warm, weich und einfach nur perfekt.

Draußen beginnt es bereits hell zu werden, was bedeutet, dass er verschlafen hat – etwas, was ihm so gut wie nie passiert, schon gar nicht während der Saison.

Lukes Tagesablauf verläuft nach einem strengen Zeitplan,

und normalerweise würde er um diese Uhrzeit längst im Trainingsraum sein.

Schweren Herzens befreit er sich aus Mias Umarmung, vorsichtig, um sie bloß nicht zu wecken. So leise wie möglich sucht er seine auf dem Schlafzimmerboden verstreute Kleidung zusammen und schleicht sich aus ihrem Zimmer. Erst auf dem Flur zieht er sich an, schlüpft in Boxershorts und Hose, streift sich sein Hemd über und verlässt auf Zehenspitzen Mias Wohnung. Bis zu seiner eigenen Wohnung ist es ja zum Glück nicht weit, und wahrscheinlich hätte er auch nackt über den Flur bis zum Aufzug laufen können – die Wahrscheinlichkeit, dass ihn hier jemand sieht, ist eher gering.

In seiner Wohnung angekommen hängt er seine Anzughose auf einen Kleiderbügel, stellt die Schuhe zurück ins Regal und wirft seine restliche Kleidung in den Wäschekorb.

Er beschließt, sich eine Dusche zu sparen, auf dem Laufband wird er gleich ohnehin ins Schwitzen kommen, und zieht sich eine Trainingshose sowie ein frisches T-Shirt an.

Eigentlich frühstückt er gerne viel und ausreichend, aber heute Morgen muss ein Eiweißshake reichen, zu mehr bleibt einfach keine Zeit.

Im Trainingsraum sind bereits Tucker und Tyson mit den Gewichten beschäftigt, und Luke murmelt einen kurzen Gruß, bevor er aufs Laufband geht.

„Na, wilde Nacht gehabt?“ Tucker kommt zu ihm herüber, ein Handtuch um den Nacken geschlungen, und grinst süffisant.

Luke stellt das Laufband noch eine Stufe schneller ein und erhöht die Neigung.

„Wie kommst du bloß immer auf so einen Mist?“

„Du kommst später als sonst zum Training, du stinkst nach Sex und du hast einen Knutschfleck an deinem Hals. Da wird man ja wohl noch mal fragen dürfen." Tucker klingt beinahe beleidigt, bevor er zu seinem Grinsen zurückfindet. „Also, wer ist es?"

„Geht dich nix an." Die einzige Antwort, die Luke darauf geben kann, denn es geht Tucker tatsächlich nichts an. Es ist alles noch viel zu frisch, um überhaupt jemandem davon zu erzählen.

„Interessanter Name – geht dich nix an. Stöhnt sich allerdings ziemlich schlecht." Tucker schlingt die Arme um sich, sodass es von hinten aussieht, als würde ihn jemand umarmen, und stöhnt: „Oh, geht dich nix an, deine Lippen sind so weich."

„Hör auf mit dem Scheiß, Tucker. Von hinten sieht es übrigens aus, als würdest du es mit einem Kerl treiben, nur zu deiner Information. Und jetzt lass Luke in Ruhe!", mischt Tyson sich schließlich ein, bevor er Luke einen langen, nachdenklichen Blick zuwirft.

Mia

* * *

Mein Bett riecht noch nach Luke, als ich am nächsten Morgen aufstehe, aber er selbst ist anscheinend schon gegangen. Nachdem er die gesamte Nacht hier verbracht hat.

Oder zumindest einen großen Teil der Nacht, sicher bin

ich mir da nicht, denn ich muss gestehen, dass ich geschlafen habe wie ein Murmeltier.

Eigentlich dachte ich, dass es mich stören würde, mir das Bett mit jemandem zu teilen, vor allem nachdem ich es so viele Jahre allein für mich hatte, doch das Gegenteil ist der Fall gewesen.

Es hat sich schön angefühlt. Viel zu schön. Das irritiert mich, so wie mich die ganze Geschichte mit Luke irgendwie irritiert.

Ich stehe auf und gehe duschen. Nicht nur mein Bett riecht nach ihm, auch an mir hängt noch überall sein Duft, und es fällt mir beinahe schwer, ihn einfach so abzuwaschen.

Anschließend mache ich mich fertig, um ins Büro zu fahren.

Heute ist zwar Samstag, aber es gibt immer etwas zu tun, und wenn Noah nicht zu Hause ist, versuche ich meistens, ein wenig vorzuarbeiten, damit ich mehr Zeit habe, wenn mein Sohn zu Hause ist.

„Hey, ich hätte gedacht, du verbringst den Morgen mit Tyson im Bett!“ Erstaunt begrüße ich Madison, als ich in der Agentur ankomme, die gerade dabei ist, Tee zu kochen.

„Tyson ist schon beim Training, morgen steht wieder das nächste Spiel an.“ Sie seufzt tief und schüttelt den Kopf. „Manchmal nerven mich die vielen Termine entsetzlich, und ich komme mir jedes Mal so undankbar vor. Es ist sein Job, und er verdient so unglaublich viel Geld damit, dass ich es eigentlich mit Freuden hinnehmen sollte, wenn er mal nicht da ist. Andere Leute arbeiten schließlich noch mehr und verdienen deutlich weniger.“ Nachdenklich streicht sie über ihren Bauch. „Er überlegt, ob er nächste Saison vielleicht aufhört. Sein Vertrag läuft aus, und er weiß ohnehin nicht, ob der noch mal verlängert wird. Ab einem gewissen Alter steigt das Verletzungsrisiko, und die Vereine tun sich schwer damit, horrende Summen für einen Spieler auszugeben, von dem sie nicht genau wissen, ob er am Ende der Saison überhaupt noch spielen kann. Ich weiß, es ist ein bisschen gemein, aber im Moment wünsche ich mir, dass Tysons Vertrag nicht verlängert wird. Für einen kleineren Verein zu spielen kommt für ihn nicht infrage. Sollten die Icefoxes ihn also nicht mehr wollen, wird er … in Rente gehen." Sie lacht leise. „In Rente gehen, wie ein Opa. Aber tatsächlich hat er erst mal noch gar keine anderen Pläne, vielleicht wird er ja Vollzeitpapa."

„Und wenn sie seinen Vertrag noch verlängern?", frage ich nach, denn ich kann mir gut vorstellen, wie belastend es sein muss, wenn man einen Partner hat, der ständig unterwegs ist. Vor allem, wenn man ein Kind hat. Noch ein Grund mehr, aus dem ich mich niemals auf eine Beziehung mit einem Eishockeyspieler einlassen würde.

Madison sieht mich an, und auf einmal wirken ihre Gesichtszüge ganz weich.

„Wenn Tysons Vertrag verlängert wird, dann ist es, wie es ist. Ich weiß, wie viel ihm das Hockeyspielen bedeutet, und mein Leben mit ihm, selbst wenn er so oft weg ist, ist trotzdem noch hunderttausendmal besser als ein Leben ohne ihn." Einen Augenblick lang schweift ihr Blick ins Leere. „Ich kann mir ein Leben ohne ihn gar nicht mehr vorstellen. Und seien wir mal ehrlich: In anderen Berufen sind die Partner noch viel weniger zu Hause. Irgendwas ist eben immer. Bei Profisportlern ist zumindest ein frühes Ende in Sicht." Sie lacht, als ihr auffällt, was sie da gesagt hat. „Also was die Arbeit betrifft. Hoffentlich nicht, was ihr Leben angeht."

Ich lache ebenfalls.

„Das hoffe ich doch auch sehr."

Einen Moment lang sind wir beide nachdenklich und still, dann steht Madison plötzlich so schnell auf, dass ich einen richtigen Schreck bekomme.

„Wusstest du eigentlich, dass es so etwas wie eine Schwangerschaftsdemenz gibt? Irgendwelche durchgeknallten Hormone bringen Frauen dabei dazu, die alltäglichsten Dinge zu vergessen." Sie kramt in ihrer Handtasche herum. „Tyson hat mir Karten für Noah und dich mitgegeben für das Samstagsspiel." Sie zückt die Tickets und wedelt stolz damit herum.

„Oh, du bist die Beste! Noah wird sich riesig freuen." Und ich freue mich auch sehr, aber das werde ich ihr besser nicht verraten.

21

Mia

* * *

Die Woche verläuft so weit unspektakulär, und ich schaffe es, Luke so gut aus dem Weg zu gehen, wie ich nur kann, was mich nicht davon abhält, ständig an ihn zu denken, und wenn ich ständig sage, meine ich wirklich immerzu.

Manchmal bilde ich mir ein, dass sogar mein Essen nach ihm schmeckt, und mache mir ernsthafte Sorgen um meinen Geisteszustand.

Vielleicht ist es auch nicht gerade hilfreich, dass ich mir so ziemlich jedes Spiel der Icefoxes im Fernsehen anschaue. Allerdings muss ich gestehen, dass ich es einfach liebe, Luke beim Spielen zuzusehen. Er wirkt so souverän und routiniert, und ja, verdammt noch mal, unglaublich sexy.

Ich mag ihn, ich mag ihn wirklich sehr, und das erschreckt mich.

Ich war einfach noch nie der Typ für unverbindlichen Sex, aber was soll es mit ihm und mir für eine Zukunft haben? Ich weiß, dass er die Beziehungen zu seinen weiblichen Bekanntschaften gerne eher locker hält, und das ist auch in Ordnung so. Allerdings sollte ich ihn dringend auf Abstand halten, weil alles andere wohl in einer Katastrophe für mein Herz enden dürfte.

Ich meine, ich habe ihn gegoogelt. Wahrscheinlich sollte man so etwas nicht tun, aber ich konnte der Versuchung einfach nicht widerstehen.

Was soll ich sagen?

Luke Steward ist ein echter Womanizer. Ich habe Tausende von Fotos mit den hübschesten Frauen auf seinem Schoß gefunden. Die Art von Frauen, von denen ich immer dachte, sie wären gar nicht echt, weil man Wesen wie ihnen im wirklichen Leben nie begegnet. Überdurchschnittlich hübsch, überdurchschnittlich schlank, überdurchschnittlich sexy mit überdurchschnittlich großen Brüsten.

Die meisten dieser Begegnungen haben anscheinend nicht länger als eine Nacht gehalten, und seine Groupies plaudern. Anscheinend ist es cool, sich über solche Dinge auszutauschen, auch wenn ich nie begreifen werde, was derart private, ja, intime Angelegenheiten in der Öffentlichkeit verloren haben.

An seiner Exfreundin haben seine Groupies kein gutes Haar gelassen.

Vielleicht nicht ganz zu Unrecht, denn Madison hat mir ein bisschen von ihr erzählt. Vivian, Lukes Ex, scheint ein ziemliches Miststück zu sein, und seit der Trennung von

Luke ist sie mit drei weiteren Profispielern eine Beziehung eingegangen. Der letzte war anscheinend dumm genug, sich mit ihr zu verloben – bald steht die Hochzeit an.

Man kann das über sie nachlesen.

Teilweise weil sie es selbst gepostet hat – die gute Vivian veröffentlicht offenkundig gerne Fotos von sich und vorzugsweise solche, auf denen sie einen Kussmund in die Kamera macht –, allerdings gibt es auch genug Klatsch und Tratsch, der von anderen zusammengetragen wird.

Gruselig. Echt.

Ich sollte mir über solche Dinge wirklich nicht so viele Gedanken machen. Stattdessen sollte ich mich auf meinen Job konzentrieren und natürlich auf meinen Sohn, der gerade auf dem Boden sitzt und mit seinen Dino-Figuren spielt.

„Hey, mein Schatz, es wird langsam Zeit, deine Sachen zu packen, dein Daddy und Megan kommen dich in einer halben Stunde abholen." Sobald ich Noah an seinem Vater übergeben habe, muss ich auch schon los. Heute findet der Date-Abend in der Kletterhalle statt, alles in allem für mich immer eher ein entspannter Termin, bei dem ich nicht viel zu tun habe, außer anwesend zu sein, falls es irgendwelche Probleme gibt.

„Darf ich meine Dinos auch mitnehmen, Mommy?" Noah ist aufgestanden und kommt zu mir hin.

„Na klar, mein Schatz, ich hole dir eine Tasche, dann kannst du sie mitnehmen."

Ich bin gerade im Abstellraum angekommen, um Noahs Rucksack herauszuholen, als mein Handy klingelt.

Es ist Harry, der mir mitteilt, dass er es nicht schafft, Noah abzuholen. Er war mit Megan und seinen Eltern unterwegs, sie haben eine Autopanne und sind vermutlich erst morgen zurück.

Verdammter Mist!

Madison ist mit Tyson heute nach White Crossing zu ihren Eltern gefahren – die beiden werden auch erst spät wiederkommen.

„Noah?“, rufe ich, und mein Sohn streckt seinen Kopf aus seinem Zimmer heraus.

„Ja, Mommy?“

„Ich habe schlechte Nachrichten für dich. Dein Dad und Megan schaffen es doch nicht. Du wirst mich also heute Abend begleiten müssen.“

Noah lässt den Kopf hängen und seufzt tief.

Es ist schon ein paarmal vorgekommen, dass ich ihn mitnehmen musste, und er hasst es, was ich ihm nicht verübeln konnte. Es ist einfach entsetzlich langweilig für ihn, zumal es meistens nichts zu tun gibt. Klettern in der Halle ist leider nicht möglich, da das am Veranstaltungsort erst ab zwölf Jahren möglich ist.

„Och menno. Dad und ich wollten heute Abend noch den neuen Drachen ausprobieren und morgen wollten wir in den Freizeitpark. Ich hatte mich so gefreut …“

„Es tut mir leid, mein Süßer. Vielleicht schafft dein Dad es zumindest, dich morgen abzuholen. Sein Auto ist kaputtgegangen, und er kommt erst dort weg, wenn es repariert ist.“

Noah sieht immer noch traurig aus, doch leider kann ich momentan nichts daran ändern.

Luke

* * *

Manchmal ist es ganz gut, dass zwischen seiner Familie und seinem Wohnort so viele Kilometer liegen.

Als Luke seinen Wagen in die Tiefgarage fährt, atmet er erleichtert auf.

Seine Schwestern waren nervig wie immer, und seiner Mom geht es besser, was eigentlich sehr schön ist, aber dazu führt, dass sie wieder damit begonnen hat, ihn mit klugen Ratschlägen zu überschütten.

Als er aus seinem Wagen steigt, entdeckt er Mia und Noah, die offenkundig gerade irgendwo hinwollen.

Mia hat sich in den letzten Tagen nicht einmal von selbst gemeldet, auf seine Textnachrichten hat sie knapp und sehr sachlich geantwortet, und weil er sich nicht aufdrängen will, hat er sie schließlich einfach in Ruhe gelassen.

Sie sieht gut aus, ihr Haar hängt ihr offen und leicht wellig bis zur Schulter, und sie trägt Jeans und eine hellblaue Bluse, die die Farbe ihrer Augen betont, über ihrem Arm hängt ein dunkler Wollmantel.

Wie immer, wenn er sie sieht, würde er am liebsten zu ihr gehen, um sie zu küssen, doch schon allein weil Noah dabei ist, hält Luke sich zurück.

„Hey, ihr zwei, alles klar?"

„Luke!" Noah beginnt zu strahlen, als er ihn sieht, und rennt auf ihn zu. „Stell dir vor, ich konnte nicht bei Dad bleiben, und Mom muss arbeiten. Jetzt will sie mich mitnehmen zu irgendeinem komischen Treffen, bei dem Paare sich verlieben." Noah verdreht die Augen und gibt Würgegeräusche von sich, und Mia beginnt zu lachen.

„Noah, hör auf damit!" Sie versucht, streng zu klingen,

allerdings gelingt es ihr nicht wirklich, obwohl sie ziemlich gestresst wirkt.

„Kann ich nicht lieber bei dir bleiben, Luke?"

„Noah!" Nun klingt Mia doch ärgerlich. „Ich habe dir bereits gesagt, dass du mitkommen musst. Du wirst es überleben. Du kannst auf meinem Handy spielen, während wir weg sind." Energisch nimmt sie ihren Sohn an die Hand, dann wendet sie sich an Luke. „Sorry, wir sind ein bisschen im Stress. Noahs Vater und dessen Frau hatten eine Autopanne und kommen erst morgen wieder, ich habe also heute niemanden, der auf Noah aufpassen kann. Madison ist mit Tyson unterwegs und kann somit nicht für mich einspringen." Sie zuckt mit den Schultern. „Also nehme ich Noah mit. Das Date-Event heute dauert nicht so lange, und es ist nicht das erste Mal, dass er zu so etwas mitmuss." Schulterzuckend bedenkt sie ihren Sohn mit einem liebevollen Lächeln. „Er kommt nun langsam in das Alter, in dem solche Dinge peinlich werden." Grinsend zwinkert sie Luke zu. „Aber da muss er heute wohl durch. Vielleicht lernt er ja was fürs Leben ..."

„Wenn du ihn lieber nicht mitnehmen möchtest, kann Noah meinetwegen gerne bei mir bleiben. Ich habe heute Abend frei. Wir könnten mit meiner Familie skypen und nach den kleinen Katzen schauen und anschließend ein bisschen Playstation zocken."

„Jaaaaaaaaaaaa!" Noahs Gebrüll ist beinahe ohrenbetäubend, an Mias Gesichtsausdruck kann er jedoch erkennen, dass ihr das Ganze nicht so recht ist.

„Nichts da, Kumpel. Du kommst schön mit mir mit und gönnst Luke seinen freien Abend für sich." Mia hebt mahnend den Zeigefinger, und Noah sackt in sich zusammen, als wäre er ein aufblasbares Schwimmtier, dem jemand die Luft herauslässt.

„Es wäre wirklich kein Problem, wenn er bei mir bleibt. Ich würde mich über ein bisschen Gesellschaft freuen." Luke schiebt die Hände in die Taschen und lächelt.

„Bitte, Mommy, darf ich? Bitte, bitte?" Das Gesicht, das Noah aufsetzt, ist bühnenreif und würde wahrscheinlich auch Menschen mit einem härteren Herzen als das von Mia zum Dahinschmelzen bringen.

Sie seufzt.

Dann sieht sie von Noah zu Luke, die goldenen Flecken tanzen in ihren Augen.

„Es würde dir wirklich nichts ausmachen, Luke?"

„Habe ich doch gesagt. Wenn es mir etwas ausmachen würde, hätte ich es gar nicht erst angeboten."

Noah sieht nun zu ihr auf und klatscht grinsend in die Hände, als wäre er eine Robbe, die nach Futter bettelt.

„Hör auf, die Robbe zu spielen, Noah!", tadelt Mia ihn sanft und seufzt anschließend erneut. „Wenn es Luke wirklich nichts ausmacht ..." Der Rest ihres Satzes geht in Noahs Freudengebrüll unter. Mia atmet tief durch. „Aber du versprichst mir, dass du ohne Widerstand sofort schlafen gehst, wenn ich nachher zurück bin. Und du hörst auf das, was Luke dir sagt."

„Fest versprochen!" Noah fällt seiner Mutter um den Hals, lässt sie dann schnell wieder los und läuft zu Luke, als hätte er Angst, dass es sich doch noch jemand anders überlegen könnte.

Mia

* * *

Den gesamten Abend lang bin ich merkwürdig unruhig.

Nicht, weil ich Luke nicht zutraue, auf Noah aufzupassen, ich bin fest davon überzeugt, dass er das locker hinbekommt.

Dennoch fühlt es sich merkwürdig an, Noah bei ihm zu lassen, vielleicht weil ich selbst gerne bei Luke geblieben wäre.

Oder aber weil ich Luke vorhin geküsst habe – völlig jugendfrei auf die Wange – und sich mein Körper seitdem in einem Bereitschaftszustand befindet, der mich ganz kribbelig werden lässt.

Ich versuche, die Veranstaltung heute so schnell wie möglich abzuwickeln, ohne dass es so wirkt, als ob ich es eilig hätte. Letztendlich liegt es ohnehin nicht an mir, wie schnell es hier geht oder auch nicht, weil ich an der Kletterwand nur Statistin bin. Das Klettern überlasse ich den Teilnehmern, die Aufsicht darüber den Angestellten der Kletterhalle, beides wäre mir ansonsten viel zu heikel.

Obwohl alles komplikationslos läuft, habe ich das Gefühl, dass sich alles endlos in die Länge zieht, und als ich endlich nach Hause gehen kann, kommt es mir so vor, als wäre ich tagelang weg gewesen.

Mia:
Ich bin jetzt fertig und komme nach Hause.
Luke:
Prima!
Noah und ich haben Spaß.
Lass dir Zeit.

Dazu schickt er mir ein Bild von meinem Sohn, der das Controlpad für eine Spielekonsole in der Hand hält und lachend auf einen Bildschirm schaut.

Als ich an unserem Wohnhaus ankomme, fahre ich direkt in Lukes Etage hoch und klopfe an, und es dauert einen Moment, bis Luke mir die Tür öffnet.

Er trägt ein weißes T-Shirt mit einem Spiderman-Aufdruck, und seine Augen funkeln vergnügt.

„Hey, Mia …“ Übermütig fasst er mir mit beiden Händen an den Po und zieht mich zu einem kurzen Kuss an sich heran, und ich quieke überrascht auf. „Mach dir keine Sorgen, Baby, Noah ist beschäftigt.“ Ohne mich loszulassen, zwinkert er mir zu und küsst mich dann erneut. Ich habe das Gefühl, als würde mein ganzer Körper in Flammen stehen.

Luke wirkt wie ein übermütiger Teenager, und obwohl es das nicht sollte, macht es mich irgendwie an.

Habe ich bereits erwähnt, wie verkorkst ich bin?

Im Wohnzimmer sitzt Noah auf dem riesigen Sofa und spielt irgendein Autorennspiel, seine Wangen sind rot und er wirkt ein kleines bisschen überdreht.

„Du bist ja schon zurück, Mommy!“, sagt er, ohne mich dabei überhaupt richtig anzusehen. „Luke hat sooo viele Spiele, ich glaube, er hat einfach jedes Spiel, das es gibt.“

Mein Blick wandert zurück zu Luke, der ein bisschen verlegen aussieht, anscheinend ist Noahs Einschätzung, was die Anzahl der Spiele betrifft, nicht vollkommen falsch.

„Ihr seht so aus, als ob ihr Spaß gehabt hättet …“ Lächelnd schaue ich zwischen den beiden hin und her.

„Jupp, hatten wir!“ Grinsend zwinkert Luke mir zu. „Stimmt's, Kumpel?“

„Und wie!“, antwortet Noah, der gerade als Dritter mit einem knallroten Auto ins Ziel fährt.

Luke geht zum Fernseher hinüber und schaltet ihn aus.

„Aber ich glaube, für heute hast du genug gezockt, Sportsfreund. Es wird Zeit für kleine Rennfahrer, um schlafen zu gehen. Vielleicht kommst du mich ja mal wieder besuchen, wenn deine Mommy dich lässt.“

„Oh, darf ich, Mommy?“ Noahs Blick ist so süß und voller Hoffnung, dass ich sofort lächeln muss.

„Vielleicht!“, antworte ich ihm. „Allerdings nur, wenn du jetzt wie versprochen sofort schlafen gehst.“

Eifrig nickend steht Noah vom Sofa auf und kommt zu mir herüber.

„Ich bringe euch noch nach unten.“ Luke greift nach seinem Wohnungsschlüssel, der auf einem Sideboard neben der Tür liegt, und bevor ich dazu komme, etwas zu sagen, stehen wir schon alle im Aufzug.

Luke

* * *

„Schläft er schon?“ Luke sitzt mit einem Glas alkoholfreiem Bier auf Mias Sofa, als Mia aus Noahs Zimmer zurückkommt.

„Tief und fest.“ Sie lächelt. „Es ist unglaublich, wie man so schnell so fest schlafen kann. Ich glaube manchmal, ich könnte nachts das ganze Haus zusammenschreien, Noah würde einfach weiterschlafen.“

„Ist das so?“ Luke streckt die Hand nach Mia aus und zieht sie zu sich aufs Sofa. „Dann könntest du auch ... sagen wir mal, meinen Namen schreien, ohne dass Noah etwas davon mitbekommen würde?“ Er beginnt, kleine Küsse auf Mias Hals zu hauchen, direkt unter ihrem Ohr, so wie sie es mag.

„Luke!“, flüstert sie, und vermutlich soll es vorwurfsvoll klingen. Stattdessen klingt es sehnsüchtig, ihre Stimme kaum mehr als ein Seufzen.

„Was denn, Mia?“ Er hört auf, sie zu küssen, und beißt stattdessen sanft zu, lindert den Biss anschließend mit seiner Zunge, und Mia sagt erst mal nichts mehr. Ihr Kopf sinkt in den Nacken und bietet ihm somit freien Zugang zu ihrem Hals, während sie die Augen schließt.

Luke hört nicht auf damit, zu küssen, bis sie unter ihm zu zittern beginnt.

„Komm mit ...“, sagt sie schließlich und greift nach seiner Hand, um ihn mit ins Schlafzimmer zu ziehen, wo sie die Tür hinter sich abschließt.

„Hast du noch etwas vor, meine Schöne?“, neckt er sie, wird jedoch umgehend wieder ernst, denn Mia hat schweigend damit begonnen, sich auszuziehen.

Sie knöpft sich die Bluse auf, Knopf für Knopf, lässt sie dann über ihre Schultern gleiten und auf den Boden fallen. Anschließend folgt ihre Jeans, und schließlich steht sie nur noch in einem schwarzen Spitzen-BH und einem dazu passenden Höschen vor ihm.

Luke muss schlucken und fährt sich mit dem Handrücken über den Mund.

„Fuck! Mia ... das ist das Erotischste, was ich jemals gesehen habe.“ Mia will etwas sagen, vermutlich will sie ihm widersprechen, aber er lässt sie nicht. Stattdessen geht er zu ihr und zieht sie zu einem tiefen, wilden Kuss an sich. „Du! Bist! Der! Wahnsinn!“, raunt er in ihr Ohr und drängt sie rückwärts in Richtung Bett. Er kann gar nicht mehr damit aufhören, sie zu küssen, und mit jedem seiner Küsse trinkt er das leise Stöhnen, das von ihren Lippen kommt.

Sie beginnt, ihm das Shirt über den Kopf zu ziehen, und er hilft ihr dabei, öffnet ihren BH und genießt den magischen Moment, in dem ihre nackte Haut auf seine trifft, sie sich an ihn schmiegt, als könne sie ebenfalls nicht genug von ihm bekommen.

Es fühlt sich so gut an.

Mit Mia fühlt es sich an, als würde man nach einem langen, anstrengenden Tag nach Hause kommen, als würde an einem Himmel voller Wolken auf einmal die Sonne aufgehen.

„Ich bin verrückt nach dir, Baby. Völlig verrückt nach dir …“

Mia

* * *

HEUTE IST es irgendwie anders zwischen Luke und mir.

Es ist sanfter, gleichzeitig inniger und intensiver.

Die gesamte Zeit über flüstert er mir Zärtlichkeiten ins Ohr, erzählt mir, wie schön ich bin und wie gut ich mich anfühle.

Er küsst mich abwechselnd leidenschaftlich und dann

wieder beinahe andächtig, hält mich, streichelt mich und liebkost mich, als wäre ich das wertvollste Geschöpf auf der ganzen Welt für ihn.

Ich habe noch nie zuvor erlebt, dass ein Mann mich so ansieht oder auf diese Art und Weise berührt, und es bewegt etwas in mir, bringt etwas zum Klingen, gegen das ich mich nicht wehren kann.

Ich habe heute das Gefühl, nicht genug von Luke bekommen zu können, ihm nicht nah genug sein zu können, und gleichzeitig, dass ich ihm näher bin als je zuvor.

Es ist berauschend. Es fühlt sich an, als würde ich fliegen, während er mich festhält und dabei der Einzige ist, der mich vor dem freien Fall retten kann.

Als er in mich eindringt, liege ich auf ihm, und er schlingt seine Arme um mich. Wir bewegen uns im Einklang, eng aneinander geschmiegt, und es fühlt sich so perfekt an, dass mir beinahe die Tränen kommen.

„Ich hab dich, Baby …“, flüstert er in mein Ohr, kurz bevor ich zum Höhepunkt komme. „Lass dich einfach fallen, ich bin da und halte dich fest.“

Ich habe mich in meinem ganzen Leben noch nie so sicher und geborgen und gleichzeitig so begehrt und unglaublich sexy gefühlt. Es ist berauschend.

Mein Orgasmus ergreift mich mit voller Wucht, und als Luke erneut damit beginnt, mich zu küssen, flüstere ich an seinen Lippen, dass ich ihn liebe. Immer und immer wieder.

22

Mia

* * *

Als ich am nächsten Morgen aufwache, ist Luke schon wieder weg, und das ist auch gut so.

Ich weiß nicht, ob ich ihm heute Morgen unter die Augen treten möchte.

Nicht nach dem, was ich gestern Nacht alles zu ihm gesagt habe.

Verdammt noch mal, ich habe ihm gesagt, dass ich ihn liebe, mehr als einmal. Er kann das unmöglich überhört haben.

Er hat es allerdings auch nicht erwidert.

Zum Glück hat er es nicht erwidert.

Die Bilder vom letzten Abend kommen mir wieder in den Kopf, wie er in seinem Comic-T-Shirt in der Tür stand, die vielen Videospiele, die er hat … In diesem Moment hat er gewirkt, als wäre er selbst noch ein halbes Kind.

Ich brauche aber kein weiteres Kind in meinem Leben. Ich habe Noah, und der genügt mir völlig, um diese Rolle zu erfüllen.

Dennoch beginnt mein dummes Herz immer zu rasen, wenn ich an Luke denke. Ich sollte das mit ihm beenden, und zwar schnell und endgültig, bevor mein armes, naives Herz noch ernsthaften Schaden bei der ganzen Sache nehmen wird.

Gegen Mittag kommt Harry, um Noah abzuholen, und mein Sohn erzählt völlig aufgekratzt davon, dass er den gestrigen Abend bei Luke Steward verbracht hat.

Harry wirft mir einen fragenden Blick zu, und ich zucke nur mit den Schultern.

„Du weißt ja, dass er hier im Haus wohnt. Madisons Mann Tyson kennt ihn sehr gut und er hat uns auch mit den Katzen geholfen. Das hat Noah sicherlich erzählt?“

„Das hat er, trotzdem finde ich es merkwürdig, dass er euch so viel hilft. Er ist ein Profispieler in der nationalen Hockey-Liga, ein Spitzensportler und ein vielbeschäftigter Mann. Er hat doch sicher Besseres zu tun, als seine Zeit mit euch zu verbringen? Ist da irgendetwas zwischen euch, von dem ich wissen müsste?“ Skeptisch mustert Harry mich von oben bis unten, sein Blick streift über meine Haare, die ich mir waschen müsste, wozu ich mich aber heute noch nicht aufraffen konnte. Weiter über den Schlabberpulli, den ich trage und der mir fast bis zu den Knien geht, und die Leggings darunter sowie die dicken Socken. Ich bin entgegen meiner sonstigen Gewohnheit ungeschminkt, lediglich die Reste von gestern verzieren noch mein Gesicht, weil ich noch nicht dazu gekommen bin, zu duschen und mich frisch zu machen. Ich weiß ganz genau, was Harry denkt. Er kann sich nicht erklären, warum Luke Steward uns hilft, wenn er nicht auf mich steht. Und anscheinend kann er sich auch nicht erklären, warum Luke auf mich stehen könnte. Ich kann es mir ja selbst nicht erklären, dennoch ärgert es mich, dass Harry anscheinend auch so denkt.

Ich schlucke meinen Ärger schließlich so gut es geht hinunter und straffe die Schultern.

„Mal abgesehen davon, dass es dich eigentlich gar nichts angeht, ist da nichts zwischen uns. Luke war einfach hilfsbereit, und Noah hat sich gefreut, dass er nicht mit mir zur Arbeit musste." Ich hole tief Luft, weil ich finde, dass ich mich zickig anhöre, und ich hasse es, wenn ich zickig bin. „Wenn es dich stört, wird es nicht mehr vorkommen."

Harry schaut mich noch einmal eindringlich an, schließlich bückt er sich, um Noahs Rucksack aufzuheben.

„Nö, stört mich nicht!", sagt er schulterzuckend, ruft nach Noah und verschwindet Richtung Aufzug.

Mein Sohn kommt aus seinem Zimmer geflitzt, gibt mir noch einen Kuss und läuft schnell hinter seinem Vater her, der bereits auf ihn wartet.

Dann bin ich allein.

Irgendwie fühlt sich dieser Tag schon jetzt so an, als könne er weg.

Eigentlich wollte ich endlich unter die Dusche, aber stattdessen lasse ich mich aufs Sofa fallen und starre die Decke an.

Dass mich Harrys Aussage geärgert hat, liegt zum einen daran, dass er mich offenkundig für unattraktiv und Luke für einen Lustmolch hält, der nur aus eigennützigen Motiven handelt. Zum anderen liegt es daran, dass er recht hat. Luke Steward ist ein Profisportler und ein vielbeschäftigter Mann.

Mal angenommen, er würde wirklich eine ernsthafte Beziehung mit mir wollen – wovon ich nicht ausgehe –, wie hoch wäre die Chance, dass diese hält? Luke ist sechs Jahre jünger als ich, sicherlich will er in seinem Leben noch etwas erleben und sich nicht an eine Frau mit einem Kind binden, das nicht das seine ist. Obendrein weiß ich von Madison, wie schwierig Beziehungen mit einem Eishockeyspieler sind. Sie wünscht sich ja selbst, dass Tyson möglichst bald mit dem Sport aufhört. Die ganzen Groupies, die vielen Auswärtsspiele, die Öffentlichkeit und die Medien – all das macht es ja nicht gerade einfacher. Ich weiß, wie groß die Belastung für Madison war und bis heute ist. Als ihre Beziehung zu Tyson öffentlich wurde, gab es Zeiten, in denen sie auf Schritt und Tritt von irgendwelchen Paparazzi verfolgt worden ist. Einer hat sich sogar in der Agentur als Kunde ausgegeben, weil er die Hoffnung hatte, sie auf diese Art aushorchen zu können.

Dabei sind Beziehungen auch so bereits kompliziert genug. Ich beschäftige mich tagein, tagaus mit nichts anderem. Beinahe alle meiner Kunden haben mindestens eine gescheiterte Beziehung hinter sich.

Und was wäre dann mit Noah?

Ich halte Luke für einen wirklich guten Menschen, dennoch hat Harry in diesem Punkt recht: Lukes Zeitplan ist eng gestrickt, und wenn er das Interesse an mir verliert, wird er höchstwahrscheinlich auch das Interesse an Noah verlieren.

Das Leben meines Sohnes ist auch so schon chaotisch, viel zu chaotisch, wenn man mich fragt. Dass er ständig zwischen Harry und mir hin und her gereicht wird, kann unmöglich zur Stabilität eines Kinders beitragen, andererseits steht ihm natürlich Kontakt zu beiden Elternteilen zu, und ich weiß nicht, wie ich die Situation ändern könnte.

Aber auf keinen Fall möchte ich, dass er sich an Luke gewöhnt, nur um hinterher enttäuscht zu werden.

Für mich selbst will ich das auch nicht.

Ich habe mehr Gefühle für Luke, als für eine Affäre gut ist, und ich sollte das Ganze beenden, solange ich es noch kann, ohne dabei größeren Schaden anzurichten.

Es wird auch so schon schlimm genug werden!

Luke

* * *

Mia hat erwähnt, dass Noah gegen Mittag abgeholt wird, und bevor er zum Training geht, schaut er noch einmal bei ihr vorbei.

„Hey, Sonnenschein …" Sein Herz klopft etwas schneller, als sie ihm die Tür öffnet. Sie sieht süß aus.

Sie trägt einen dieser übergroßen Schlabberpullis, in dem sie irgendwie verloren aussieht, dazu eine Leggings und dicke Socken. Ihre Haare sind zu einem unordentlichen Pferdeschwanz gebunden, und es wirkt beinahe so, als wäre ihr Haar noch zerzaust von dem Sex, den sie letzte Nacht hatten.

Luke beugt sich zu ihr hinunter, um sie zu küssen, doch sie weicht ihm aus.

Irritiert richtet er sich wieder auf. Er räuspert sich. Irgendetwas stimmt nicht mit ihr.

„Hallo, Luke“, sagt sie, und ihre Stimme klingt seltsam distanziert.

„Hey, Mia ...“, begrüßt er sie noch ein zweites Mal und lächelt sie an, ohne dass sie sein Lächeln erwidert. Stattdessen bleibt ihr Gesicht völlig unbewegt. Merkwürdig. „Ich wollte dich fragen, ob du heute Abend vielleicht Lust hast, mit mir auszugehen. Ich kenne da ein kleines Restaurant und ...“

„Hör mal, Luke ...“, unterbricht sie ihn, und jetzt kann er ein kleines Zittern in ihrer Stimme hören. „Ich halte das für keine gute Idee.“

„Was, mit mir essen zu gehen?“ Er verschränkt die Arme vor der Brust. „Wir können auch nur etwas trinken, wenn dir das lieber ist.“ Es fühlt sich an, als hätte er irgendetwas verpasst. So, als würde man während eines komplizierten Films aufs Klo gehen, und wenn man zurückkommt, ist auf einmal alles anders, und man hat keine Ahnung mehr, worum es eigentlich gerade geht.

„Nein, das meine ich nicht.“ Mit beiden Händen fährt sie sich erst übers Gesicht und dann übers Haar. „Ich meine die ganze Sache zwischen uns. Wir sollten das beenden. Harry war heute hier ... und ich glaube, es macht keinen guten Eindruck, wenn er denkt, dass ich wild in der Weltgeschichte herumvögle. Seit Megan da ist, hat er immer mal wieder Andeutungen gemacht, dass sie auch kein Problem damit hätten, Noah komplett zu sich zu nehmen, und ich möchte ... na ja. Ich will einfach keinen schlechten Eindruck machen.“

„Harry hat auch eine Beziehung, was macht denn daran einen schlechten Eindruck? Es ist ja nicht gerade so, als ob ich ein drogenabhängiger Exknacki wäre oder etwas in der Art.“

„Aber wir haben keine Beziehung. Wir haben nur eine Affäre. Etwas rein Körperliches. Nicht mehr. Du bist so jung, Luke ... Und ich glaube, wir sollten die Sache beenden.“ Sie holt tief Luft, während Luke sie völlig fassungslos anstarrt. „Ich *will,* dass wir die Sache beenden.“

Mia

* * *

LUKE HAT die Arme vor der Brust verschränkt und legt nun den Kopf leicht schief.

Ich habe keinen passenden Ausdruck für die Emotionen, die sich auf seinem Gesicht widerspiegeln, am treffendsten wäre wahrscheinlich angepisst.

„Hör auf mit dem Mist, Mia. Ich mag ja jung sein, und ich muss zugeben, dass ich tatsächlich nicht allzu viel Erfahrung habe, wenn es um Beziehungen geht. Doch ich bin kein kompletter Vollidiot. Da ist etwas zwischen uns, was über reine Körperlichkeit hinausgeht, und erzähl mir bitte nicht, dass du das nicht auch so empfindest.“

Ach verdammt! Ich habe mir das hier irgendwie einfacher vorgestellt. Sollte er nicht eigentlich froh sein, mich loszuwerden?

Mein Mund fühlt sich auf einmal viel zu trocken an.

„Luke ... es tut mir leid. Ich dachte, es wäre klar, dass es einzig um Sex geht.“

Scheiße. Habe ich das jetzt wirklich gesagt? Ich klinge wie ein Kerl, der irgendeine Frau wieder loswerden will, die er in der Nacht zuvor aufgerissen hat und die nun mehr von ihm will.

Ein schiefes Lächeln taucht auf Lukes Gesicht auf, aber es erreicht seine Augen nicht.

„Vergangene Nacht hast du gesagt, dass du mich liebst."

Es gelingt ihm, es wie eine simple Feststellung klingen zu lassen, so als würde man aus dem Fenster schauen und daraufhin anmerken, dass es regnet.

Er hat es also doch gehört. Er hat nur nichts dazu gesagt.

„Das habe ich beim Sex gesagt. Ich war nicht ganz bei mir ... in solchen Momenten sagen die Menschen vieles, was sie nicht so meinen."

„So ein Bullshit, Baby!" Auf einmal steht er so nah vor mir, dass ich die Wärme seines Körpers spüren kann. „Es mag sein, dass man in solchen Momenten Dinge sagt, die man sonst nicht sagen würde, aber weißt du, warum das so ist? Weil man sich weniger unter Kontrolle hat als sonst." Er kommt noch ein Stück näher, so nah, dass wir uns berühren würden, wenn ich zu tief einatmen würde. „Man sagt Dinge, die man sonst nicht sagen würde, weil man in solchen Momenten nicht dazu in der Lage ist, sie von seinem Verstand vorher filtern zu lassen. Deshalb sind sie trotzdem nicht weniger wahr." Dann geht alles so schnell, dass ich überhaupt keine Chance habe, mich dagegen zu wehren. Luke umfasst mein Gesicht mit beiden Händen, beugt sich über mich und küsst mich.

Sein Kuss ist wild, beinahe roh, voller Nachdruck, voller Leidenschaft und voller Gefühl. Die Art von Kuss, die einen atemlos zurücklässt, an die man sich sein Leben lang erinnert.

Ich weiß nicht, wie lange wir uns küssen, vielleicht sind

es bloß wenige Sekunden, vielleicht sind es auch Ewigkeiten, aber als er mich schließlich loslässt, zittern meine Beine, und ich schwanke so sehr, dass ich mich an der Wand hinter mir abstützen muss, um nicht zu fallen.

Irgendwann schaffe ich es, ihn von mir zu schieben, auch wenn es mich jedes bisschen Willenskraft kostet, das ich irgendwie aufbringen kann.

„Du musst jetzt gehen!“, krächze ich. „Das zwischen uns muss ein Ende haben. Hier und jetzt. Es war nur Sex und jetzt ist es vorbei.“

Er sieht mich an, als wolle er noch irgendetwas sagen, schüttelt jedoch schließlich den Kopf, den Blick voller Zorn und Enttäuschung.

Luke dreht sich um und geht.

Er verlässt meine Wohnung, ohne mich noch einmal anzusehen oder ein Wort an mich zu richten.

Was sollte er auch noch sagen?

Wir haben schließlich gesagt, was es zu sagen gab.

Als die Wohnungstür hinter ihm ins Schloss fällt, lasse ich mich an der Wand nach unten sinken, bis ich auf dem Boden sitze, umschlinge meine Knie mit beiden Armen und lege den Kopf darauf.

Dann beginne ich zu weinen. Ich schluchze so lange und hemmungslos, bis ich das Gefühl habe, zu vertrocknen, wenn ich noch eine einzige Träne mehr vergieße.

Luke

* * *

Er kann hören, wie Mia weint.

Nein, eigentlich kann man es nicht weinen nennen, stattdessen schluchzt sie wie ein sterbendes Tier, und Luke würde in diesem Moment nichts lieber tun, als zu ihr zurückzugehen und sie in seine Arme zu ziehen, um sie zu halten, bis sie wieder damit aufhört; sie zu halten, bis sie wieder für ihn lächelt, dieses zarte, kleine Lächeln, das sie innerlich zum Strahlen bringt und das er so sehr mag.

Doch sie will ihn nicht – das hat sie ihm unmissverständlich zu verstehen gegeben.

Zumindest glaubt sie, dass sie ihn nicht will, denn ihre Tränen besagen etwas anderes.

Dennoch weiß Luke, wann es besser ist, den Rückzug anzutreten, außerdem hat er nicht vor, sich wie ein erbärmlicher Idiot zu Mias Füßen zu werfen und um ihre Gunst zu betteln – das ist einfach nicht sein Stil.

Es mag ja sein, dass er manchmal ein naiver Volltrottel ist, allerdings ist er zumindest ein naiver Volltrottel mit einem letzten Restbestand von Selbstachtung.

Obendrein hat Mia oft genug betont, dass sie erwachsen ist, nun muss sie auch damit leben, mit ihrem ach so erwachsenen Verhalten klarzukommen.

Trotzdem kostet es ihn jede Menge Willensstärke, von Mias Wohnungstür wegzugehen, in den Aufzug zu steigen und nach oben zu fahren.

Er schnappt sich seine Sachen und fährt zum Training. Normalerweise hilft ihm das immer, und Coach McLeod nimmt sie heute wirklich hart ran. Sie waren ihm beim letzten Spiel nicht schnell genug, und jetzt scheucht er Luke und die Jungs übers Eis, als wäre der Teufel persönlich hinter ihnen her.

Tatsächlich fühlt sich Luke anschließend auch, als wäre er in der Hölle gelandet. Seine Beine brennen von dem anstrengenden Training wie Feuer, das sich bis in seine Eingeweide wühlt.

Er nimmt eine heiße Dusche und geht zum Masseur, weil der Coach das anordnet, redet aber mit niemandem, und wenn ihn jemand anspricht, sind seine Antworten ziemlich einsilbig.

Er benimmt sich wie ein grantiges Arschloch, das bemerkt er sogar selbst, nur könnte ihm gerade kaum etwas egaler sein.

23

Luke

* * *

Eine Weile fährt er sinnlos mit seinem Auto in der Gegend herum. Er benutzt den Wagen ohnehin viel zu selten, so hat die Sache zumindest einen positiven Effekt – die sündhaft teure Karre wird mal ein bisschen bewegt.

Am Straßenrand tauchen die Konturen von kleineren Ortschaften auf und verschwinden wieder, wechseln sich mit halb entlaubten Bäumen und grauen Bergen ab.

Es regnet. Wie passend.

Luke fühlt sich innerlich genauso grau in grau wie alles, was draußen zu sehen ist.

Frustriert. Wütend.

Er umfasst das Lenkrad ein wenig fester, so fest, dass seine Fingerknöchel schließlich weiß hervortreten.

Mia hat ihn abgespeist, als wäre er ein dummer kleiner Junge. Als hätte er keine Ahnung vom Leben.

Du bist so jung, Luke ...

Es sind bloß sechs verdammte Jahre, die sie trennen. Wäre der Altersunterschied umgekehrt, wenn er sechs Jahre älter wäre, wäre das Ganze überhaupt kein Thema. Obendrein mag er ja jung sein, jedoch ist er nicht komplett bescheuert. Er weiß ganz sicher, dass Mia mehr für ihn empfindet, aber er hat nicht vor, sich ihr noch weiter aufzudrängen.

Es gibt genug Frauen auf dieser Welt, die alles dafür geben würden, auch nur eine Nacht mit ihm zu verbringen, geschweige denn eine Beziehung mit ihm zu führen!

Draußen beginnt es langsam dunkel zu werden.

Morgen ist Lukes freier Tag. Eigentlich wollte er den bei seiner Familie verbringen, aber momentan ist er wirklich nicht in der Stimmung dazu, dorthin zu fahren, also hat er vorhin eine Nachricht an eine seiner Schwestern geschickt, um abzusagen, und ein Sondertraining vorgeschoben.

Mittlerweile ist er allerdings nicht mehr ganz so sehr davon überzeugt, dass das eine wirklich gute Idee war, denn er hat weder Lust, noch weiter herumzufahren, noch in seine Wohnung zu gehen – denn die liegt eindeutig viel zu nah an Mias Wohnung.

Auf einem kleinen Feldweg wendet er schließlich seinen Wagen und bleibt beinahe noch im Schlamm stecken. Erst beim vierten Versuch gelingt es ihm schließlich, sich doch noch zu befreien. Verdammter Regen! Verdammtes Midway. Heute ist er es alles leid.

Ein paar Kilometer vor Midway hält er schließlich bei irgendeiner Bar an, die auf einer großen Leuchtreklame

Werbung für die angeblich besten frittierten Hähnchenteile im ganzen Land macht.

Luke wagt das zu bezweifeln, aber er muss dringend etwas essen. Während der Saison hat er Probleme damit, sein Gewicht zu halten, er nimmt immer zu schnell ab, wenn er nicht aufpasst, deshalb sind, trotz strengen Diätplans, auch mal ungesunde Sachen wie Frittiertes drin. Obendrein ist es ihm heute egal, selbst wenn er es nicht dürfte, würde er es essen. Vielleicht wird er sich auch ein Bier dazu gönnen, ein richtiges, mit Alkohol. Oder besser noch einen Whisky. Am besten gleich die komplette Flasche.

Also hält er an, parkt seinen Wagen ganz am Rand des Parkplatzes, da, wo seine riesige Nobelkarre zwischen den ein wenig heruntergekommenen Mittelklassewagen am wenigsten auffällt und außerdem die geringste Gefahr besteht, dass ihm jemand versehentlich einen Kratzer in den Lack macht, weil irgendein Idiot nicht ein- oder ausparken kann. Das ist das Gute, wenn man den abgelegensten Parkplatz nimmt: Normalerweise parkt niemand neben einem, weil die Leute zu faul sind, ein paar Meter mehr zu laufen, vor allem, wenn es regnet.

Er will gerade aussteigen, als sein Handy zu klingeln beginnt. Bei dem Versuch, es aus der Tasche seiner Lederjacke zu ziehen, rutscht es ihm unter den Fahrersitz.

„Fuck …“ Luke lässt den Sitz ganz nach hinten fahren, doch er muss trotzdem noch in den Fußraum krabbeln, um sein Handy wieder hervorzuziehen. Als er sich aufrichtet, stößt er sich den Hinterkopf am Lenkrad.

Was für ein beschissener Tag!

Nach einem Blick aufs Display wird er noch beschissener, denn Luke muss sich eingestehen, dass er gehofft hatte, Mia würde ihn anrufen, und er weiß nicht, worüber er sich jetzt mehr ärgert: dass sie es doch nicht ist oder dass er deswegen so enttäuscht ist.

„Tucker, was gibt's?" Luke hält mit einer Hand das Handy ans Ohr, mit der anderen reibt er sich seinen schmerzenden Hinterkopf.

„Hey, Kumpel, wo steckst du gerade? Ich bin noch unterwegs, aber ich dachte, wir könnten heute Abend vielleicht irgendetwas zusammen machen. Tyson ist bei seiner Frau, sonst hat auch niemand Zeit."

„Und da dachtest du, bevor du allein ausgehen musst, fragst du mal mich?"

„Ganz genau!" Er kann Tuckers Grinsen förmlich hören, anscheinend ist dieser völlig taub für jeglichen Sarkasmus.

Luke seufzt. Was soll's. Er selbst findet heute einen Abend mit Tucker auch besser, als allein auszugehen, insofern kommt ihm der Anruf eigentlich gerade recht.

„Ich stehe vor irgendeiner Bar ein paar Kilometer vor Midway – angeblich gibt es hier das beste frittierte Hähnchen im ganzen Land."

„Bist du bei *Sweet Sandy?*"

„Öhm … ich habe auf den Namen vorhin nicht geachtet." Luke dreht sich in seinem Sitz um, bis er eine Neonreklame entdeckt, die nur noch teilweise funktioniert, sodass vom „Sweet" nur das S zu erkennen ist. Wahrscheinlich ist ihm deshalb vorher nicht aufgefallen, dass der Laden klingt, als wäre es eigentlich ein verdammter Puff. „Ja, sieht ganz so aus, als wäre es das", antwortet er schließlich.

„Großartig!" Tucker klingt entzückt. „Ich bin ganz in der Nähe, geh schon mal rein und bestell uns was – ich bin gleich bei dir."

„Okay, bis gleich."

Bevor Luke aus dem Wagen steigt, wirft er noch einen Blick in seine Textnachrichten und seine E-Mails; es ist nicht eine dabei, die wichtig wäre. Vielleicht sollte er das Handy einfach im Auto lassen. So hätte er wenigstens nicht ständig die Hoffnung, dass Mia sich noch meldet, aber irgendwie landet es schließlich doch wieder in seiner Jackentasche, bevor er aussteigt.

Draußen ist es frisch geworden und es regnet noch immer. Luke zieht den Reißverschluss seiner Jacke bis obenhin zu und joggt die paar Meter bis zum Eingang der Bar über den Kies, der laut unter seinen Füßen knirscht.

Als er die Tür öffnet, kommt ihm eine Wolke von Wärme und dem Geruch von Frittiertem entgegen, der dafür sorgt, dass sich sein Magen beinahe schmerzhaft zusammenzieht, obwohl er eigentlich davon ausgegangen war, gar keinen Hunger zu haben.

Er sucht sich einen Platz in einer abgelegenen Ecke, ähnlich, wie er es vorhin bereits beim Parkplatz draußen getan hat. Von hier aus hat er das ganze Lokal gut im Blick, obendrein besteht vielleicht die Chance, dass er selbst auch nicht sofort entdeckt wird.

Der Laden ist irgendwie skurril.

Auf der linken Seite befindet sich eine schummrige Bar mit einem Billardtisch, alles ist ein bisschen heruntergekommen. Es wirkt wie aus einem schlechten Horrorfilm, in dem der psychopathische Trucker in einer Bar wie dieser auf das dumme Blondchen trifft, die er in der nächsten Szene in seinen Truck sperrt und dann zerstückelt.

Das dumme Blondchen ist auch schon anwesend, es spielt mit zwei ihrer Freundinnen Billard, wobei es dabei wohl mehr darum geht, ihren Hintern möglichst vorteilhaft in ihren Jeans zu präsentieren, als darum, irgendwelche Kugeln einzulochen.

Die andere Hälfte der Bar wirkt, als würde sie gar nicht dazugehören. Helle Holztische mit limonengrünen Tischdecken und dazu passenden Stühlen; eher wie ein Restaurant, das Familien besuchen würden, als wie eine schäbige Kneipe. Das Ganze wirkt wie Jeckyll und Hyde in Restaurantform, Luke hat so etwas noch nie zuvor gesehen.

Einige der Tische, vielleicht die Hälfte, sind besetzt, und an der Bar sitzen ein paar Kerle und trinken ihr Feierabendbier. Der Frauenanteil ist eher gering, neben den drei Tussis am Billardtisch sitzt noch eine verbrauchte Mittvierzigerin, die den Eindruck erweckt, als hätte das Leben ihr übel mitgespielt.

Er hat sich gerade die Jacke ausgezogen und neben sich auf die Bank gelegt, als jemand an seinen Tisch kommt, um ihm die Karte zu bringen. Der Typ ist vielleicht Mitte fünfzig, trägt eine braune Schürze, die schon mal bessere Tage gesehen hat, und scheint aus dem Hyde-Teil der Kneipe zu kommen; anscheinend wird hier nicht sonderlich streng getrennt.

„Ich empfehle das frittierte Hühnchen“, sagt der Barkeeper knapp zu Luke. „Und dazu die French Fries.“

„Haben Sie noch was anderes im Angebot?“, fragt Luke, eher aus Neugierde, denn er ist ja nur wegen des Hühnchens hier.

„Nein, zumindest nichts zu essen.“

Das macht es einfach.

„Ich nehme viermal das Hühnchen. Und zwei große

Bier." Eine Bestellung, gegen die Tucker kaum etwas haben wird, sie können sich ja später ein Taxi zurücknehmen.

Die Tür schwingt auf und Tucker kommt herein, zusammen mit einem Schwall kalter Luft.

„Hey, Luke! Da bist du ja!", brüllt er durch den Raum, und Luke kann sich gerade noch so beherrschen, um nicht die Augen zu verdrehen. Alle, aber wirklich alle drehen sich nach Tucker um, die Männer machen sich größer, die Mädchen am Billardtisch strecken auf einmal ihre Brüste *und* ihre Hintern heraus, anschließend wandern die Blicke von Tucker zu Luke.

Das war's dann wohl mit dem ruhigen, unentdeckten Abend, vermutlich war der Wunsch danach auch ziemlich naiv, denn mit Tucker ist es niemals ruhig, und man bleibt auch niemals unentdeckt.

Mia

* * *

ICH FÜHLE MICH SCHRECKLICH.

Aber so ist das wohl im Leben, man muss auch Entscheidungen treffen, die einem schwerfallen. Manchmal muss es vielleicht wehtun, damit letztendlich alles gut wird. Oder gut bleibt. Denn mein Leben vor Luke war gut und mein Leben ohne ihn wird es auch wieder sein.

Wie sich das anhört!

Es klingt so, als wäre die Zeit mit ihm ein entscheidender

Einschnitt in mein Leben gewesen, was ja völliger Quatsch ist.

Es war nichts weiter als eine Affäre, die ich beendet habe, bevor die Sache wirklich kompliziert werden konnte. Genau so, wie verantwortungsbewusste Erwachsene solche Dinge eben regeln. Ganz genau so.

Ich nehme mir eines der Bücher aus meinem Regal, das ich schon lange mal lesen wollte, und kuschle mich aufs Sofa. Vielleicht hätte ich heute Abend besser ausgehen sollen, anstatt hier allein zu Hause herumzuhängen, aber draußen regnet es in Strömen und ich bin einfach nicht in Stimmung. Ich trage immer noch die Gammelklamotten von heute Morgen, ich habe es lediglich geschafft, mir die Zähne zu putzen und die Haare zu kämmen.

Ich weiß, dass es mir heute besser gegangen wäre, wenn ich mich aufgerafft hätte, um das Haus zu verlassen, wenn ich zur Arbeit gefahren wäre, um dort was auch immer zu tun, wenn ich einkaufen gegangen wäre – wenn ich verdammt noch mal überhaupt irgendetwas Sinnvolles vollbracht hätte an diesem ansonsten so beschissenen Tag.

Stattdessen bin ich zu Hause geblieben, um mich in Selbstmitleid zu suhlen.

Wie erbärmlich kann man eigentlich sein?

Ich bin ein heulendes, winselndes Häufchen Elend, das sich von einem Typen getrennt hat, mit dem es niemals wirklich zusammen gewesen ist. Niemals zusammen sein wollte.

Ich habe das einzig Richtige getan.

Ich sollte mich gut fühlen und stolz auf mich sein.

Mein Handy piept kurz, weil eine Textnachricht eingegangen ist, und ich stürze mich auf das Gerät, als würde mein Leben davon abhängen.

Die Nachricht ist von Madison.

Ich versuche, die Enttäuschung zu unterdrücken, die in mir aufsteigt, und zwinge mich, mir keine Gedanken darüber zu machen, von wem sie hätte sein müssen, um glücklich zu sein.

Madison:
Hey, alles in Ordnung mit dir?

Mia:
Ja, alles bestens, warum fragst du?

Madison:
Na ja ... Tyson hat erzählt, dass Luke
heute so komisch drauf war. Hat sich mit
allen angelegt. Ich dachte, du wüsstest
vielleicht etwas darüber.

Mia:
Sorry, nein. Ich weiß von nichts.
Ich habe ihn gestern das letzte
Mal auf dem Flur getroffen.
Sorry, da kann ich dir
nicht weiterhelfen.

Das mit dem Flur ist ja nicht gelogen, denn genau da stand Luke, als ich ihm die Tür aufgemacht habe, und Genaueres möchte ich Madison einfach nicht erzählen.

Erzählt man einer Freundin von etwas, was überhaupt nicht wichtig ist?

Irgendwie war es mir immer lieber, die Sache mit Luke für mich zu behalten, um mich selbst zu schützen, aber auch, um ihn zu schützen.

Schließlich steht er schon genug in der Öffentlichkeit, da fand ich, dass ich nicht auch noch Dinge über ihn herumerzählen muss, die eigentlich niemanden etwas angehen.

Nicht, dass ich Madison nicht vertraue, denn das tue ich. Ich würde ihr sogar mein Leben anvertrauen, wenn das sein müsste. Doch ich weiß auch, dass sie und Tyson ein sehr enges Verhältnis zueinander haben. Es wäre ihr vermutlich schwergefallen, das mit Luke nicht weiterzuerzählen, und da Tyson der Kapitän von Lukes Team ist, weiß ich nicht, ob ihm das recht gewesen wäre oder ihn vielleicht sogar in Schwierigkeiten gebracht hätte.

Aber anscheinend ist es heute auch so nicht so glatt für ihn gelaufen und ich beiße mir bei dem Gedanken auf die Unterlippe.

Ich wollte Luke nicht verletzen.

Auf gar keinen Fall wollte ich das. Ich … ich mag ihn. So viel ist ebenfalls sicher. Ich hätte mir ohnehin niemals vorstellen können, mit jemandem ins Bett zu gehen, den ich *nicht* mag.

Vielleicht fällt es mir deswegen jetzt auch so schwer, ihn aus meinem Leben streichen zu müssen.

Ich kuschle mich ein bisschen tiefer unter die Decke und schlage mein Buch auf, um zu lesen.

Ich habe keine Ahnung, warum ich mein Handy die ganze Zeit so liegen lasse, dass ich das Display jederzeit im Blick halten kann.

24

Luke

* * *

Erstaunlicherweise können Tucker und er tatsächlich noch in Ruhe essen, ohne von aufdringlichen Fans belästigt zu werden, und ebenfalls ziemlich überraschend ist das Fried Chicken tatsächlich überdurchschnittlich gut. So gut, dass sie sogar noch zwei weitere Portionen davon bestellt haben, wenn auch ohne die French Fries. Wenn schon so ungesundes Essen, dann wenigstens mit möglichst wenig leeren Kohlenhydraten, obwohl Luke sich auch diese hin und wieder mal gönnt.

„Das war köstlich!" Tucker wischt sich den Mund an einer Serviette ab und haut sich mit der flachen Hand mehrfach auf den Bauch, als wäre er ein alter, vollgefressener Opa mit einer dicken Wampe. „Allerdings ziemlich fettig. Ich glaube, ich brauche noch etwas zur Verdauung.“ Er hebt die Hand, um den Barkeeper heranzuwinken, der ihn erst mal mehrere Minuten lang ignoriert und weiterhin mit einem anderen Gast plaudert.

Als es Tucker schließlich zu lange dauert, steht er auf und schlendert zur Bar hinüber, was die Mädels vom Billardtisch dazu bringt, ihre Haare nach hinten zu werfen und ihre Hintern noch weiter herauszustrecken – auch die beiden, die gerade gar nicht an der Reihe mit Spielen sind, scheinen auf dem Tisch irgendetwas plötzlich furchtbar interessant zu finden.

Tucker ignoriert sie trotzdem. Zumindest noch, denn eigentlich kann es einzig eine Frage der Zeit sein, bis er sie genauer in Augenschein nimmt, zumal es die einzigen weiblichen Wesen in diesem Lokal sind, die auch nur ansatzweise in sein Beuteschema passen.

Doch gerade hat der Barkeeper sich ihm zugewendet, sodass Tucker sich erst mal auf seine Bestellung konzentrieren muss.

Um etwas von dem zu verstehen, was dort besprochen wird, sitzt Luke zu weit weg, doch als er sieht, wie Tucker seine Brieftasche öffnet und jede Menge Scheine über den Tresen reicht, ahnt Luke nichts Gutes.

Eine Minute später bestätigt sich diese Ahnung, denn Tucker dreht sich grinsend wieder um, in den Händen ein Tablett mit einer vollen Flasche Wodka und dazu fünf Gläser.

„Scheiße …“, flucht Luke leise. Er hätte besser mitgehen sollen, in dem Fall hätte er vielleicht noch einschreiten können. Jetzt ist es zu spät – jetzt wäre es die einzige Lösung, den Laden ohne Tucker fluchtartig zu verlassen, aber Luke sträubt sich dagegen, diesen hier allein zurückzulassen. Auf dem Weg zurück zu ihrem Tisch schlendert Tucker so nah an den Billardtussis vorbei, dass er mit seinem Bein wie zufällig den Hintern der Blondine streift.

Kichernd dreht sie sich zu ihm um, und Tucker zuckt entschuldigend mit den Schultern, ohne auch nur im Mindesten reuig auszusehen. Dann sagt er irgendetwas zu den Frauen, deutet erst auf das Tablett und anschließend in Richtung Luke, woraufhin die Augen der drei zu leuchten beginnen und sie eifrig nicken.

„Scheiße …" murmelt Luke unterdrückt, denn wenn Tucker mit drei Frauen an ihrem Tisch aufkreuzt, bedeutet das, dass er mindestens eine von ihnen versuchen wird, an Luke abzuschieben – etwas, worauf er heute Abend wirklich keine Lust hat.

„Schau mal, was ich uns Hübsches mitgebracht habe!" Tucker klingt so zufrieden, als hätte er gerade die Play-offs gewonnen, und die drei Tussis kichern, als wäre es etwas Gutes, wie auf dem Viehmarkt vorgeführt zu werden.

„Wie reizend." Lukes Antwort klingt genauso halbherzig, wie sie gemeint war. Allerdings scheinen die drei Mädels ebenso immun gegen solche Schwingungen zu sein wie Tucker, denn eine von ihnen, eine Brünette in einem grauen Tanktop, das mindestens eine Nummer zu klein ist, setzt sich direkt neben ihn auf die Bank und legt seine Jacke, die dort liegt, einfach auf die andere Seite.

„Wir rätseln schon die ganze Zeit, woher wir euch kennen. Eure Gesichter kommen uns irgendwie bekannt vor." Die Blonde dreht eine Haarsträhne um ihren Daumen und schmachtet dabei Tucker an, während die dritte, eine zierliche Rothaarige, anscheinend nicht so richtig weiß, was sie tun soll. Tucker löst das Problem elegant, indem er seinen

Arm über ihre Stuhllehne legt und sie dann, zusammen mit der blonden, noch ein bisschen näher zieht.

Tuckers Lächeln wird noch breiter, und Luke weiß genau, was jetzt kommt. Um das alles besser ertragen zu können, greift er, wider besseres Wissen, nach dem Wodka, schenkt die fünf Gläser voll und leert anschließend seins, ohne vorher auch nur Prost zu sagen.

Danach lehnt er sich ein wenig zurück und ist dabei sehr darum bemüht, den Abstand zu der Brünetten zu vergrößern, was sich als vergebens erweist. Ohne dass er jemand etwas angeboten hätte, schnappt sie sich eines der Gläser vom Tablett, leert es ebenfalls in einem Zug und rückt Luke noch enger auf die Pelle.

„Kennt ihr die Werbung für das Duschgel? Das mit den Eiswürfeln?“ Mit beiden Daumen zeigt Tucker stolz auf seine Brust, und die Rothaarige quietscht auf, als wäre sie eins von diesen Gummitieren, die Lukes Hund Barney früher zum Spielen hatte.

„O mein Gott, das bist du?! Ich kann es kaum fassen! Du bist Tucker Frost!“ Dann heftet sie ihren Blick auf Luke. „Und du bist Luke Steward! Ihr zwei seid die Starspieler der Icefoxes!“

„Diese Werbung ist so verdammt sexy …“, schnurrt jetzt die Blonde. „Verrätst du uns, ob du wirklich so aussiehst oder ob das Video bearbeitet worden ist?“

Tucker beugt sich zu ihr hinunter.

„Baby, wenn du willst, kannst du dich später selbst davon überzeugen, dass alles echt ist. Und ich kann dir verraten: Die Stellen von mir, die sie nicht gezeigt haben, sind noch viel besser als die, die sie in dem Werbeclip zeigen durften!“

Bei dem Geräusch, das die Blonde jetzt von sich gibt,

würde Luke normalerweise einen Notarzt kommen lassen, aber da sie keine Sekunde später ihre Zunge tief in Tuckers Mund schiebt, geht Luke davon aus, dass es ihr halbwegs gut gehen dürfte oder dass sie sich zumindest in keinem lebensbedrohlichen Zustand befindet.

„Du spielst also auch Eishockey?“, haucht jetzt die Brünette neben ihm und klimpert ein paarmal mit ihren zu dick getuschten Wimpern, was wahrscheinlich lasziv wirken soll, Luke allerdings eher an das Blinzeln einer Eule erinnert.

„Ja, als Verteidiger bei den Midway Icefoxes.“ Er schenkt noch eine Runde Wodka nach, denn mittlerweile haben auch Tucker und seine beiden Begleiterinnen ihre Gläser geleert.

„Interessant ... was macht man denn als Verteidiger so?“ Ohne den Blick von ihm abzuwenden, greift die Brünette nach dem Wodkaglas, kippt den Inhalt hinunter und leckt sich langsam über die Lippen.

„Was man als Verteidiger so macht? Man passt auf, dass niemand ein Tor schießt.“

„Oh ...“ Sie kichert. „Das hätte ich mir ja denken können, ich Dummerchen.“ Wahrscheinlich sollte Luke dieser Aussage irgendwie widersprechen, aber er bringt solch eine dreiste Lüge heute Abend einfach nicht über die Lippen. „Ich hätte übrigens nichts dagegen, wenn du deinen Ball in mein Tor schießt ...“ Diese Metapher ist so bescheuert, dass Luke einen Moment braucht, bis er sie tatsächlich verstanden hat.

„Puck, beim Eishockey hat man keinen Ball, sondern einen Puck“, sagt er schließlich dennoch ziemlich sachlich, weil er gar nicht anders kann.

„Oh ...“ Die Frau neben ihm spitzt die Lippen. „Soll ich deinen kleinen Freund auch so nennen? Puck?“

Gegenüber hat Tucker gerade seine Zunge wieder aus der

Blondine genommen und ist dabei, sich die Rothaarige auf den Schoß zu ziehen, während er in schallendes Gelächter ausbricht. Eigentlich kann es nicht mehr lange dauern, bis sie hier rausfliegen, denn was Tucker da macht, ist nicht mehr ganz jugendfrei.

„Puck …“ Er hat beinahe Tränen in den Augen. „Wenn ich das morgen den Jungs erzähle …“ Noch immer lachend wendet er sich der Brünetten zu. „Mach dir keine Sorgen, Baby, ich bin mir sicher, deine Lippen würden toll um Lukes Puck aussehen, und in dem Moment ist es ihm ohnehin völlig egal, wie du ihn nennst. Und falls er kein Interesse hat, ich schaffe euch auch alle drei. Alles wird gut, Ladys!“

Manchmal kann Tucker ein echter Kotzbrocken sein. Aber so richtig! Auch wenn Luke zugeben muss, dass ihn Tuckers Art, Partys zu feiern, schwer beeindruckt hat, als er selbst als Rookie, als junger Spieler, in die Mannschaft kam, geht ihm sein Verhalten nun zunehmend auf die Nerven.

„Ach, ich bin mir sicher, das wird nicht nötig sein, oder, Luke?“, schnurrt die Brünette neben ihm nun und streichelt ihm über die Brust. Luke würde gern ausweichen, doch neben ihm gibt es nur noch die Wand, und bevor er überhaupt eine Chance hat, zu reagieren, beugt die Brünette sich zu ihm und presst ihre Lippen auf seine, bevor sie ihre Zunge hinterherschiebt.

Ihr Kuss fühlt sich nicht gut an.

Vielleicht liegt es daran, dass sie mit ihrer Zunge in seinem Mund herumstochert, als würde sie darin nach Gold suchen. Vielleicht liegt es auch daran, dass er gar keine Lust hat, irgendeine Brünette zu küssen. Auch keine Rothaarige, und die Blonde, die Tucker momentan befummelt, während dieser ihre Freundin küsst, erregt auch nicht Lukes Interesse.

„Verdammt …“ Er schiebt die Frau weg, die damit beschäftigt ist, zu versuchen, auf Lukes Schoß zu krabbeln, und holt tief Luft. Gerade noch rechtzeitig, um den Typen zu erkennen, der sich nun von hinten Tucker nähert.

„Natasha? Bist du das?“ Irritiert schaut der Typ auf die Blonde, die in diesem Augenblick ihre Hand in Tuckers Hemd schiebt.

„Verdammt!“, wiederholt Luke noch einmal, denn er kennt Situationen wie diese, und sie gehen selten friedlich aus. Kurz mustert er den Typen, der aussieht, als würde er regelmäßig zum Bodybuilding gehen. Das ist nicht gut. Solche Kerle neigen dazu, sich selbst zu überschätzen und weiterzumachen, wenn es sinnvoller wäre, aufzugeben. Dann sieht er die anderen beiden Typen, die jetzt näher kommen und die vermutlich Freunde des Bodybuilders sind. Das ist noch viel schlechter, denn wenn sie zu dritt sind, bedeutet das für Luke, dass er sich kaum heraushalten kann, wenn hier gleich die Hölle losbricht.

Der Blick des Bodybuilders huscht noch immer zwischen Tucker und der Blonden hin und her.

„Was machst du da mit meiner Freundin?“, brüllt er jetzt, und die Blondine reißt die Augen auf, als wäre sie ein erschrecktes Meerschweinchen.

„Exfreundin!“, piepst sie, während sie sich demonstrativ enger an Tucker kuschelt.

Das gibt dem Bodybuilder anscheinend den Rest, denn ohne noch weiter zu diskutieren reißt er die Blonde von Tucker weg und packt sie ziemlich unsanft an den Schultern.

Man kann über Tucker sagen, was man will, aber eines muss man ihm lassen: Er drängt sich Frauen niemals auf, und alles, was sie mit ihm machen, machen sie, weil sie es auch wollen. Er mag ein Macho sein und mehr Kerben in seiner Bettkante zu verzeichnen haben als die meisten anderen Männer, allerdings kümmert er sich immer um die Frauen, die er mitnimmt, sorgt dafür, dass es ihnen gut geht, und wenn sie etwas nicht wollen, überredet er sie nie. Luke kann sich nicht vorstellen, dass Tucker einer Frau gegenüber jemals gewalttätig werden würde. Tucker hasst es, wenn jemand Frauen grob behandelt.

„Hey, lass sie in Ruhe!" Nachdem er die Rothaarige von seinem Schoß geschoben hat, erhebt sich auch Tucker und baut sich zu seiner vollen Größe auf, die mehr als beeindruckend ist. Er überragt den Bodybuilder locker um einen halben Kopf, was diesen jedoch nicht sonderlich zu interessieren scheint.

„Ich unterhalte mich hier mit meiner Freundin, ich glaube nicht, dass dich das etwas angeht …"

„Exfreundin!", piepst die Blondine erneut und sieht jetzt wirklich ängstlich aus.

„Da ich bis vor wenigen Sekunden noch meine Zunge bis zum Anschlag im Hals dieser Frau stecken hatte, denke ich, dass mich das sehr wohl etwas angeht."

Autsch – das war mit Sicherheit nicht die geschickteste Antwort, die man in so einer Situation geben kann, und Luke beugt sich zu der Brünetten.

„Steh auf, schnapp dir deine beiden Freundinnen und verschwinde von hier. Ich befürchte, dass es gleich ziemlich ungemütlich werden wird!"

Mit weit aufgerissenen Augen starrt sie erst Luke und anschließend die Szenerie vor sich an, dann setzt sie sich endlich in Bewegung, rutscht seitlich von der Bank und geht in Richtung ihrer Freundinnen.

Der Bodybuilder hat die Blondine nun losgelassen und sich stattdessen Tucker zugewendet, und Luke beobachtet, wie sie zusammen mit den anderen beiden Frauen aus dem unmittelbaren Gefahrenbereich verschwindet.

„Was hast du da gerade erzählt?“ Der Bodybuilder brüllt nun Tucker an, der nur breit grinsend mit den Schultern zuckt.

„Ich habe mit deiner Exfreundin herumgemacht, und ich glaube, sie fand es ziemlich geil.“

Tucker ist manchmal ein Arschloch, wirklich. Außerdem muss er eine regelrechte Sehnsucht nach Schmerzen haben. Mitunter glaubt Luke, dass sich sein Mannschaftskamerad einfach gerne prügelt und sich deshalb so verhält.

Während Luke aus dem Augenwinkel die anderen beiden Typen näher kommen sieht, schreit der Bodybuilder: „Du dämliches Arschloch!“, und setzt zum ersten Schlag an.

Leider muss Luke ihm bei der Sache mit dem Arschloch recht geben, und er würde auch nicht weiter einschreiten. Tucker weiß wirklich, wie man sich prügelt, und irgendwie hat er es ja auch verdient. Wahrscheinlich käme er mit den drei Typen auf einmal ganz gut zurecht, auch wenn fair anders aussehen mag.

Doch Luke ist ein bisschen betrunken, und er hat für heute die Schnauze voll davon, wie ein Depp passiv herumzustehen und sich alles gefallen zu lassen.

In seinen Adern beginnt das Adrenalin zu rauschen, und Luke kann förmlich spüren, wie sich ein dämliches Grinsen auf seinem Gesicht ausbreitet.

Vielleicht ist eine Prügelei heute Abend ja genau das Richtige, um sich ein bisschen abzureagieren. Vermeiden lässt es sich jetzt nicht mehr, warum die Sache also nicht einfach genießen?

„Hey, ich weiß ja, wie umwerfend sexy mein Kumpel Tucker ist, aber leider steht er nicht so auf Gruppensex. Es sei denn, er darf deine Freundin mitnehmen." Er tippt dem Typen, der ihm am nächsten steht, auf die Schulter, woraufhin sich dieser umdreht.

„Drei gegen einen ist vielleicht ein bisschen unfair, findest du nicht?"

Luke packt ihn am Kragen und zerrt ihn von Tucker weg.

Der Typ holt aus, um Luke einen Haken zu verpassen, und er gönnt ihm diesen einen Treffer. Vielleicht tut ihm auf diese Art ja mal für kurze Zeit etwas anderes weh als sein verdammtes Herz.

Dann holt er aus, um selbst zuzuschlagen. Einmal, zweimal … ein drittes Mal.

Verdammt, das fühlt sich noch viel besser an, als er gedacht hätte.

Er macht eine halbe Drehung, um einen Schlag abzuwehren, holt anschließend selbst erneut aus.

Hinter ihm beginnt jemand zu schreien, es ist Tucker, und er schreit Lukes Namen. Der Blödmann kann heute wohl gar nichts allein, nicht einmal mit zwei aufgeblasenen Vollidioten zurechtkommen.

„Pass auf, Luke!", schreit Tucker, diesmal noch lauter. Dann wird auf einmal alles dunkel.

25

Mia

* * *

Man sollte nach nichts suchen, was man nicht auch tatsächlich finden beziehungsweise sehen will.

Eigentlich ist das eine ganz simple Regel, das Problem dabei ist, dass ich manchmal zu dumm bin, um mich daran zu halten.

Ich hätte diesen verdammten Alarm in meiner Suchmaschine, der sich immer meldet, wenn es Neuigkeiten zu Luke Steward gibt, niemals einstellen sollen. Dafür gibt es viele gute Gründe. Ungeachtet dessen, dass man dabei Sachen zu Gesicht bekommt, die man nicht sehen will, machen so etwas nur durchgeknallte Stalkerinnen. Masochistische, durchgeknallte Stalkerinnen, um genau zu sein, denn heute gab es gleich mehrere neue Bilder von Luke, und auf mindestens dreitausendsiebenhundertneunzig davon – zumindest ist das die gefühlte Anzahl – knutscht er gerade mit irgendeiner dunkelhaarigen Tussi herum, die sich an ihm festsaugt, als wäre sie ein verdammter Blutegel.

Ich könnte kotzen.

Dabei hatte ich bis gestern noch Mitleid mit ihm.

Ich meine, es ist wirklich Mist, wenn man für jemanden mehr empfindet und diese Gefühle nicht erwidert werden, ob das nun vernünftig ist oder nicht.

Doch anscheinend war es ihm ja auch nicht so wirklich ernst, sonst hätte er sich wohl kaum am gleichen Tag mit einer anderen getröstet.

Ich bin bescheuert genug, die Bilder von Luke und dieser Tussi eine halbe Stunde lang anzustarren.

Dann schließe ich endlich die Website, auf der sie zu sehen sind, nur um sie kurz darauf wieder zu öffnen und mir eines der Bilder zu vergrößern.

Die Frau wirkt jung. Sehr jung. Schätzungsweise Anfang zwanzig.

Eifersucht macht sich in mir breit, heftig und schmerzhaft.

Dabei sollte es mir egal sein.

Luke war mir niemals Exklusivität schuldig, schon gar nicht, nachdem das – was auch immer da zwischen uns war – vorbei ist.

Ich sollte solche Gefühle nicht haben.

Wirklich nicht.

Ich sollte froh sein, dass ich es beendet habe, bevor es richtig begonnen hat – es hätte in einer Katastrophe geendet, ganz sicher.

„Hey, Mia …" Madison kommt herein und ich schließe ertappt den Browser. „Bist du gerade sehr beschäftigt?" Fragend hebt sie die Augenbrauen. Eine simple Geste, aber ich werde ein bisschen nervös davon. Ich habe das Gefühl, dass sie nicht nur nach meinem Befinden fragt, sondern dass ihre Augenbrauen fragen wollen: *Was ist eigentlich los mit dir*?, und ich bin nicht bereit, darüber zu reden.

„Wolltest du nicht zu einem Vorsorgetermin, bei dem diese 3-D-Ultraschallbilder gemacht werden?" Ich bin ein wenig stolz auf mich, denn diese Ablenkung ist perfekt. Madisons freie Hand wandert umgehend zu ihrem Bauch.

„Nein, den musste ich leider verschieben. Luke und Tucker haben sich in einer Bar geprügelt, und es gibt morgen eine Krisensitzung mit dem Team, bei der Tyson als Kapitän anwesend sein muss."

„Oh!", sage ich und klinge wenig intelligent. „Eine Prügelei?"

„Ja, Tucker bringt sich ständig in Schwierigkeiten. Luke ist jedoch eigentlich nicht der Typ dafür. Er hat die Nacht mit einer Gehirnerschütterung im Krankenhaus verbracht und darf nun eine Woche nicht spielen. Normalerweise versuchen die Jungs solche Sperren zu entgehen, indem sie Gehirnerschütterungen verschweigen, was manchmal üble Konsequenzen haben kann, leider ist es in der Liga trotzdem mehr als üblich." Sie seufzt. „Ich mache mir ständig Sorgen deswegen. Es ist zwar verboten, aber na ja … wenn es keine Diagnose gibt, kann man auch niemandem verbieten zu spielen."

„Aber Luke war beim Arzt?"

„Ja, er hat einen Stuhl auf den Kopf bekommen und war kurz ohnmächtig. Der Barkeeper hat einen Rettungswagen und die Polizei gerufen, und Luke wurde ins Krankenhaus gebracht. Er wird erst heute Nachmittag entlassen. Kein verantwortungsvoller Trainer würde ihn so aufs Eis lassen – und auch die weniger verantwortungsvollen hätten ein Problem mit der Versicherung, sollte einem Spieler etwas passieren, oder Angst davor, verklagt zu werden.“ Ihr Tonfall ist normal, trotzdem kann sie sehen, dass ihr das Ganze Sorge bereitet – das würde es mir wohl auch, wenn mein Partner sich ständig solchen leichtsinnigen Gefahren aussetzen würde, wie es jeder Eishockeyspieler bis zu einem gewissen Grad macht, auch die vernünftigsten unter ihnen.

„Findet diese Woche nicht dieses wichtige Spiel gegen Chicago statt?“ Verdammt – das hätte ich nicht sagen sollen. Madison weiß, dass ich mich eigentlich nicht sonderlich für Sport interessiere. „Das kam gestern in den Nachrichten!“, füge ich deshalb schnell hinzu, damit sie bloß keine Fragen stellt.

„Ja, deswegen ist das Ganze ja so eine Katastrophe, Luke kann nicht spielen, weil er eine Gehirnerschütterung hat, und Tucker … na ja, wahrscheinlich wird er gesperrt werden, weil er schon wieder eine Prügelei angefangen hat. Er hält regelmäßig die Highscore der Spieler mit den meisten Strafminuten. Der Trainer hat ihn eh auf dem Kieker.“

„Scheiße!“, entschlüpft es mir und Madison nickt zustimmend.

„Wahre Worte, Schwester, wahre Worte!“ Sie zuckt mit den Schultern. „Aber so kommen wir vielleicht wenigstens mit den Bewerbern voran. Tyson wollte unbedingt beim Ultraschall dabei sein …“ Erneut wandert ihre Hand zu ihrem Bauch, und ich frage mich, ob sie selbst überhaupt bemerkt, wie oft sie zärtlich darüberstreicht. „Wir konnten den Termin zum Glück auf nächste Woche verschieben. Wahrscheinlich ist Tyson dann entspannter, weil das Spiel gegen Chicago gelaufen ist."

„Hattest du dich nicht so unglaublich auf diesen Termin gefreut?" Zumindest hat sie seit Tagen kaum von etwas anderem geredet.

„Schon. Ich hätte halt gerne gewusst, dass mit dem Baby alles okay ist, sofern man das feststellen kann. Und auch, ob es nun ein Junge oder ein Mädchen wird. Bisher hat es sich beim Ultraschall ja immer versteckt …" Madison seufzt tief. „Na ja. Jetzt habe ich mich so lange geduldet, da kommt es auf eine weitere Woche wohl auch nicht mehr an, oder?"

„Wahrscheinlich nicht!", antworte ich, obwohl ich genau weiß, wie zermürbend Warten manchmal sein kann und wie sehr man sich verrückt machen kann, wenn man dazu gezwungen ist.

Ich glaube, wir haben beide ein bisschen Ablenkung bitter nötig.

Also hole ich die Notfallschokolade aus meiner Schublade, und das Paket Oreos noch dazu. Madisons und meine Lieblingssorte, mit hellem Keks und Standardfüllung.

Kaum dass ich die beiden Packungen auf den Tisch gelegt habe, fängt Madison an zu grinsen, während sich ihre Augen gleichzeitig mit Tränen füllen.

„Du bist einfach die Beste, Mia. Ich werde dich vermissen, wenn ich wegen des Babys pausieren muss. Ich werde dich so was von vermissen!"

Ich rolle mich auf meinem Schreibtischstuhl nach hinten und gehe dann zu Madison hinüber, um sie fest in die Arme zu schließen.

„Ich werde dich auch vermissen, meine Süße."

Anscheinend sind wir heute beide ein bisschen rührselig, denn ich muss ebenfalls mit den Tränen kämpfen. Aber ich gebe die Hoffnung nicht auf, dass man unseren Zustand mit Tee und Süßigkeiten noch heilen kann.

Luke

* * *

„Ein Mr. Walker ist da, um Sie abzuholen, Sir!" Die freundliche Krankenschwester, die ihm vorhin auch beim Anziehen geholfen hat, steht lächelnd im Türrahmen. „Sind Sie bereit?"

Er ist so bereit, wie man es eben sein kann, nachdem jemand einen Stuhl auf seinem Schädel zertrümmert hat.

Luke hat rasende Kopfschmerzen. Das Gefühl, das man hat, nachdem einem jemand etwas auf dem Kopf zerschlagen hat, muss sich so ähnlich anfühlen, wie wenn etwas darin explodieren würde. Zumindest hat er sich das immer so vorgestellt.

Er hatte schon öfter eine Gehirnerschütterung, das bleibt bei einem schnellen Kontaktsport wie Eishockey nicht aus. Stürze, Prügeleien, ein unsanfter Check … Eigentlich lässt es sich kaum vermeiden.

Doch so schlimme Schmerzen wie diesmal hat er sonst nicht gehabt.

Als er sich aufsetzt, hat er erneut das Gefühl, sich übergeben zu müssen, aber irgendwie gelingt es ihm, die Übelkeit hinunterzuschlucken.

„Alles in Ordnung mit Ihnen, Sir?“ Die Krankenschwester kommt zu ihm herüber und fasst ihm besorgt auf die Schulter. Sie ist hübsch, sie ist jung, sie ist blond ... und sie interessiert ihn nicht im Geringsten.

„Danke, es geht schon.“ Stöhnend betastet er die Beule an seinem Hinterkopf.

An ihrem Gesichtsausdruck kann er erkennen, dass sie ihm nicht wirklich zu glauben scheint.

„Ich werde klingeln und um Hilfe bitten, damit Sie in den hübschen Rollstuhl hier steigen können“, bestätigt sie dann seinen Verdacht. „Falls Sie mir ohnmächtig werden sollten, hätte ich lieber Unterstützung da.“

„Das werden Sie nicht tun.“ So weit kommt das noch, dass er sich helfen lässt, um aufzustehen. Schwankend kommt er auf die Beine, und Mandy – oder Mindy oder Candy oder wie auch immer die Krankenschwester heißen mag – bemüht sich, den Rollstuhl so nah und so schnell wie möglich an ihn heranzuschieben, obwohl es Luke viel besser geht, nachdem er einmal aufrecht ist. Er hat eigentlich gar keine Lust, sich hinzusetzen, weil er genau weiß, dass er nachher wieder aufstehen muss, und dann in seinem Kopf zu der Explosion noch ein leistungsstarker Presslufthammer kommen wird.

Letztendlich setzt er sich trotzdem.

Er hat im Laufe seiner Karriere genug Zeit in Krankenhäusern verbracht, um zu wissen, dass man sie als Patient auf Rollen oder gar nicht verlässt. Oder wenn doch, dann nur unter großem Ärger, und er hatte wirklich Ärger genug.

Also setzt er sich hin, langsam und ächzend, als wäre er ein Greis.

Die Schwester legt ihm seine Tasche auf den Schoß.

„Haben Sie alles? Können wir los?“

„Aber immer doch.“ Er lächelt ihr zu, so wie er es bei Frauen gerne macht, und sie errötet ein bisschen, was ihm eine leichte Genugtuung verschafft, ihn allerdings nicht so zufriedenstellt, wie es das sonst tut. „Bereit, wenn Sie es sind …“, setzt er noch ein bisschen halbherzig hinterher, und selbst für seine eigenen Ohren klingt es irgendwie lahm.

„Hey, Kumpel, da bist du ja.“ Tyson kommt auf ihn zu, und Luke erinnert sich, dass Tucker ihn gestern Abend fast mit demselben Satz begrüßt hat. Hoffentlich endet dieser Tag nicht so katastrophal wie der gestrige.

Allerdings stehen die Chancen auch nicht gerade gut, dass dieser Tag wesentlich besser wird, auch deshalb nicht, weil Tyson alles andere als erfreut klingt. „Du hast dir jede Menge Ärger eingebrockt.“

„Hm …“, brummt Luke, was soll er darauf auch schon sagen? Sie alle haben eine Klausel in ihren Verträgen stehen, die ihnen verbietet, riskantes Verhalten an den Tag zu legen. Dazu gehören alle Dinge, die ein hohes Verletzungsrisiko beinhalten, die Teamleitung ist da unglaublich streng. Fallschirmspringen? Nicht gestattet. Motorradfahren? Auf gar keinen Fall. Skifahren? No way. Es in einer Kneipe zu einer Prügelei kommen zu lassen und deshalb mindestens eine Woche auszufallen und dabei ein wichtiges Spiel verpassen? Ganz blöde Idee.

Tyson nimmt der Krankenschwester den Rollstuhl aus den Händen.

„Draußen warten eine Menge Reporter. Ich durfte zwar auf dem Ärzteparkplatz parken, aber du weißt ja, wie diese Typen sind. Wenn wir Glück haben, schaffen wir es wenigstens bis zum Wagen, ohne dass sie über uns herfallen.“

„Hm", brummt Luke erneut, anscheinend hat sein Hirn doch größeren Schaden genommen, als es vermutet worden ist.

„Okay, also raus mit dir aus dem Rollstuhl, und rein mit dir ins Auto." Draußen ist es kalt, aber die frische Luft tut Luke gut. Wenn nur das verdammte Aufstehen nicht wäre ... Sie halten vor der Beifahrerseite von Tysons großem SUV, und Luke schließt kurz die Augen, um sich zu sammeln, bevor er aufsteht.

„Geht's, oder soll ich dir helfen?"

„Hm." So langsam findet er Gefallen an diesem Wort, falls man das überhaupt so nennen kann. Er hält sich an der geöffneten Tür des Wagens fest, um sich aus dem Rollstuhl zu hieven, und steigt dann etwas mühsam ein.

„Du wirst heute Nacht bei uns schlafen. Bedingung für deine Entlassung war, dass dich die nächsten vierundzwanzig Stunden noch jemand überwachen wird. Madison hat das Gästezimmer schon für dich vorbereitet." Mit zusammengebissenem Kiefer startet Tyson den Motor, der mit einem tiefen Schnurren loslegt und dabei Vibrationen in Lukes Körper in Gang setzt, die alles andere als angenehm sind. „Wir mussten deinetwegen einen wichtigen Termin verschieben. Ich hoffe, du hast eine verdammt gute Erklärung für deine Aktion gestern. Und keine Sorge, Tucker nehme ich mir auch noch zur Brust. Er hat zum Glück nur ein paar Kratzer davongetragen."

Stoisch sieht Luke aus dem Fenster, während Tyson den Parkplatz verlässt. Kaum dass sie hinter dem abgesperrten Bereich der Ärzteparkplätze angekommen sind, geht das Blitzlichtgewitter los.

„Luke?"

„Hm?“

„Ich hoffe, dass so etwas nie mehr vorkommen wirst. Und wenn du jetzt mit ‚hm‘ antwortest, können wir gleich wieder umdrehen, weil ich dir auch noch eins über deinen dämlichen Schädel ziehe.“

Einen Augenblick lang stiert Luke Tyson wortlos an. Dann verzieht er das Gesicht zu einer schmerzhaften Grimasse.

„Hast du einen Kotzbeutel für mich?“

26

Mia

* * *

„Mommy!“ Noah sieht mich, kaum dass er die Schule verlassen hat, kommt auf mich zu gerannt, und ich breite die Arme aus und drücke ihn fest an mich.

Zum Glück sind ihm solche öffentlichen Liebesbekundungen noch nicht peinlich, und ich hoffe fest, dass es noch viele Jahre so bleibt, auch wenn ich nicht daran glaube.

„Hey, mein Großer!“ Ich gebe ihm noch einen Kuss, bevor ich ihn wieder auf die Beine stelle. „Wie war es bei Daddy? Und wie in der Schule?“

„Toll und toll.“ Er strahlt über sein ganzes Gesicht, und ich zerwuschele ihm sein Haar, auch wenn ich weiß, dass er das nicht leiden mag.

„Das freut mich sehr. Gab es etwas Besonderes? Oder etwas Neues?“ Normalerweise redet er nicht viel über die Schule – oder über die Zeit bei seinem Dad –, und wenn ich nicht explizit nachfrage, entgehen mir mitunter wichtige Dinge, die ich eigentlich hätte wissen müssen. Etwa, dass am nächsten Tag ein Schulausflug stattfindet, ihn jemand auf einen Geburtstag eingeladen hat, oder auch, dass mein Sohn sich danebenbenommen hat und es deswegen Ärger gab. Natürlich gibt es für die meisten solcher Dinge einen Zettel in seinem Schulranzen, aber ich möchte auch gerne, dass er mir so etwas erzählt, damit ich zur Not schnell reagieren kann – und nicht erst zu Hause, wenn ich abends seinen Schulranzen durchsuche.

„Nix Besonderes, außer dass ich heute keine Hausaufgaben aufhabe!“ Er greift nach meiner Hand, während wir uns auf den Weg zu meinem Auto machen. Im Vorbeigehen begrüße ich zwei weitere Mütter aus Noahs Klasse, die ebenfalls ihre Kinder abholen.

„Keine Hausaufgaben?“ Ich sehe meinen Sohn gespielt vorwurfsvoll an. „So geht das aber nicht. Ich glaube, ich muss da mal ein ernstes Wörtchen mit deiner Lehrerin sprechen.“

Kichernd zieht er mich weiter.

„Alle anderen haben ja Hausaufgaben auf. Die meisten zumindest. Aber ich nicht. Wir mussten nämlich die Berichtigung zu einem Mathetest machen, und ich bin schon fertig, weil ich nämlich keine Fehler hatte!“ Die letzten Wörter ruft er laut und fröhlich und reißt dabei seine kleinen, dürren Ärmchen hoch in die Luft, als würde er jemandem zujubeln.

„Das ist ja großartig! Ich glaube, das müssen wir feiern, was hältst du davon?“

„Feiern? Mit Eis und Museum?“ Hoffnungsvoll sieht er

mich an und macht dann sein bettelndes Gesicht, über das ich lachen muss.

„Ich glaube, heute gönnen wir uns mal ein Eis *im* Museum."

„O ja! Bitte!" Er hüpft den ganzen Weg bis zum Auto vor mir her. Erst im Museum wird er wieder ernst, wo er die Dinosauriermodelle bestaunt, auch wenn wir diese schon zigmal angesehen haben.

Später sitzen wir zusammen in dem kleinen Café, das zum Museum gehört, und Noah isst ein Eis mit Dinogummibärchen, während ich einen Kaffee trinke.

Ich beobachte meinen kleinen Jungen mit seinem Eis und stelle fest, wie sehr ich es genieße, mit ihm Zeit zu verbringen, und wie sehr es mich erfüllt.

Dennoch habe ich das Gefühl, dass mir irgendetwas fehlt. Ich hätte niemals gedacht, dass es so sehr wehtun kann, vernünftig sein zu müssen.

Luke

* * *

Da Lukes Zustand überwacht werden soll, besteht Tyson darauf, dass die Tür zu seinem Zimmer zumindest einen Spalt weit geöffnet bleibt.

Anscheinend ist Luke aber nicht der Einzige, der momentan ein bisschen durcheinander ist, denn Tyson scheint vergessen zu haben, dass Luke ihn hören kann, wenn er sich auf dem Flur mit seiner Frau unterhält.

Madison lacht, sie hat diese Art zu lachen, die normalerweise ansteckend auf ihn wirkt, aber heute ist ihm überhaupt nicht zum Lachen zumute. Ihm tut alles weh. Sein Kopf, sein Herz … heute ist einer dieser Tage, an denen er verstehen kann, dass manche Menschen sich auf den Tod freuen.

„Warum um alles in der Welt hast du Kotzbeutel in deinem Auto? Wofür?"

„Du wirst mir noch dafür danken, wenn der Zwerg erst etwas größer ist, warte nur ab!"

Erneutes Lachen.

Madison ist also tatsächlich schwanger. Er hat es doch geahnt! Eigentlich würde er sich sehr für die beiden freuen, nur heute fehlt ihm einfach die Energie dafür.

„Das mag sein, aber bis es so weit ist, vergeht noch einiges an Zeit, und du willst ja wohl nicht behaupten, dass du die Beutel schon prophylaktisch dort untergebracht hast. Du kennst dich mit Kindern doch überhaupt nicht aus!"

Jetzt lacht Tyson, tief und dunkel, was lange ein eher ungewohntes Geräusch war, bis er Madison kennengelernt hat und mit ihr zusammengekommen ist. Die beiden sind so vertraut miteinander, ein perfekt eingespieltes Team. So etwas hat sich Luke auch immer für sich gewünscht, und er fragt sich, wie es sich wohl anfühlen muss, einen Menschen zu haben, für den man alles auf der Welt ist – und umgekehrt.

„Okay, du hast mich ertappt." Tyson lacht erneut. „Um ehrlich zu sein, habe ich einiges an Erfahrung mit Teamkameraden, die ich irgendwo herumfahren oder abholen muss. Und der eine oder andere von ihnen kann das Autofahren nicht sonderlich gut vertragen, wenn er was getrunken hat. Aus Schaden wird man klug, zumindest wenn man einmal eine von oben bis unten vollgekotzte Karre hatte, beugt man beim nächsten Mal lieber vor."

„Du bist eben ein kluges Kerlchen." Es folgt ein Geräusch, das klingt, als würde Madison ihn nun küssen, woraufhin Tyson eine Art Schnurren von sich gibt und Luke sich sicher ist, dass das alles nicht für seine Ohren bestimmt war.

„Ich kann euch übrigens hören ..." Brummend legt Luke sich eine Hand über die Augen, sodass er Tyson nicht sieht, als dieser in das Zimmer kommt.

„Es beruhigt mich, dass du noch in der Lage bist, uns zu hören. Dir ist klar, dass das auch hätte anders ausgehen können?"

Luke seufzt.

„Ich bin ja kein Volltrottel."

„Dann hör gefälligst auch auf, dich wie einer zu benehmen. Die Ärzte haben dich nur entlassen, weil ich versprochen habe, dich heute Nacht alle zwei Stunden zu wecken und in deine Pupillen zu leuchten, um zu überprüfen, ob es dir gut geht und du keine Hirnblutung entwickelst. Der Trainer hat übrigens gesagt, du sollst dich morgen früh gleich beim Teamarzt melden. Ich fahre dich hin."

„Tut mir leid ...", murmelt Luke.

Tyson zuckt mit den Schultern und setzt sich auf den Stuhl neben Lukes Bett.

„Leider hilft uns das auch nicht weiter, du kannst mindestens den Rest der Woche nicht mehr spielen, und für Tucker wird es Ärger bedeuten. Jede Menge Ärger. Der Coach und seine Frau sind echt sauer. Was war nur los mit dir? Du bringst dich schließlich sonst nicht in solche Schwierigkeiten. Es gibt Zeugen, die behaupten, du hast es regelrecht drauf angelegt."

„Ich kann dir versprechen, dass ich es nicht darauf angelegt habe, dass jemand einen Stuhl auf meinem Kopf zertrümmert." Langsam richtet Luke sich auf, aber es geht ihm schon viel besser als heute Morgen. „Du hast den Typen mindestens einen Schlag landen lassen, bevor du dich gewehrt hast." Mit grimmiger Miene verschränkt Tyson die Arme vor der Brust. „Du willst mir hoffentlich nicht erzählen, dass deine Reaktionen so langsam waren. Selbst besoffen bist du nicht so lahm."

„Der Coach trimmt uns doch immer darauf, niemals eine Schlägerei anzufangen. Zurückschlagen ist was anderes."

„Stimmt – allerdings weiß ich nicht, ob das auch zählt, wenn man sich irgendwo einmischt."

„Wir konnten nicht wissen, dass die Mädchen nicht frei sind."

„Luke, hör auf, mir so eine Scheiße aufzutischen." Tyson wird jetzt laut, was er nur sehr selten macht, was deswegen umso beeindruckender ist. „Ich kann dich nicht zum Reden zwingen, aber ich bin ebenfalls kein Vollidiot. Wenn du dich so verhältst, dann hat das einen Grund. Geht es deiner Mom noch schlechter?" Forschend sieht Tyson ihn an.

„Nein, der geht es gut so weit. Besser zumindest." Sofort kommt ihm wieder der Nachmittag mit Mia und Noah in den Sinn, den er bei seiner Familie verbracht hat, und die zwei kleinen Kätzchen. Seine Mutter ist eine der konservativsten Frauen, die ihm jemals begegnet ist, doch selbst sie hatte keine Probleme mit dem Altersunterschied zwischen Mia und ihm. Bitterkeit überkommt ihn.

„Ich frage mich, was du überhaupt in dieser gottverlassenen Gegend gemacht hast. Und jetzt erzähl mir nicht, dass du wegen des Fried Chicken da warst. Das gibt es hier schließlich auch."

„Das Fried Chicken war wirklich ziemlich gut. Hat mich an das meiner Mom erinnert."

Die einzige Reaktion, die darauf von Tyson folgt, ist eine genervt hochgezogene Augenbraue. „Tucker war auch da", versucht es Luke erneut.

„Tucker ist oft in der Gegend, sein Großvater wohnt in der Nähe. Du hast, soweit ich weiß, keine Verwandten oder Bekannten im Umkreis des *Sweet Sandy* – oder irre ich mich da?"

Dass Tucker einen Großvater hat, hat Luke nicht gewusst. Also natürlich hat jeder Mensch einen Großvater, genau genommen sogar zwei, anders wird es schwierig, aber dass Tucker einen davon regelmäßig besucht, war Luke neu.

„Also?", hakt Tyson nach, und Luke verdreht die Augen.

„Hast du nicht gesagt, dass du mich nicht zum Reden zwingen kannst?"

Völlig unbeeindruckt lehnt Tyson sich ein kleines Stückchen vor.

„Habe ich das? Dann habe ich es mir gerade anders überlegt. Ich finde, einen Versuch ist es durchaus wert. Du hast dem Team erheblichen Schaden zugefügt, und als Kapitän ist es eigentlich auch meine Aufgabe, solche Dinge zu vermeiden. Also raus mit der Sprache. Was steckt dahinter? Eine Frau? Hast du dich etwa wieder auf eine von diesen bescheuerten Trikotjägerinnen eingelassen, die nur hinter Geld und Ruhm her sind?"

Luke schnaubt und schwingt seine Beine aus dem Bett, sodass er nun an der Bettkante sitzt. Er ignoriert die Übelkeit ebenso wie die Kopfschmerzen. Heiße Wut steigt in ihm auf, die sich wie Säure in sein Herz zu fressen scheint.

„Glaub mir, ich wünschte, ich hätte. Da weiß man wenigstens, woran man ist, und muss sich nichts vormachen. Andere Frauen sind auch nicht besser. Letztendlich erfinden sie Ausreden, die sie wahrscheinlich selbst nicht glauben. Aber was soll ich machen? Ich kann Mia ja schlecht zwingen, sich auf mehr als auf oberflächlichen Sex einzulassen." O verdammt. Verdammt, verdammt, verdammt. „Fuck!" Mit einem tiefen Stöhnen lässt er sich zurück ins Bett fallen und legt seinen Unterarm über die Augen. „Vergiss, was ich gesagt habe. Mia bringt mich wahrscheinlich um, wenn sie davon erfährt, dass ich ihren Namen in diesem Zusammenhang genannt habe."

Als keine Antwort erfolgt, zieht Luke seinen Arm langsam wieder weg, nur um festzustellen, dass Tyson verschwunden ist.

Mia

* * *

Ich weiß nicht so richtig, wie ich die letzten Tage überstanden habe, aber irgendwie habe ich es geschafft, und auch wenn ich ein bisschen wie automatisiert gelaufen bin, gab es auch durchaus schöne Stunden, wie etwa der Nachmittag mit Noah im Museum.

Ich dachte, dass es mir leichter fallen würde, Luke aus meinem Kopf zu verbannen, schließlich kenne ich ihn ja noch gar nicht sehr lange, und in der Zeit, in der ich ihn kenne, ist er obendrein viel weg gewesen. Das bringt sein Job eben so mit sich.

Momentan ist er zu Hause. Zumindest glaube ich das. Und zumindest ist es das, was Madison mir erzählt hat. Wie erwartet durfte er eine Woche lang nicht trainieren, um seine Gehirnerschütterung auszukurieren, und Tucker Frost durfte ebenfalls eine Woche lang nicht aufs Eis, außerdem musste Tucker noch eine empfindliche Strafe zahlen und hat irgendwelche Sozialstunden aufgebrummt bekommen. Nicht vom Gericht, denn rein rechtlich haben sich Luke und Tucker lediglich gewehrt, zumal es ja drei gegen zwei stand – aber die Teamleitung der Icefoxes arbeitet hart daran, dass die Mannschaft ihren guten Ruf bewahrt.

Das Spiel gegen Chicago haben sie verloren, und ich bin mir noch nicht ganz klar darüber, was das nun genau bedeutet, denn ich habe vermieden, Sportsendungen anzusehen. Man muss sich schließlich nicht unnötig selbst quälen.

Madison und ich haben ein paar Bewerbungsgespräche hinter uns gebracht, und ich denke, wir haben jemanden gefunden, der für den Job infrage kommt.

Agnes ist eine Frau Anfang fünfzig, deren Kinder nun aus dem Haus sind und die gerne wieder ins Berufsleben einsteigen möchte. Weniger, weil sie das Geld nötig hat, als vielmehr, weil ihr zu Hause sonst die Decke auf den Kopf fällt.

Sowohl Madison als auch ich fanden sie von Anfang an sympathisch, weil sie zum einen so eine warme, mütterliche Art hat, bei der man sich gleich wohlfühlt, man ihr zum anderen aber anmerkt, dass sie innerlich immer noch jung und offen für Neues ist. Außerdem besitzt sie genug Lebenserfahrung und diese natürliche Autorität, die es ihr ermöglichen dürfte, auch mit schwierigeren Kunden zurechtzukommen.

Im neuen Jahr werden wir damit beginnen, sie einzuarbeiten, nicht zuletzt, damit Madison dann nach und nach etwas kürzertreten und ihre Schwangerschaft genießen kann.

„Was machst du heute an deinem freien Nachmittag?" Madison sieht mich fragend an, während sie sich eine Tasse Ingwertee einschenkt. Momentan scheint sie süchtig nach dem Zeug zu sein.

„Ich gehe mit Noah zum Training, anschließend gehen wir vielleicht noch Waffeln essen oder so." Ich greife ebenfalls nach dem Tee; auch wenn ich andere Sorten eigentlich lieber mag, bin ich gerade zu faul, mir welchen zu kochen.

„Übernimmt es nicht eigentlich Harry, mit Noah zum Training zu gehen?"

„Eigentlich schon, doch zum einen ist er mit Megan in die Karibik geflogen, zum anderen habe ich mit ihm besprochen, dass ich es in nächster Zeit übernehmen werde, unseren Sohn zum Training zu begleiten. Er geht nicht gerne mit seinem Vater dahin, weil der ihm ständig Anweisungen vom Spielfeldrand aus zuruft. Noah ist das peinlich. Harry ist neulich sogar vom Trainer deswegen ermahnt worden."

„Das wäre mir an seiner Stelle auch peinlich." Grinsend nippt Madison an ihrem Tee. „Hat Harry überhaupt Ahnung von Eishockey?"

„Harry hat von allem Ahnung, das weißt du doch." Ich zucke mit den Schultern. „Er ist aber tatsächlich eine ziemliche Sportskanone, und ich glaube auch, dass er es nur gut meint. Er will Noah helfen; dass er ihn damit unter Druck setzt und in unmögliche Situationen bringt, begreift er irgendwie nicht."

„Er ist eben nicht umsonst dein Ex ..."

„Allerdings nicht." Manchmal fällt es mir schwer, freundlich zu Harry zu sein. Bevor wir uns getrennt haben, hat er mich manchmal so dermaßen zur Weißglut getrieben, dass ich das Gefühl hatte, jeden Moment handgreiflich zu werden. Umgekehrt war es wahrscheinlich ähnlich. Wir haben mitunter tagelang nicht miteinander geredet, was trotzdem noch besser war, als sich permanent nur anzuschreien. Dafür finde ich, dass wir mittlerweile einen erstaunlich freundlichen Umgang miteinander haben, und wenn ich mir andere Paare mit Kindern anschaue, die sich getrennt haben, ist es bei uns eigentlich sehr unkompliziert. Natürlich gibt es immer mal Dinge, bei denen wir verschiedener Meinung sind, zum Beispiel Noahs Training, aber meistens finden wir eine Lösung, weil wir beide darum bemüht sind, dass es unserem Sohn so gut wie möglich geht.

Das ist mehr, als manche Paare schaffen, die noch zusammen sind, insofern kann ich mich eigentlich nicht beschweren.

27

Mia

* * *

Das letzte Mal, als ich die Eishalle gesehen habe, war in einer Übertragung eines Eishockeyspiels, das ich mit Noah zusammen im Fernsehen angeschaut habe, und die Eishalle quoll nahezu über vor Anspannung und Leben.

Heute ist es viel ruhiger, so wie wahrscheinlich meistens, wenn keine Spieltage sind.

Ich war als Kind oft zum Eislaufen hier, an manchen Tagen ist die Halle auch für die Öffentlichkeit freigegeben, und auch Noah und ich waren schon ein paarmal zum Schlittschuhlaufen da, sodass ich mich zumindest ein bisschen auskenne.

In der Umkleide, die den Kids zur Verfügung steht, helfe

ich Noah, die diversen Schoner anzulegen, bis er doppelt so breit aussieht wie vorher.

Ich weiß, dass die ganzen Schoner und Protektoren auch für die Kids bei manchen Vereinen gekauft werden müssen. In Midway kann man die Sachen zum Glück gegen eine verhältnismäßig kleine Gebühr leihen, um auch Kindern aus weniger wohlhabenden Familien zu ermöglichen, Eishockey zu spielen. Man mag es kaum glauben, doch allein für die Grundausstattung kommen bereits mehrere hundert Dollar zusammen, und gerade wenn es um die Sicherheit der Kinder geht, sollte ja durchaus auf eine gewisse Qualität Wert gelegt werden.

Der Verein hat vor ein paar Jahren dafür einen eigenen Fonds gegründet, und das Geld dafür kommt unter anderem aus Benefiz-Spielen und Spenden zusammen; einen Teil zahlt Mr. Montgomery, der Besitzer der Icefoxes. Lediglich die Schlittschuhe müssen die Eltern noch selbst anschaffen, dafür gibt es eine Art Secondhandladen, in dem man solche Dinge ein bisschen günstiger bekommen kann. Schließlich sind Kinder in dem Alter aus ihren Sachen manchmal im Nu wieder herausgewachsen.

„Hilfst du mir mit den Schlittschuhen, Mommy?“ Eigentlich ist mein Sohn ziemlich selbstständig, und ich würde gar nicht auf die Idee kommen, ihm überhaupt beim Umziehen zu helfen; aber mit den ganzen Schnallen und Verschlüssen ist es für ein Kind in seinem Alter schwierig, allein zurechtzukommen, sodass ich ihm nun die Schlittschuhe schnüre.

„Gut so oder zu locker?“, frage ich – Harry hat mir schließlich genaue Anweisungen gegeben, er beschränkt sich bei solchen Dingen nicht bloß auf seinen Sohn.

Noah wackelt kurz mit den Beinen.

„Perfekt!“, antwortet er, dann springt er auf und schnappt sich seinen Helm.

Mit den Schonern über den Kufen stakst er vorsichtig in Richtung Eisfläche, und ich folge ihm ein Stück, biege allerdings kurz vorher ab, um direkt hinter der Bande auf einer der Zuschauerbänke Platz zu nehmen, dort, wo schon einige andere Mütter und Väter sitzen, um ihren Kindern beim Training zuzusehen.

Da das Training für die Minis eine Stunde dauert und sie danach wieder Hilfe beim Umziehen brauchen, lohnt es sich auch kaum, woanders hinzugehen; außerdem bin ich neugierig, schließlich begleite ich Noah das erste Mal zum Training.

Der Trainer erscheint auf der Eisfläche und lässt die Kinder warmlaufen, während er irgendetwas von einer Überraschung erzählt; ich höre nur halb hin, weil mein Handy in meiner Tasche vibriert. Agnes, unsere neue Sekretärin, wollte mir noch ein paar Unterlagen zusenden, aber es sind nur irgendwelche Hundebilder, die mir eine entfernte Bekannte schickt, die ständig irgendwelchen Spam weiterleitet.

Ich tippe gerade eine Antwort, als eine gewisse Unruhe ausbricht; die Mutter, die links neben mir sitzt, schnappt hörbar nach Luft.

„O mein Gott …“, flüstert sie, und als ich sie anschaue, ist sie gerade dabei, sich mit der Hand Luft zuzufächeln. „Das ist Luke Steward. Es scheint so, als würde er heute die Kids trainieren.“ Aufgeregt krallt sie sich in meinem Arm fest, dabei kennen wir uns eigentlich kaum, ich habe sie nur ab und an mal vor der Grundschule getroffen, die unsere Kinder gemeinsam besuchen. „Er ist so heiß, findest du nicht auch?“

Mein Blick fliegt nach vorn und fällt mitten in Lukes

strahlend blaue Augen. Er wirkt müde, seine Lippe ist noch nicht völlig verheilt, und unter seinem linken Auge kann man noch die Reste eines Blutergusses erkennen; doch als er mich sieht, lächelt er kurz und winkt mir zu. Mein Herz beginnt zu rasen und in meinem Bauch fängt eine ganze Horde voller Schmetterlinge an, Tango zu tanzen. Es ist so intensiv, dass es mir fast schon zu viel ist.

„O mein Gott ...", flüstert die Frau neben mir erneut. „Kennt ihr euch etwa? Er ist einfach hinreißend, wenn er lächelt. Der Typ ist so heiß, dass es mich wundert, dass er das Eis unter sich nicht zum Schmelzen bringt." Anscheinend hat es ihr bei Lukes Anblick auch ein paar Sicherungen weggeschmolzen, denn soweit ich sie kennengelernt habe, war sie ansonsten immer sehr zurückhaltend.

Ich schaue auf die Eisfläche, doch Luke ist jetzt völlig auf die Kinder konzentriert, die alle auf einmal auf ihn einreden. Schließlich bringt er sie mit einer kurzen Handbewegung zum Schweigen, dann startet er das Training. Dabei würdigt er mich keines weiteren Blickes mehr, so, als würden wir uns nur flüchtig kennen, so, als wären wir nichts weiter als Bekannte. Genau so, wie ich es mir gewünscht habe. Aber was soll ich sagen? Irgendwie fühlt es sich einfach falsch an.

Die Mutter von Noahs Grundschulkollegem kann überhaupt nicht mehr aufhören, darüber zu reden, wie toll sie Luke findet, und ich bin mir sicher, sie hätte die Sache mit ihm niemals freiwillig beendet, dabei ist sie bestimmt zehn Jahre älter als ich. Am liebsten würde ich ihr sagen, dass sie gefälligst die Klappe halten und damit aufhören soll, solche Gedanken über meinen Freund zu haben.

Meinen Freund ...

Anscheinend ist bei mir auch irgendetwas durchgebrannt, denn ich bin kaum noch in der Lage, klar zu denken, während ich damit beschäftigt bin, jede von Lukes Bewegungen zu beobachten.

Ich habe es geschafft, mir irgendwie einzureden, dass es auch ohne ihn geht, dass es gut ist ohne ihn, dass es besser so ist.

Jetzt, wo ich ihn sehe, wird mir plötzlich klar, dass ich mir nur etwas vorgemacht habe, und zwar gründlich.

Luke

* * *

Er hat nicht gewusst, dass Mia hier sein würde, und er ist sich auch nicht sicher, ob er sich darauf eingelassen hätte, das heutige Training für die Kids zu übernehmen, wenn er vorher davon erfahren hätte.

Eigentlich hätte Luke sich so etwas denken können, denn es ist schon merkwürdig, dass ihm die Teamleitung ausgerechnet ein Kindertraining als „Strafe" für die Prügelei hat einfallen lassen, da Luke dieses auch oft genug freiwillig übernimmt.

Ohnehin war Tyson die letzten beiden Tage auffällig freundlich zu ihm, oder vielmehr hat er Luke einfach in Ruhe gelassen, was mehr als erstaunlich war.

Der arme Tucker hat deutlich mehr Ärger bekommen, denn auch wenn Luke und Tucker die Prügelei nicht begonnen haben, haben sie auch nicht gerade versucht, die Situation wirklich zu entschärfen, und auch die Nothilfe ist eher vorgeschoben als ein tatsächlicher Grund für die Handgreiflichkeiten gewesen.

Natürlich hatten die Typen es höchstwahrscheinlich verdient, einer von ihnen war auch schon mehrfach vorbestraft – unter anderem wegen häuslicher Gewalt –, dennoch, und das hat die Teamleitung gleich mehrfach betont, ist das kein Grund, ebenfalls gewalttätig zu werden. Selbstjustiz ist strafbar, der Ruf der Mannschaft steht auf dem Spiel, Teamverweis, niemand nimmt einen mehr, Verantwortung für andere, Vorbildfunktion … Luke schwirrt immer noch der Kopf von dem stundenlangen Vortrag, den Tucker und er sich anhören mussten.

Wahrscheinlich wäre Luke normalerweise mit einer simplen Rüge davongekommen, denn im Gegensatz zu Tucker hat er sich vorher noch nie etwas in der Art geleistet, aber wie heißt es so schön? Mitgegangen, mitgefangen, mitgehangen. Es war eben Pech, dass es ausgerechnet mit Tucker zusammen passiert ist, der im Übrigen noch viel mehr Ärger bekommen hat und nun einen großen Teil seiner freien Zeit bei gemeinnütziger Arbeit in irgendeiner Bibliothek verbringen muss, da er ansonsten aus dem Team geflogen wäre.

Lukes Strafe mit dem Kindertraining ist also mehr als mild ausgefallen.

Theoretisch zumindest.

Denn praktisch würde er die Eisfläche gerade am liebsten wieder verlassen. Das Training für die Kids ist lächerlich gemessen an dem, was Luke jeden Tag an eigenem Training leisten muss, und doch schwitzt er, und es kommt ihm vor, als würde die Stunde überhaupt nicht vergehen wollen.

Die gesamte Zeit über ist er sich Mias Blicken auf sich

mehr als bewusst, es ist, als könne er spüren, dass sie ihn beobachtet.

Er selbst versucht es zu vermeiden, auch nur in ihre Richtung zu schauen, denn er ist sich ziemlich sicher, dass niemand mehr glauben würde, dass sie nicht mehr als flüchtige Bekannte sind, wenn er sie noch einmal anschaut. Luke war noch nie gut darin, seine Gefühle zu verbergen, und es ist weder der richtige Ort noch die richtige Zeit dafür, um Mia mit Blicken zu verschlingen.

Irgendwann neigt sich die Stunde dennoch ihrem Ende zu, und Luke klatscht in die Hände, um die Aufmerksamkeit der Kids zu bekommen, die die letzten Minuten damit beschäftigt gewesen sind, kurze Pässe auf das Tor zu üben.

„Es war mir eine Freude, mit euch trainieren zu dürfen, Jungs. Wir sehen uns nächste Woche wieder“, verabschiedet er sich und versucht dann, so schnell wie möglich vom Eis zu kommen, was ihm leider nicht gelingt, weil dort bereits zwei völlig aufgeregte Mütter und ein ebenso aufgeregter Vater stehen, um ihn abzufangen.

Tatsächlich ist dies der einzige Teil, den er am Training mit den Kindern nicht mag.

Die Eltern, die etwas von ihm wollen.

Es wäre ja kein Problem, wenn sie bloß noch mal kurz über die Stärken und Schwächen ihrer Kinder beim Training mit ihm sprechen wollten oder über Dinge, die man mit dem Trainer seiner Kinder eben sonst so bespricht, aber sie wollen immer etwas anderes von ihm. Etwas, was nichts mit dem Training zu tun hat.

Die Väter wollen Autogramme und mit ihm über die letzten Spiele sprechen oder über Eishockey im Allgemeinen, so wie man es vielleicht mit einem Freund bei einem

Glas Bier macht. Wahrscheinlich hätten sie nichts dagegen, wenn Luke zu ihrem besten Kumpel werden würde, nicht, weil er so eine unglaublich nette Person ist, sondern einfach deshalb, weil er bekannt ist.

Die Frauen wollen auch Autogramme. Und der Art nach zu urteilen, wie die Mutter, die als Erste auf ihn wartet, ihr Haar zurückwirft und mit den Wimpern klimpert, wollen sie auch noch andere Dinge von ihm. Das könnte schmeichelhaft sein, aber die Beweggründe dafür liegen, neben seinem Äußeren, auch nur darin, dass Luke bekannt ist, und irgendwie scheint es als besonders cool zu gelten, Sex mit einem Promi zu haben. Wobei er sich fragt, wem sie wohl davon erzählen wollen, da die meisten von ihnen offenkundig verheiratet sind. Luke wagt es zu bezweifeln, dass die entsprechenden Ehemänner es sonderlich cool finden würden, wenn er ihre Ehefrauen nagelt, egal, wie gerne sie selbst mal mit ihm ein Bier trinken gehen würden. Letztendlich spielt es auch keine Rolle, was sie davon halten. Die Autogramme gibt Luke gerne – das ist ein Teil seines Jobs als prominenter Spieler.

Die Informationen über die Kids und deren Leistung beim Training gibt Luke gerne – das ist Teil seines Aushilfsjobs als Trainer.

An allem anderen hat er kein Interesse, nicht das geringste.

Er möchte mit keinem der Väter befreundet sein, denn er hat genug Freunde – Freunde, die ihn nicht nur deshalb mögen, weil sie vor ihren anderen Freunden damit angeben können, ihn zu kennen.

Er will auch mit keiner der Mütter ins Bett, wobei es ihm vielleicht noch egal wäre, wenn diese vor wem auch immer damit angeben würden, dass sie mit ihm in der Kiste waren. Doch die einzige Mutter, die ihn diesbezüglich interessiert, packt gerade ihre Sachen zusammen, schnappt sich ihren Sohn und geht, bevor er ein einziges Wort mit ihr sprechen konnte.

Vielleicht muss er einfach langsam akzeptieren, dass Mia keinen Deut besser als die Groupies und Trikotjägerinnen ist, die er sonst so kennenlernt. Letztendlich wollen sie anscheinend alle bloß Geld oder Sex oder beides.

Mit zusammengebissenen Zähnen schaut er Mia hinterher, die gerade im Umkleideraum verschwindet.

Mia

* * *

DIE GESAMTE ZEIT über habe ich überlegt, ob ich noch zu Luke gehe, um mit ihm zu sprechen, bevor Noah und ich nach Hause fahren.

Es hat sich merkwürdig angefühlt, hier zu stehen und ihm so nah zu sein, ihn zu beobachten. Es hat mir wehgetan, ihn lächeln zu sehen und zu wissen, dass er auch mal für mich gelächelt hat, es allerdings jetzt nicht mehr macht, einfach deshalb, weil ich es verboten habe.

Es hat sich auch angefühlt, als wären wir mal Teil von etwas gewesen, er und ich, und jetzt sind wir es nicht mehr, aber als hätten mein Körper und meine Seele das noch nicht zur Kenntnis genommen.

Ich bin kein Mensch, der zu Gewalttätigkeiten neigt, doch

ich hätte die Mutter, die neben mir stand und die ganze Zeit davon gefaselt hat, wie unglaublich hinreißend Luke Steward doch ist, gerne geschubst. Und zwar so, dass sie mit ihrem hübschen, operierten Gesichtchen auf der Eisfläche landet. Ich hätte sie gerne angebrüllt, dass sie Luke sowieso niemals in die Finger bekommen wird, weil er nämlich mir gehört, verdammt noch mal, mir, mir, mir!

Ich kam mir vor wie Gollum, der beobachten muss, wie jemand anderes seinen Schatz haben will. Es hätte nicht viel gefehlt und ich hätte mich auf Luke gestürzt, mit irrem Blick und davon faselnd, dass mein Schaaaaaatzzzzz zu mir gehört.

Irgendwie ist es mir letztendlich gelungen, mich zusammenzureißen, und ich bin der Mutter, die jetzt nicht mehr neben mir, sondern vor Luke steht, gerade beinahe ein bisschen dankbar dafür, dass sie sich so dreist an ihn heranschmeißt.

Das macht es mir einfach, die Eishalle zu verlassen, ohne etwas Dummes zu tun, denn ich müsste mich vermutlich tatsächlich mit ihr prügeln, damit sie mich zu ihm durchlässt.

„Du tust mir weh, Mommy!“, sagt Noah neben mir und schaut mich mit großen, besorgten Augen an. Erst jetzt fällt mir auf, wie fest ich seine Hand umklammert halte.

„Oh, das tut mir leid, mein Schatz …“, antworte ich erschrocken und lasse ihn los. „Ich wollte dir nicht wehtun.“ Lächelnd zuckt mein kleiner Sohn mit den Schultern.

„Das weiß ich doch, Mommy!“ Dann ist das Ganze für ihn bereits vergessen, denn er summt vergnügt vor sich hin, während ich ihm dabei helfe, seine Ausrüstung abzulegen.

Wir sind gerade damit fertig, als Tyson in den Umkleideraum kommt.

„Hey, ihr zwei, da seid ihr ja! Ich habe dich vorhin spielen gesehen, Großer!" Er hält Noah eine Faust hin, und dieser klopft mit seiner eigenen Faust dagegen und sieht dabei so ernsthaft aus, dass ich schmunzeln muss. „Ich musste schließlich mal sehen, wie sich Madisons und mein Geschenk so macht." Er zwinkert mir zu, bevor er sich wieder Noah zuwendet. „Ich finde, du machst dich großartig auf dem Eis. Und bist du schon aufgeregt wegen Samstag?"

„Samstag?" Noahs Blick wandert zu mir; er wirkt ein bisschen ratlos.

„Ich habe euch doch Karten für das Spiel am Samstag besorgt. Hat deine Mommy dir gar nichts erzählt?" Dann zuckt er zusammen und sieht irgendwie schuldbewusst aus. „Oh, ich hoffe, ich habe jetzt keine Überraschung verdorben?"

Verlegen nestele ich an den Verschlüssen von Noahs Schlittschuhen herum. Wenn ich ehrlich bin, habe ich die Karten völlig vergessen, oder vielmehr habe ich verdrängt, dass wir sie bekommen haben.

Seit ich die Sache mit Luke beendet habe, habe ich mir kein einziges Spiel mehr angesehen, aber na ja. Jetzt werde ich wohl kaum noch darum herumkommen, ohne in ernsthafte Erklärungsnöte zu geraten.

„Kein Problem." Lächelnd schaue ich zu Tyson auf, nachdem ich mich wieder halbwegs in den Griff bekommen habe. „Vorfreude ist sowieso viel besser als eine Überraschung." Obendrein wäre es auch nicht in Ordnung gewesen, die Karten einfach verfallen zu lassen, allerdings habe ich sie wirklich völlig verdrängt.

„Heißt das, dass wir Samstag ein Spiel anschauen?" Noahs Augen sind groß und rund geworden. Ich nehme ihm den zweiten Schlittschuh vom Fuß und lächle ihn an.

„Ich schätze, das heißt es wohl!"

Das anschließende Freudengeschrei meines Sohnes ist so laut, dass ich vor Schreck zusammenzucke.

Tyson betrachtet ihn grinsend und verschränkt die Arme.

„Ich merke schon, Vorfreude ist wirklich viel, viel besser als eine Überraschung. Also dann, ihr zwei, wir sehen uns am Samstag." Er zwinkert uns zu, um dann zu verschwinden.

Noah ist völlig aufgekratzt, als wir endlich nach Hause gehen.

„Oh, das wird großartig, Mommy! Ich freue mich darauf, Luke wiederzusehen. Und wann können wir eigentlich mal nach den Kätzchen schauen? Sie sind mittlerweile bestimmt viel größer geworden! Wir können doch bald mal nach ihnen schauen, oder? Du hast versprochen, dass ich sie besuchen kommen kann. Versprochen ist versprochen und wird auch nicht gebrochen. Stimmt's?"

Ich habe mich vorher bereits schrecklich gefühlt, doch jetzt ist es noch schlimmer.

Anscheinend habe ich momentan ein riesiges Talent dafür, andere Menschen zu enttäuschen, inklusive mich selbst.

Zum Glück ist Noah abgelenkt, weil er in diesem Augenblick die Werbung für einen neuen Kinofilm entdeckt, den er gerne mal anschauen würde, aber ich weiß, dass das Thema noch nicht vom Tisch ist. Und was mache ich dann? Ich habe es ihm ja tatsächlich versprochen. Manchmal ist Moral eine verdammt heikle Angelegenheit.

28

Luke

* * *

„Du hast gewusst, dass Mia heute kommen wird.“ Luke baut sich vor Tyson auf, der verzieht jedoch keine Miene und löst völlig unbeeindruckt die Verschnürung seiner Schlittschuhe.

„Woher soll ich das gewusst haben? Sonst kommt immer ihr schnöseliger Exmann mit Noah her. Ich kann den Typen übrigens nicht leiden. Zum Glück ist Mia nicht mehr mit ihm zusammen. Eine Frau wie sie hat wirklich Besseres verdient als solch einen Typen.“

„Lenk nicht vom Thema ab!“, zischt Luke sauer, und nun richtet sich Tyson auf. Mit verschränkten Armen lehnt er sich auf der Bank zurück, auf der er sitzt, und betrachtet Luke eingehend.

„Ich lenke nicht vom Thema ab, und ich glaube nicht, dass du in der Position bist, mir irgendwelche Vorwürfe zu machen."

„Du magst zwar mein Teamkapitän sein, allerdings gibt dir das noch lange nicht das Recht, dich in mein Privatleben einzumischen!"

„Niemand mischt sich hier in dein Privatleben ein. Das stünde mir gar nicht zu." Dann breitet sich ein Grinsen auf Tysons Gesicht aus. „Aber meiner Frau steht es zu, sich in das Privatleben ihrer besten Freundin einzumischen und ihrem Glück ein bisschen auf die Sprünge zu helfen. Ich hingegen helfe bloß meiner Frau." Beinahe entschuldigend hebt er die Hände in die Luft. „Happy wife, happy life – du weißt doch, wie so etwas läuft. Ich zumindest habe es ziemlich schnell gelernt."

Zähneknirschend lässt sich Luke neben Tyson auf die Bank fallen und lässt seinen Kopf nach hinten sinken, sodass dieser mit einem hohlen Scheppern gegen das Metall der Spindtür knallt.

„Mia ist auch nicht besser als all die anderen. Die einen wollen Kohle, die anderen Ruhm, wieder andere wollen bloß vögeln. Mia gehört in die letztere Kategorie. Anscheinend haben alle Mütter dieser Welt doch recht, es wimmelt nur so vor Schlampen da draußen."

Tyson lacht leise.

„Das hat sie dir gesagt? Dass sie ausschließlich Sex wollte?"

„Allerdings." Luke beginnt nun ebenfalls damit, sich seine Schlittschuhe aufzuschnüren.

„Und das hast du ihr geglaubt?"

„Sagen Frauen so etwas, wenn sie es nicht meinen? Ich wüsste nicht, was sie für einen Grund dafür hätte."

„Weißt du noch, als wir dieses dämliche Teamtraining gemacht haben, als du noch ganz neu hier warst? Diesen Psychoscheiß, wo sich einer mit verbundenen Augen in die Mitte stellen musste, um sich dort fallen zu lassen."

Schnaubend lacht Luke auf.

„Das werde ich niemals vergessen. Ihr Arschlöcher habt mich gezwungen, mich als Erster in die Mitte zu stellen, und dann hat Tucker mich geschubst, bevor ich auch nur eine Chance hatte, mich von selbst fallen zu lassen."

„Du hast stundenlang gezögert, und wir wollten gerne, dass es endlich weitergeht."

„Ich habe höchstens ein paar Sekunden lang gezögert." Luke schiebt sich die Schlittschuhe von den Füßen und rollt die Stulpen herunter, um die Schienbeinschoner ausziehen zu können.

„Würdest du heute ebenfalls noch so lange zögern?" Auch Tyson ist nun dabei, seine Ausrüstung weiter abzulegen. Luke hält einen Moment inne und schaut zu ihm hoch.

„Vermutlich nicht."

„Aha! Und warum hast du es damals getan?"

Einen Moment lang herrscht Schweigen zwischen ihnen beiden, aus den Duschräumen nebenan dringen Gesprächsfetzen und Gelächter zu ihnen herüber.

„Um ehrlich zu sein, hatte ich Angst. Ich kannte euch ja kaum und wusste nicht, ob sich vielleicht jemand einen schlechten Scherz erlaubt und ich im nächsten Augenblick der Länge nach auf dem Boden aufknalle."

„Ha!" Tyson klingt, als hätte Luke einen genialen

Lösungsweg für eine bisher als unlösbar geltende mathematische Gleichung entdeckt, ohne es selbst begriffen zu haben, und Luke starrt ihn mit gerunzelter Stirn an.

„Was willst du mir mit ‚Ha!' bitte genau mitteilen?"

„Eigentlich dachte ich, dass du clever genug wärst, um das selbst herauszufinden. Aber wenn du noch einen Tipp brauchst: Madison und ich spielen ein bisschen Tucker! Mia muss lernen, dass sie dir vertrauen kann, und wenn sie das nicht von selbst schafft, müssen wir eben ein bisschen nachhelfen und schubsen. Und du, mein Lieber, wirst verdammt noch mal bereitstehen und sie auffangen."

Wie aufs Stichwort kommt Tucker Frost aus der Dusche, ein Handtuch um die Hüfte geschlungen und ein breites Grinsen auf den Lippen.

„Wer will mit mir spielen?", fragt er und klingt höchst interessiert.

„Niemand, Tucker, niemand. Übrigens wollen der Coach und seine Frau dich noch sprechen."

Dann wendet Tyson sich ab und sagt einfach nichts mehr.

Mia

* * *

ICH HABE Noah und mir ein Sweatshirt gekauft, ein graues, mit einem Logo der Icefoxes darauf. Es ist das erste Mal überhaupt, dass wir etwas im Partnerlook tragen, und mein Sohn findet es großartig.

Zumindest glaube ich das, denn er findet heute so ziemlich alles großartig, was auch nur annähernd mit dem Spiel zu tun hat, zu dem wir nachher gehen werden.

Meine Gefühle sehen etwas anders aus.

Seit wir Tyson beim Training getroffen haben, und natürlich Luke, habe ich Magenschmerzen. Bei dem Gedanken daran, dass ich Luke heute schon wiedersehen werde, werden sie noch schlimmer.

Nervös wische ich meine Hände an der Jeans ab, die ich trage.

Warum verdammt noch mal fällt mir das so schwer? Es sollte mir nicht schwerfallen. Es ist ja nicht so, als hätten wir eine Beziehung gehabt oder so.

Trotzdem fühlt es sich nach Liebeskummer an. Nach schrecklichem, großem Liebeskummer sogar.

Ich träume von Luke, und zwar jede verdammte Nacht. Mittlerweile habe ich alle Websites gesperrt, auf denen ich mir seine Fotos anschauen könnte, nur um die Sperre täglich wieder aufzuheben. Dann sitze ich da und starre seine Bilder an, stelle fest, wie schön er ist, wie sehr ich mich nach ihm sehne. Ich habe das Gefühl, dass er mittlerweile mein gesamtes Denken beherrscht, denn in meinem Kopf gibt es immer nur Luke und Luke und Luke. Es macht mich völlig wahnsinnig, an ihn zu denken, nur leider ist es mir unmöglich, *nicht* an ihn zu denken.

Ach, das ist doch beschissen. Ich finde, es ist total unfair, wenn es einem das Herz zerreißt, das Richtige zu tun.

Madison holt uns ab, damit wir zusammen zum Spiel fahren können, und die Plätze sind absolut unglaublich. Wir sitzen direkt hinter den Spielerbänken, noch näher an der Eisfläche geht kaum.

Das Stadion brummt nur so vor angespannter Atmosphäre, und als die Spieler einlaufen, bricht der Jubel los.

Tyson fährt als Teamkapitän eine Ehrenrunde, aber als Lukes Nummer aufgerufen wird, entbrennt beinahe genauso viel Jubel, und vor allem die weiblichen Fans beginnen zu kreischen.

Die Spieler nehmen auf der Bank direkt vor uns Platz, und Lukes Blick wandert hinter sich, als würde er nach etwas suchen.

Als er mich entdeckt, findet sein Blick den meinen, und sein Gesichtsausdruck ist ernst, beinahe ein bisschen traurig. Mein Herz beginnt zu rasen, und ich spüre einen tiefen, schmerzhaften Stich. Ich habe ernsthaft körperliche Schmerzen dabei, Luke zu sehen und zu wissen, dass er nicht zu mir gehört. Ich hätte niemals gedacht, dass so etwas überhaupt möglich ist.

Dann beginnt er zu lächeln, und es fühlt sich an, als würde die Sonne aufgehen. Ich kann gar nicht anders, als sein Lächeln zu erwidern. Schließlich wandert Lukes Blick zu Noah, und er tippt sich kurz an den Helm.

„Da ist Luke, Mom!“ Aufgeregt zupft Noah mir am Ärmel. „Und er hat uns gesehen!“

„Ja, das hat er, mein Schatz.“ Und ich habe ihn auch gesehen und kann nun den Blick nicht mehr von ihm abwenden.

Ich bin noch nie bei so einem Spiel gewesen, und ich bin mir sicher, dass die Atmosphäre absolut ansteckend ist.

Die Fans skandieren ständig irgendetwas, sie singen, sie hüpfen reihenweise für ihre Mannschaft – es ist ein unglaubliches Spektakel. Ich habe zwar durch die Spiele, die ich mit Noah zusammen im Fernsehen angeschaut habe, eine ungefähre Ahnung davon gehabt, was hier passiert, aber es live zu erleben, ist noch mal eine ganz andere Nummer.

Normalerweise würde ich mich davon mitreißen lassen, doch ich kann nicht. Ich nehme nur am Rande wahr, wie unglaublich das alles ist, denn all meine Aufmerksamkeit ist völlig auf Luke fixiert.

Er ist fantastisch. Ich erkenne einmal mehr, dass er nicht umsonst als einer der besten Spieler der Profiliga gehandelt wird, allerdings ist es nicht das, was meine Aufmerksamkeit so sehr fesselt.

Bei jedem Reihenwechsel, wenn Luke sich für kurze Zeit auf die Bank setzen muss, um mit anderen Spielern den Platz auf dem Eis zu tauschen, findet sein Blick den meinen und hält ihn kurz gefangen, und jedes Mal wird mein Mund trocken und meine Knie werden weich.

Es wäre besser, wenn ich ihn nicht so anstarren würde, aber das kann ich nicht. Ich habe das Gefühl, dass ich nicht dazu in der Lage bin, meinen Blick von ihm abzuwenden.

Als am Ende des letzten Drittels der Jubel der Fans um mich herum ausbricht, weiß ich, dass die Icefoxes gewonnen haben, und erst als Luke das Eis verlässt, schaffe ich es, mir die Tafel mit dem Spielstand anzusehen, die mir verrät, dass ich recht habe.

„Das war super!“ Noah hüpft neben mir auf und ab und Madison lächelt.

„Das war es allerdings.“ Sie sieht zu mir her, als würde sie ganz genau wissen, was mit mir los ist, lächelt ein weiteres Mal, bevor sie sich wieder Noah zuwendet.

„Komm, wir wollen mal schauen, ob wir nicht ein paar Autogramme für dich bekommen können, damit dein Sweatshirt noch cooler wird.“ Sie zaubert einen wasserfesten Stift aus ihrer Tasche, und bevor ich etwas sagen kann, ist sie mit Noah an der Hand verschwunden und hat mich allein hier sitzen gelassen.

Ein wenig verloren schaue ich mich um. Die meisten der Fans sind schon aufgestanden und drängen nun in Richtung der Ausgänge, als sich neben mir eine leichte Unruhe breitmacht.

Ich drehe den Kopf in die Richtung, aus der die Stimmen lauter werden. Dann sehe ich Luke, der noch in voller Montur auf mich zukommt.

Ein paar Fans stellen sich ihm in den Weg und wollen Autogramme von ihm haben, darunter auch zwei Groupies, die nicht verstanden haben, dass ein Trikot ein Oberbekleidungsstück ist, zu dem man eine Hose trägt, und es deshalb als Kleid zweckentfremden. Ein ziemlich kurzes Kleid, mit Lukes Namen und seiner Rückennummer darauf, und ich würde beinahe darauf wetten, dass sie sich diese auch auf ihr Höschen gedruckt haben, sofern sie denn überhaupt eines tragen. Ich bewundere beinahe so viel Einsatz, zumal ich mir alles abfrieren würde, wenn ich so herumlaufen müsste. Doch Luke ignoriert die beiden völlig, bahnt sich höflich, aber bestimmt seinen Weg und lässt sich anschließend neben mich fallen mit einem Sitz Abstand zwischen uns.

„Hey, Mia …“ Er trägt keinen Helm mehr und sein Haar sieht verschwitzt und zerzaust aus. Er ist umwerfend.

In meinem Kopf herrscht völlige Leere, ich kann nichts tun, als ihn dümmlich anzustarren.

„Hallo, Luke!“, sage ich schließlich und bin erstaunt, dass ich mich überhaupt noch daran erinnere, wie man redet.

Dann beginnt Luke zu lächeln, und das stellt sehr seltsame Dinge mit mir an.

Mein Herz beginnt schon wieder zu rasen, meine Zunge klebt an meinem Gaumen, in meinem Kopf scheint sich bloß noch Watte zu befinden und in meinem Bauch purzeln ganze Horden irgendwelcher Flattertiere wild durcheinander.

Bevor ich überhaupt weiß, was ich da eigentlich tue, habe ich die Hand ausgestreckt, um Luke zu berühren, doch er weicht zurück.

„Nicht …“, sagt er und hebt abwehrend die Hände, während er die Nase rümpft. „Ich stinke. Hockeymief. Schweiß in Schoner und Schutzausrüstung – extrem eklig.“ Ich lasse meine Hände wieder sinken und komme mir irgendwie albern vor. „Wie auch immer …“ Jetzt lächelt Luke erneut. „Ich wollte mich eigentlich nur erkundigen, ob Noah und dir das Spiel gefallen hat.“

„Es war großartig!“, flüstere ich, weil ich zu mehr nicht in der Lage bin, und Luke macht den Eindruck, als würde ihn meine Antwort freuen.

„Prima, das ist schön zu hören.“ Er steht auf. „Also, man sieht sich!“ Er hebt seine Hand zum Abschied, dann verschwindet er wieder, nach wie vor ignoriert er all die lauernden Fans und Groupies, beziehungsweise weicht ihnen mit einem charmanten Lächeln einfach aus.

Ein wenig fassungslos bleibe ich sitzen und starre Luke hinterher. Aus der Ferne beobachte ich, wie Noah und Madison kurz bei ihm stehen bleiben und er Noahs Hoodie signiert und ihm kurz über den Kopf streicht, schließlich verschwindet Luke, vermutlich Richtung Umkleideraum.

„Können wir los?“ Madison kommt so unschuldig lächelnd zu mir zurück, dass ich mir sicher bin, dass sie ganz genau weiß, was zwischen Luke und mir los ist. „Noah hat alle Unterschriften vom Team gesammelt. Tyson braucht noch eine Weile, Nachbesprechung und so. Er kommt erst später. Ich bringe euch nach Hause."

Mit meinem selig lächelnden Sohn an der Hand verlasse ich ziemlich aufgewühlt das Stadion.

29

Luke

* * *

Tyson muss bei der Sache mit dem Vertrauen etwas falsch verstanden haben, denn der Trick bei dem Ganzen liegt nicht darin, dass man jemanden schubst, sondern dass dieser sich von selbst fallen lässt. Voller Vertrauen eben.

Luke will keine Mia, die geschubst wird. Er will eine, die ihm genug vertraut, um sich von selbst fallen zu lassen, und wenn sie dafür Zeit braucht, dann ist das eben so.

Zu warten gehört zwar nicht unbedingt zu Lukes Stärken, Beharrlichkeit allerdings schon. Manchmal lohnt es sich, ein wenig Geduld zu haben.

Mia gegenüberzusitzen, ohne sie zu küssen, ohne sie zu berühren, hätte vorhin allerdings beinahe gereicht, um jede

Geduld über Bord zu werfen und stattdessen direkt im Stadion über sie herzufallen. Die Sache offiziell zu machen, denn bei den vielen Kameras, die es dort gibt, hätten sie wohl kaum noch geheim halten können, dass da mehr zwischen ihnen ist.

Stattdessen ist er gegangen, hat sich geduscht, sich umgezogen und ist mit den Jungs noch in eine Bar gegangen. Er hat so getan, als wäre nie mehr als Freundschaft zwischen ihnen gewesen.

Vielleicht empfindet er ein kleines bisschen Genugtuung dabei.

Mia hat ihm wehgetan, sie hat ihn verletzt und enttäuscht.

Dass sie nun auch ein bisschen leidet – und das hat sie, er konnte es an ihrem Gesicht ablesen –, ist ihm eine Genugtuung. Außerdem bedeutet es, dass sie mehr für ihn empfindet, als sie sich eingestehen will.

Sie muss es nur noch erkennen.

Mia

* * *

Ich besuche mit Noah jedes Heimspiel der Icefoxes, dass wir uns ansehen können, ohne dass Noah am nächsten Tag unausgeschlafen wäre, weil es zu spät wird.

Ich bin froh, dass Madison so umsichtig war und einen dieser Stifte genommen hat, die man mit einem Bügeleisen fixieren kann, um Noahs Hoodie signieren zu lassen, ansonsten würde das gute Stück mittlerweile vermutlich stehen vor Dreck, weil ich es nicht waschen dürfte.

Luke schenkt uns Karten für jedes einzelne Spiel, ich finde sie immer in meinem Briefkasten. Jedes Mal schreibt er einen kurzen Gruß dazu. Einen Gruß von der Art, wie man ihn auch seiner Nachbarin, seiner Putzfrau oder seiner Chefin hinterlassen könnte – freundlich und ein bisschen unpersönlich.

Das macht irgendetwas mit mir, was ich nicht benennen kann. Das alles macht etwas mit mir ... es macht mich verrückt.

Es macht mich verrückt, Luke zu sehen, aber ihn nicht berühren zu dürfen.

Es macht mich wahnsinnig, dass ich weiß, dass er weiß, dass ich ihn immer noch will – und ich vermute, er will mich auch.

Ich habe keine Ahnung, wie er das macht, ob es seine ganz spezielle Art und Weise ist, um mich zu werben, und wenn ja, warum sollte er das tun?

Wir hatten eine Affäre, verdammt noch mal, und ich habe sie beendet.

Luke lässt immer noch nicht locker. Müsste er nach all dieser Zeit nicht eigentlich über eine Affäre hinweg sein?

Vor allem: Müsste ich nicht längst darüber hinweg sein?

Um es auf den Punkt zu bringen: Ich bin nicht darüber hinweg. Der Schmerz, den ich empfinde, seit die Sache zwischen Luke und mir zu Ende ist, ist nicht mal geringer geworden. Ganz im Gegenteil, er wird von Tag zu Tag stärker.

„Was ist los mit dir?“, fragt Madison mich, als ich am Freitag ins Büro komme. „Du wirst immer blasser und die Ringe unter deinen Augen sehen aus, als müssten sie bald eine eigene Hausnummer beantragen." Sie kommt zu mir ins Büro und setzt sich auf die Schreibtischkante. Wenn sie so sitzt, erkennt man schon einen kleinen Bauch, obwohl sie eine weite Bluse trägt. Lange werden Tyson und sie ihr süßes Geheimnis nicht mehr für sich behalten können. Ich weiß, dass Madison so lange wie möglich nichts über ihre Schwangerschaft erzählen möchte, weil sie es so unbeschwerter genießen kann ohne den ganzen Pressetrubel, den es sicherlich geben wird, sobald ihre Schwangerschaft bekannt wird. „Ich mache mir Sorgen um dich, Mia."

Ich seufze tief und reibe mir mit den Händen über die Augen.

Wir haben nie offiziell darüber geredet, über Luke und mich, aber irgendwoher weiß sie trotzdem, was los ist. Madison ist nicht dumm, und ich bin bei jedem von Lukes Spielen gewesen – sie kann sicherlich eins und eins zusammenzählen. „Magst du mir erzählen, wo das Problem zwischen dir und Luke ist?", bestätigt sie in diesem Moment meinen Verdacht.

„Um ehrlich zu sein, weiß ich das selbst nicht mehr so ganz", murmle ich, denn das ist die Wahrheit. Je mehr ich darüber nachdenke, warum ich mich nicht auf etwas Festeres mit Luke eingelassen habe, desto lächerlicher erscheinen mir meine Beweggründe. „Ich dachte, er wäre zu jung, zu wenig da, keine Vaterfigur für Noah." Ich schweige einen Moment lang, schließlich sehe ich Madison an. „Ich dachte, ich wäre nicht in ihn verliebt und könnte die Dinge beenden, bevor sie kompliziert werden."

„Aber du hast dich in ihn verliebt?"

„Ja ..." Es ist das erste Mal, dass ich das offen zugeben kann, auch mir selbst gegenüber.

„Verstehe“, murmelt Madison und schweigt dann eine Weile, bevor sie tief Luft holt. „Ich will dir nichts vormachen, Mia. Mit einem Eishockeyspieler zusammen zu sein, ist kompliziert. Zumindest ist es komplizierter, als mit einem Mann zusammenzuleben, der einen ganz normalen Bürojob hat und für den sich die Presse und die Öffentlichkeit nicht mehr interessieren als für unseren Hausmeister hier oder den Mann vom Zeitungskiosk. Das Problem ist nur, dass du wahrscheinlich weder mit dem Hausmeister noch mit dem Mann vom Zeitungskiosk glücklich sein würdest, weil dein Herz nun mal für einen Hockeyspieler schlägt, oder?“ Anscheinend erwartet sie auf die Frage keine Antwort, denn bevor ich etwas sagen kann, spricht sie bereits weiter. „Du bist eine so gute Mutter, Mia.“ Madisons Hände wandern zu ihrem Bauch. „Ich wünsche mir, dass ich den Job als Mom auch so gut hinbekommen werde wie du. Allerdings glaube ich, du fühlst dich so verantwortlich für Noah, dass du vergisst, dass er schon einen Vater hat. Er braucht keinen Vater, weil es in seinem Leben Harry gibt, der zwar manchmal etwas seltsam ist, aber dennoch ist er Noahs Vater. Trotzdem brauchst du selbst einen Partner. Jemanden, der dich glücklich macht. Mal ganz abgesehen davon, dass das wichtig für dich ist, ist es auch für Noah viel schöner, wenn seine Mom ausgeglichen und zufrieden ist. Denk mal darüber nach.“ Sie ist fast an der Tür angekommen, als sie sich noch mal zu mir umdreht. „Ich weiß, dass es nicht immer leicht ist, ein Risiko einzugehen. Seit ich schwanger bin, bin ich noch viel weniger dazu bereit, und ich möchte gar nicht wissen, wie es mir erst ergeht, wenn mein Kind auf der Welt ist. Aber manchmal muss man sich vielleicht trotzdem trauen. Sonst ist das Leben irgendwann vorbei und man kann es nicht mehr zurückholen." Sie lächelt mich an. „Hast du Karten für das Spiel heute Abend?"

„Ja. Luke hat mir Karten geschenkt." So wie für jedes der letzten Spiele.

„Okay. Ich hole dich heute Abend ab. Noah ist bei Harry, oder?" Ich nicke. „Vielleicht solltest du dann die Chance nutzen und mit Luke reden, bevor es irgendwann zu spät ist." Aufmunternd lächelt sie mir zu, bevor sie mein Büro verlässt, um sich wieder ihrer Arbeit zu widmen.

Ich fühle mich den Rest des Tages, als wäre ich ferngesteuert, trotzdem gelingt es mir irgendwie, meine Arbeit zu machen, ohne dass sich jemand beschwert.

Ich mache sogar Überstunden, damit ich bloß nicht so viel Zeit allein zu Hause verbringen muss, und den ganzen Tag denke ich über Madisons Worte nach.

Letztendlich komme ich zu der Erkenntnis, dass sie recht hat.

Ich kann und ich will so nicht weitermachen, ich muss dringend mit Luke reden.

Zu Hause nehme ich eine heiße Dusche. Eigentlich müsste ich auch etwas essen, aber ich habe das Gefühl, keinen Bissen hinunterbekommen zu können, also verzichte ich darauf.

Ich gebe mir etwas mehr Mühe mit meinem Make-up als sonst, dann binde ich mein Haar wieder zu einem Pferdeschwanz und schlüpfe in Jeans und den Kapuzenpulli mit dem Icefoxes-Logo, der sozusagen zu meiner Standarduniform geworden ist, wenn ich zu einem der Spiele gehe.

Als Madison mich abholt, sprechen wir kaum ein Wort, und das ganze Spiel über sitze ich da und starre Luke an, während ich nervöser und nervöser werde, bis es schließlich vorbei ist.

Madison steht auf, um zu Tyson zu gehen, und ich bleibe einfach sitzen, bis ich die große, vertraute Gestalt sehe, die sich durch die Reste der Fans einen Weg zu mir bahnt.

30

Mia

* * *

„Hi!“ Wie nach jedem Spiel warte ich auf Luke, und er kommt zu mir, alle anderen ignorierend, und wie nach jedem Spiel lässt er einen Platz zwischen uns frei.

„Hi!“, antworte ich, und meine Stimme hört sich dünn und piepsig an. Ich habe Herzrasen. Ich habe Bauchschmerzen. Meine Hände zittern so sehr, dass ich sie ineinander verschränken muss, damit sie sich nicht selbstständig machen und mir vom Schoß fallen.

„Du hast Noah gar nicht mitgebracht.“ Luke lächelt, so wie immer. Charmant und eine Spur distanziert, aber dennoch umwerfend.

„Nein, habe ich nicht. Er ist dieses Wochenende bei Harry."

„Ach so. Hoffentlich unternehmen sie etwas Schönes." Er plaudert mit mir, als wären wir nichts als alte Freunde, und wahrscheinlich würde mich der Mut verlassen, wäre da nicht dieses leise Zucken seines rechten Auges, das mir beweist, dass er vielleicht doch ein bisschen nervös ist. Dass es etwas mit ihm macht, in meiner Nähe zu sein.

„Ja, das hoffe ich auch."

„Okay." Er lächelt nach wie vor. „Hat dir das Spiel gefallen?" Das fragt er mich jedes Mal, es ist beinahe schon ein Ritual geworden.

Normalerweise beantworte ich auch diese Frage mit ja, nur dieses Mal zögere ich. Eine Pause entsteht, und Luke beugt sich vor und stützt seine Ellenbogen auf seinen Knien ab. Sein Blick wird noch intensiver, als er mich anschaut, und das Ziehen in meinem Bauch nimmt zu. Ich fühle mich, als würde ich jeden Moment ohnmächtig werden, aber ich muss das hier hinter mich bringen.

„Keine Ahnung ...", antworte ich schließlich. „Ich glaube, ihr habt gewonnen, oder?"

Jetzt habe ich seine ungeteilte Aufmerksamkeit, auch wenn er mich völlig verwirrt betrachtet.

„Das weißt du nicht?" Er runzelt die Stirn und betrachtet mich, als wäre ich etwas Fremdes, Unberechenbares, was er noch niemals zuvor gesehen hat. Das ist nicht ganz die Art von Aufmerksamkeit, auf die ich gehofft habe, doch ich nehme, was ich bekommen kann.

„Nein, Luke, ich weiß es nicht. Ich bin ein wenig nervös ..." Ich lache auf, es klingt ein bisschen hysterisch. „Um ehrlich zu sein, bin ich sogar ziemlich nervös. Ich bin hier, weil ich dir etwas sagen wollte.“ Ich atme tief ein und aus, um mich ein bisschen zu sammeln, trotzdem gelingt es mir nicht wirklich. Ich fange an zu schwitzen und zupfe nervös an dem Kragen meines Hoodies herum. Es fühlt sich an, als würde ich keine Luft mehr bekommen.

„Alles in Ordnung mit dir, Mia? Hast du irgendetwas?“ Jetzt sieht Luke nicht nur irritiert, sondern ernsthaft besorgt aus, und er beugt sich näher zu mir.

„Um ehrlich zu sein, ist mir speiübel!“, platze ich heraus und versuche, mich dann krampfhaft wieder in den Griff zu bekommen. „Aber das ist es nicht, was ich dir sagen wollte. Ich wollte ... Ach, verdammt noch mal.“ Ich schließe meine Augen, weil ich sonst wahrscheinlich den Mut verliere. „Ich bin hier, um dir zu sagen, dass ich dich liebe.“

Um mich herum höre ich jede Menge Geräusche. Obwohl das Spiel schon längst vorbei ist, ist es immer noch laut. Sehr laut sogar. Dennoch ist es zwischen Luke und mir gerade so still, dass ich es kaum ertragen kann. Langsam öffne ich die Augen wieder.

Luke sitzt noch genauso da wie vorher. Die Ellenbogen auf den Knien, das Gesicht mir zugewandt, ansonsten völlig regungslos.

Dann holt er Luft, schüttelt den Kopf und steht auf.

Er geht weg, ohne ein Wort zu sagen und ohne sich noch einmal umzudrehen, dabei ist er so schnell, als wäre er auf der Flucht, und ich bleibe wie erstarrt zurück, bis ich schließlich aufstehe.

Wie ferngesteuert verlasse ich das Stadion und sehe mich nach einem Taxi um. Madison hat mich mitgenommen, aber sie ist irgendwo bei Tyson, und ich will nicht auf sie warten müssen und schreibe ihr schnell eine Nachricht.

Natürlich gibt es kein Taxi weit und breit, wenn man mal eins braucht.

Nirgendwo.

Ich bin mir ziemlich sicher, dass es nur daran liegt, dass so viele Leute nach dem Spiel auf einmal nach Hause wollen, dennoch nehme ich es irgendwie persönlich.

Ich bin gerade viel zu instabil, um es nicht persönlich zu nehmen.

Ich möchte keine von den Frauen sein, die heulend durch die Straße laufen, als wären sie ein bisschen bescheuert und hätten kein Zuhause, aber dann kommen die Tränen trotzdem, und ich kann sie einfach nicht mehr zurückhalten.

Statt mich weiter nach einem Taxi umzusehen, laufe ich los. Ich will nur noch nach Hause und in aller Ruhe meine Wunden lecken.

Letztendlich laufe ich die ganze Strecke zu Fuß, zum Schluss merke ich gar nichts mehr davon. Automatisiert setze ich einen Fuß vor den anderen, und es ist mir egal, ob ich jemals zu Hause ankomme.

Irgendwann gelingt es mir doch.

Ich nicke dem Concierge zu, der mich besorgt betrachtet, und steige in den Aufzug.

Als ich schließlich auf meiner Etage ankomme, weiß ich, dass er da ist. Ich weiß, dass Luke da ist, und meine Welt kommt für einen Augenblick völlig zum Stillstand.

„Mia …“ Lukes Stimme ist kaum mehr als ein dunkles Knurren. Er steht vor meiner Tür und trägt ein langärmliges Shirt und eine Jeans, nicht den nach dem Spiel eigentlich obligatorischen Anzug. Sein Haar ist noch nass, als wäre er gerade erst aus der Dusche gekommen, und irgendwie sieht er wütend aus.

„Luke“, erwidere ich seinen Gruß lahm. Ich fühle mich, als wäre all die Energie, die ich mal hatte, unterwegs verloren gegangen.

Ich bin müde und meine Beine scheinen je dreihundert Kilo zu wiegen.

Nur mein dummes Herz hat noch genug Kraft, um wehzutun, als es Luke sieht; alles andere an mir fühlt sich nur noch dumpf und trübsinnig an.

„Falls du mit mir über vorhin reden möchtest, könnten wir das auf einen anderen Tag verschieben?“ Oder gleich auf ein anderes Jahrhundert? „Mir ist heute nicht mehr nach Reden.“

Luke sieht mich an, so still, so ernsthaft, so entschlossen, ohne jegliches Lächeln auf seinem Gesicht. Dann stößt er sich von der Wand hinter sich ab und kommt langsam auf mich zu. Ich weiche ihm aus. Auch wenn alles in mir danach schreit, sich ihm in die Arme zu werfen, finde ich ein letztes Fünkchen Verstand in mir, das mich davor warnt, dass das mein sicherer Untergang wäre.

Irgendwann stehe ich mit dem Rücken an der Wand.

„Scheiße, Mia, du weinst ja.“

Luke streckt seine Hand nach mir aus und wischt mir mit dem Daumen eine Träne von der Wange, von der ich gar nicht bemerkt habe, dass sie da ist.

Unter seiner Berührung beginne ich zu zittern, und Luke sieht mich an, öffnet den Mund, dann schließt er ihn wieder.

Ohne ein Wort zu sagen, zieht er mich in seine Arme, umfängt mich, hält mich fest, während ich mich in ein zitterndes, heulendes Bündel Irgendwas verwandele.

„Mia …“, flüstert er in mein Haar. Er riecht so gut und er fühlt sich so gut an. Warm, fest, sicher. „Du kannst doch nicht so mir nichts, dir nichts abhauen. Ich habe dich überall gesucht, verdammt! Leider war ich heute ausnahmsweise mal mit dem Wagen da, wahrscheinlich bist du irgendwelche Schleichwege gelaufen, die für Autos nicht zugelassen sind."

„Du bist einfach gegangen ...", schluchze ich und schäme mich ein bisschen dafür, dass ich mich so schlecht unter Kontrolle habe.

„Ich musste unter die Dusche. Ich habe gestunken wie ein Pumakäfig – es war mein Ernst, dass das widerlich ist."

Ich muss ein bisschen lachen, und weil ich gleichzeitig noch immer weinen muss, gebe ich ein röchelndes Grunzen von mir, das sich anhört, als stünde ich kurz vor dem Ersticktungstod.

„Alles in Ordnung?" Luke schiebt mich ein Stück von sich, um mich ansehen zu können, und ich nicke stumm, bevor ich mich wieder in seine Arme schmiege.

„Ja ... nein ... ich weiß auch nicht!" Ich schniefe erneut. „Ich habe dir gesagt, dass ich dich liebe, und du bist gegangen, ohne ein Wort zu verlieren. Ich dachte, du willst mich nicht mehr."

Luke nimmt mein Gesicht zwischen seine beiden Hände und sieht mich an, dann holt er Luft, als wolle er etwas sagen, atmet jedoch kurz darauf wieder aus.

„Komm mit!", knurrt er schließlich, greift nach meiner Hand und zieht mich in den Aufzug und anschließend in seine Wohnung. „Mia!", sagt er, als wir dort angekommen sind. „Um ehrlich zu sein, dachte ich, dass du die Kluge von uns beiden wärst. Diejenige mit der Lebenserfahrung und der Menschenkenntnis. Wie kannst du nur auf die dumme Idee kommen, ich würde dich nicht mehr wollen?"

Mein Herz bleibt stehen. Einfach so. Anschließend setzt

es mit einigen ungleichmäßigen Schlägen wieder ein, letztendlich beginnt es zu rasen.

„Warum bist du abgehauen?“ Meine Stimme klingt dünn und erbärmlich.

„Hockeymief. Das habe ich ja schon gesagt. Das war ein Problem, denn du hast mir gesagt, dass du mich liebst, und es gibt nur eine Art und Weise, wie ich darauf reagieren könnte.“ Mit beiden Händen umfasst Luke mein Gesicht, bevor er seine Lippen ganz nah an meine bringt. „Die einzige Art, um darauf zu reagieren, ist diese hier.“ Dann küsst er mich, erst sanft, dann leidenschaftlicher, und nach und nach verliere ich unter seinem Kuss jegliches

Gefühl für Ort, Raum und Zeit.

Irgendwann löst er seine Lippen von mir und sieht mich an, schließlich lächelt er, aber es ist anders als sonst. Weicher, offener ... es ist, als hätte er dieses Lächeln nur für mich übrig.

„Ich liebe dich auch, Mia. Schon seit einiger Zeit. Doch wie soll ich dir das sagen, ohne dich zu küssen? Und wie soll ich aufhören, dich zu küssen, wenn ich einmal damit angefangen habe? Zumal, wenn ich so lange ohne auskommen musste? Ich konnte dich mit meinen stinkenden Händen nicht anfassen, und ich wollte gerne mit dir allein sein, um all die Dinge tun zu können, die auf so einen Kuss folgen.“

„Jetzt sind wir allein ...“, murmele ich, und Luke lächelt wieder mein neues Lieblingslächeln.

„Stimmt.“

„Okay.“ Zittrig hole ich Luft. „Wie wäre es, wenn wir es noch mal von vorne versuchen?“

„Okay“, sagt Luke erneut und legt den Kopf leicht schief. „Also, Mia, was wolltest du mir sagen?“

„Ich liebe dich, Luke Steward. Ich liebe dich, und ich habe dich so schrecklich vermisst, dass es wehgetan hat."

„Ich liebe dich auch, Mia. So sehr, dass es mich ganz verrückt macht."

Luke beugt sich zu mir und küsst mich und hört so schnell nicht mehr damit auf.

Ich begreife, dass er recht hatte.

Damit, dass da viel, viel mehr zwischen uns ist als nur eine Affäre, und auch damit, dass es gut gewesen ist, dass er gewartet hat, bis er geduscht ist und wir allein sind, bevor er auf meine Liebeserklärung reagiert hat, denn ich kann auch nicht mehr aufhören, ihn zu küssen. Ziemlich schnell ist das, was zwischen uns geschieht, alles andere als jugendfrei, und auch wenn ich Luke in erster Linie für mich will, würde ich doch gerne vermeiden, dass Noah am nächsten Tag Bilder davon in der Zeitung sieht, wie seine Mutter sich unanständigen Freuden mit einem Hockeyspieler hingibt.

Denn genau das ist es, womit wir die Nacht verbringen, wieder und wieder und wieder.

Luke

* * *

ALS ER AUFWACHT, ist es draußen bereits hell.

Er hat verschlafen, schon wieder, denn normalerweise würde er um diese Uhrzeit längst trainieren.

Scheiß drauf, verdammt noch mal, da das reguläre Training erst heute Nachmittag stattfindet, wird er heute einfach darauf verzichten.

„Guten Morgen, Luke …" Mia dreht sich zu ihm um und strahlt ihn an. „Hast du gut geschlafen?" Sie sieht so süß aus! Ihr Haar ist zerzaust, und auf einer ihrer Wangen kann man den Abdruck des Kopfkissens erkennen.

Luke beugt sich zu ihr, um ihr auf die Stirn zu küssen.

„Ich habe hervorragend geschlafen, mein Sonnenschein. So gut wie schon lange nicht mehr."

Es ist das erste Mal, dass sie zusammen aufwachen, und er kann nur hoffen, dass noch viele weitere Male folgen werden. „Was hältst du von einer Dusche und anschließend gehen wir irgendwo frühstücken? Oder ist dir das zu öffentlich? Es könnte uns jemand sehen …"

Sie lächelt.

„Früher oder später werden wir unsere Beziehung nicht mehr geheim halten können, oder? Also besser früher als später. Ich finde, wir haben sie lange genug geheim gehalten. Sogar vor uns selbst."

Einen Augenblick lang betrachtet er sie, ohne etwas zu sagen, dann küsst er sie, tief und innig. Dass sie sich auch öffentlich zu ihm bekennt, bedeutet ihm viel, wahrscheinlich viel mehr, als sie ahnen kann.

Irgendwann löst er sich widerwillig von ihr, denn wenn er jetzt nicht aufhört, haben sie wieder Sex, und er will, dass es mehr als nur Sex gibt in ihrem Leben. Gemeinsame Erinnerungen zum Beispiel, jede Menge davon.

„Okay, dann ab mit dir ins Bad. Ich muss noch kurz Tucker anrufen und unser Training für heute absagen, ich komme gleich nach."

Luke sieht ihr nach, wie sie langsam im Bad verschwindet

und sich noch einmal umdreht, um ihn anzulächeln, bevor sie die Tür hinter sich schließt.

Wahrscheinlich wird er die nächsten Tage dauerhaft grinsen. So viel, dass ihm alles davon wehtut. Aber er kann sich nicht erinnern, je in seinem ganzen Leben so glücklich gewesen zu sein, so erleichtert, so froh. So verliebt.

Luke:
Hey Tucker, komme heute
nicht zu unserem Work-out.
Habe verschlafen.

Beinahe im selben Augenblick erhält er auch schon eine Antwort.

Tucker:
Bin eh nicht da.
Muss Wiedergutmachung für unseren
kleinen Ausflug leisten.
Bin in der städtischen Bibliothek
und ärgere die Bibliothekarin.

Das hat Luke vor lauter Mia völlig vergessen, die Vereinsleitung hat Tucker wohltätige Arbeit aufgebrummt, ansonsten wäre er aus dem Verein geflogen. Die arme Bibliothekarin!

Luke:
Ärgere sie nicht zu sehr, Mann.
Sei mal nett, wenn es um Frauen geht.

Tucker:
Ich bin nett.
Ich glaube, sie steht auf mich.

Stirnrunzelnd betrachtet Luke die letzte Nachricht. Anscheinend macht Tucker vor gar nichts halt, auch nicht vor Bibliothekarinnen. Aber letztendlich ist ihm das auch egal, er hat Besseres zu tun, als sich darüber den Kopf zu zerbrechen.

Die Zeit ohne Mia war nervenaufreibend und einsam, und er will so schnell wie möglich wieder zu der Frau seiner Träume, die in ebendiesem Moment das Wasser aufdreht und vermutlich nackt unter der Dusche auf ihn wartet.

EPILOG

Mia

* * *

Lächelnd stehe ich auf der Wiese und sehe dabei zu, wie Noah mit den beiden kleinen Katzen spielt, die mittlerweile ganz schön groß geworden sind.

Luke versucht drinnen, Danielles kleine Tochter Lexie zum Schlafen zu bewegen. Danielle ist heute nicht da, sie bewirbt sich an einem College, das speziell auf die Bedürfnisse von Müttern mit kleinen Kindern ausgelegt ist, und ich drücke ihr fest die Daumen, dass sie dort angenommen wird.

Lukes Mom begleitet sie, ich bin froh, dass wir ein paar Stunden Ruhe haben.

Ich mag Lukes Mutter wirklich, aber wenn sie einmal in Fahrt kommt und zu erzählen beginnt, ist sie auch anstrengend. Ziemlich anstrengend sogar.

„Hey, Baby …“ Luke streicht mein Haar zur Seite und küsst mich seitlich auf den Hals, während er von hinten seine Arme um meine Taille schlingt.

„Schläft Lexie?“

„Tief und fest. Ich habe Danielle schon ein Foto von ihr geschickt.“

„Großartig!“ Ich versuche Luke ein wenig wegzuschieben, weil seine Küsse mich heiß und kribbelig machen, es heller Tag ist und Noah ganz in unserer Nähe spielt, aber er nimmt keine Rücksicht auf mich.

„Irgendwie scheinen alle um uns herum Kinder zu bekommen“, brummt er an meinem Hals, und die Vibrationen setzen sich bis in meinen Bauch fort. „Madison und Tyson haben ihren Simon bekommen, Danielle ihre Lexie …“

Ich lache leise.

„Das ist aber weit entfernt von *alle*“, antworte ich und drehe mich dann in seinen Armen um, weil mir plötzlich etwas an Lukes Stimme aufgefallen ist, nämlich der leise Anflug von Sehnsucht. „Hättest du gerne Kinder, Luke? Ich meine, ein Kind mit mir?“

Er grinst.

„Können wir gleich hochgehen und eins machen?“

Ich lache leise und küsse ihn sanft auf die Lippen.

„Das wäre vielleicht ein bisschen überstürzt.“

„Vielleicht.“ Einen Moment lang herrscht Ruhe zwischen uns und ich kuschele mich tiefer in seine Arme. „Doch, ja, ich möchte schon gerne irgendwann eigene Kinder mit dir haben. Ein Geschwisterchen für Noah.“ Mit einem liebevollen Lächeln im Blick beobachtet Luke meinen Sohn. „Vorher wollte ich dich allerdings noch etwas fragen … Ich bin mir nicht sicher, ob dies der richtige Moment dafür ist, aber ich kann einfach nicht mehr länger warten."

Er weicht einen Schritt zurück und holt etwas aus seiner Tasche hervor.

„O mein Gott, Luke …", sage ich, als ich sehe, was er da hat. Ich schlage mir die Hände vor den Mund, während er vor mir auf die Knie fällt, und weil ich so schrecklich aufgeregt bin, lasse ich mich ebenfalls auf die Knie fallen, noch bevor er ein Wort sagen kann. Ich schlinge meine Arme um seinen Hals und küsse ihn, stürmisch und leidenschaftlich. „Ich liebe dich!", flüstere ich an seinen Lippen. „Und ja, ich will dich unbedingt heiraten."

Luke beginnt zu lachen, aus ganzer Seele und aus vollem Herzen, während er mir Hunderte von kleinen Küssen auf mein Gesicht haucht.

„Es freut mich sehr, dass wir uns einig sind und uns auch ohne Worte verstehen, mein Sonnenschein", sagt er, während er mich zu sich hochzieht und wir uns auf den Holzsessel setzen, der bei seiner Mom im Garten steht. „Du machst mich sehr, sehr glücklich." Noch immer lachend steckt er mir den Ring, den er für mich ausgesucht hat, an meinen Finger. „Unglaublich glücklich!", flüstert er in mein Ohr, als Noah zu uns herüberkommt.

„Worüber lacht ihr so?", fragt er, eine Katze auf dem Arm, die andere streicht um seine Beine herum.

„Deine Mommy hat mir gerade gesagt, dass sie mich heiraten will, und ich war damit einverstanden."

„Hey, ganz so war … na ja. Eigentlich doch. Genauso war es. Ich will Luke nämlich unbedingt heiraten."

„Cool!", antwortet Noah, erfreut, allerdings ziemlich unbeeindruckt, und wird dann abgelenkt, weil eine der beiden Katzen an seinem Bein hochzukrabbeln versucht. „Hey, du Frechdachs!“ Er nimmt sie auf den Arm und läuft mit ihr zurück auf die Wiese, wo er ein Stöckchen sucht, um mit ihr zu spielen.

„Ich wollte schon immer mal einen Heiratsantrag bekommen, mein Sonnenschein. Ich liebe dich wirklich sehr.“

„Ich liebe dich auch!“, antworte ich, und als ich ihn ansehe, setzt er dieses Lächeln auf, dieses warme, weiche, das er nur für mich bereithält.

Ich will ihm gerade sagen, dass eigentlich er mein Sonnenschein ist, er es ist, der dafür sorgt, dass es mir auch an grauen Tagen gut geht, aber ich komme nicht mehr dazu, weil er mich nun küsst und ich deshalb alles andere vergesse.

WEITERE BÜCHER VON HANNAH KAISER

„Die Verführung des Mondes"

Eigentlich will sich Luna nur einen ruhigen, kinderlosen Abend zu Hause machen, als sie überraschend in das Leben des ebenso reichen wie attraktiven Anwalts Phillip Dawn stolpert.

Zwischen den beiden knistert es gewaltig, aber Luna ist sich nicht sicher, ob es zwischen ihnen tatsächlich eine Zukunft geben wird.

Und während sie sich noch Gedanken über die Zukunft macht, wird sie von ihrer Vergangenheit eingeholt.

März 2013 (ca. 320 Taschenbuchseiten)

„Die Verlockung des Glücks Teil 1"

Sophie hat, nach einigen herben Enttäuschungen, den

Männern eigentlich schon lange abgeschworen. Sie ist fest davon überzeugt, dass es sich alleine einfach viel besser lebt.

Doch eines Tages tritt Matt, der amerikanische Enkelsohn ihrer Nachbarin, auf sehr ungalante Art und Weise in ihr Leben. Sophie ist sich ganz sicher, dass sie diesen überheblichen Typ auf den Tod nicht ausstehen kann, denn er benimmt sich kaum besser als ein eingebildeter Neandertaler. Wäre da nur nicht dieses verdächtige Kribbeln, das sich in ihr breit macht, wann immer er in ihrer Nähe ist …

Juni 2013 (ca. 206 Taschenbuchseiten)

„Die Verlockung des Glücks Teil 2"
Zweiter und letzter Teil der Reihe „Die Verlockung des Glücks".

Endlich hat Sophie der Verlockung des Glücks nachgegeben und ist zu Matt in die USA geflogen.

Dort angekommen ist ihr gemeinsames Leben allerdings nicht so ungetrübt wie erhofft. Das große Interesse der Öffentlichkeit an Matt, Sophies Selbstzweifel und eine Frau, die aus Matts Vergangenheit zu kommen scheint, legen ihnen immer wieder Steine in den Weg.

Werden sie es dennoch schaffen, einen gemeinsamen Weg zum Glück zu finden?

August 2013 (ca. 238 Taschenbuchseiten)

„Die Versuchung der Hoffnung"

Hopes Leben ist auch ohne die große Liebe schon voll genug:

Studium, Job, die Familie und ihr kranker Bruder fordern all ihre Zeit und Energie. Doch dann tritt John Petterson in ihr Leben, Sänger einer Rockband kurz vorm großen Durchbruch, und wirbelt ihre Gefühle und ihr Leben ordentlich durcheinander. Trotzdem reichen tiefe Gefühle allein manchmal nicht aus, um auf Dauer miteinander glücklich zu sein ... oder?

Dezember 2013 (ca. 342 Taschenbuchseiten)

"Der Kuss von Vergissmeinnicht"

Junes Leben besteht vor allem aus einem – nämlich aus Arbeit.

Doch eines Tages fällt ihr das Schicksal geradezu vor die Füße. Und zwar in Form eines Mannes, der vom Mountainbike gestürzt ist und sich nun an nichts mehr erinnern kann.

Allerdings verschwindet er nach ein paar Tagen genauso abrupt wieder aus ihrem Leben, wie er darin aufgekreuzt ist. Und das, obwohl June gerade dabei war, sich in ihn zu verlieben ...

März 2014 (ca. 298 Taschenbuchseiten)

„Herzkirschen"

Grayson White hat zwei große Leidenschaften: Football und Frauen. Zu seinem großen Frust darf er jedoch nach einem Unfall nicht mehr als Profi spielen und stürzt sich stattdessen in wilde Partys, ebenso wilde Affären und diverse Prügeleien.

Leider findet sein Werbepartner die negative Aufmerksamkeit, die Grayson dadurch auf sich zieht, gar nicht witzig.

Um sein Image wieder aufzupolieren, zwingen sie ihn, ehrenamtlich in einer Einrichtung für sozial benachteiligte Kinder zu arbeiten. Andernfalls winkt ihm eine dicke Vertragsstrafe. Grayson findet das überhaupt nicht witzig, zumal die Chefin der Einrichtung, Cherry Devenor, eine frustrierte Zicke zu sein scheint, die gegen seine Reize völlig immun ist …

Juni 2014 (ca. 262 Taschenbuchseiten)

„Sein Kuss und andere Katastrophen“

Chloe Winterfield kauft eine Farm in ihrer alten Heimat Nebraska und hofft dort, die unliebsamen Erinnerungen an ihren Ex-Verlobten loszuwerden. Aber leider bleiben Erinnerungen nicht einfach an Ort und Stelle, sie reisen immer mit. Zusätzlich ist Chloe im Nu auch noch mit einer anderen Episode ihrer Vergangenheit konfrontiert, die sie beinahe schon vergessen hatte.

August 2014 (- Kurzroman - ca. 135 Taschenbuchseiten)

„Zimtzucker“

Sarah Wellington hat ihren Job verloren, der bisher ihr ganzer Lebensinhalt war. Nun macht sie sich auf den Weg zu ihrem Vater und ihrer fünfzehnjährigen Halbschwester, um den beiden in einer schweren Lebenslage zur Seite zu stehen.

Doch bereits am Flughafen begegnet sie einem geheimnisvollen Fremden, den sie einfach nicht mehr aus dem Kopf bekommt.

November 2014 (ca. 272 Taschenbuchseiten)

„Pfefferminzeis"

Als Theresa Bennetts Kerzenladen abbrennt, steht sie vor dem finanziellen Ruin. Ihr bleibt nichts anderes übrig, als in einer Bar zu arbeiten, damit sie wenigstens die nächste Mahlzeit für sich und ihre neurotische Katze bezahlen kann. Dort lernt sie Devon Frenley kennen, einen Eishockey-Torhüter auf der Flucht vor einer aufdringlichen Stalkerin. Er macht Theresa ein Angebot, das sie nicht ablehnen kann. Allerdings bringt es die beiden schnell in die unmöglichsten Situationen und auch Theresas traumatische Vergangenheit lässt sich nicht so einfach ignorieren, wie sie es gerne hätte.

März 2015 (ca. 326 Taschenbuchseiten)

„Unverkäufliches Liebhaberstück"

Lilly Hurlington verlässt ihren Mann, nachdem sie ihn mit der Babysitterin im Bett erwischt hat. Die Wunden der Trennung sind noch nicht verheilt, als sie auf einem Parkplatz buchstäblich in ihre Jugendliebe hineinläuft: Ryan Stanford, dem seit ihrer Kindheit ihr Herz gehört und von dem sie sich innerlich nie ganz getrennt hat.

Im Nu stürzen komplizierte Gefühle und ungelöste Konflikte Lilly mitten ins Chaos.

September 2015 (ca.278 Taschenbuchseiten)

„Marzipanrosen“

Annabelle Sinclair war in ihrer Kindheit ein gefeierter Fernsehstar, bis ihr der Erfolg über den Kopf wuchs. Seit einigen Jahren lebt sie bei ihrer Großmutter in der Einöde Nebraskas. Sie liebt das beschauliche Landleben, die Abgeschiedenheit ihres Dorfes und ihren kleinen Catering-Service. Hier hat sie Ruhe vor ihrer Vergangenheit, ihren Problemen und vor allem vor den Männern. Als eines Tages ihr Auto mitten auf einer Kreuzung seinen Geist aufgibt, hilft ihr der erfolgreiche Unternehmer Maxwell Montgomery. Er hasst das Leben in der Pampa – und Annabelle hasst ihn. Dennoch bekommt sie ihn einfach nicht mehr aus dem Kopf, und dabei steht für Annabelle weit mehr auf dem Spiel, als sich nur unglücklich zu verlieben.

Dezember 2015 (ca. 296 Taschenbuchseiten)

„Sekundenträume“

Bevor Katelyn Montgomery mit der Leitung einer großen Baustelle im ländlichen Greenwish, Nebraska so richtig beginnen kann, geschehen bereits die ersten Katastrophen: Ausgerechnet auf ihrer Baustelle wurde ein Skelett gefunden, und als vorläufiger Gutachter taucht Alexander McLearie auf, in den sie als Teenager hoffnungslos verliebt war. Auch jetzt noch schlägt seine geheimnisvolle Ausstrahlung sie sofort in ihren Bann. Doch beide tragen Geheimnisse aus ihrer Vergangenheit mit sich herum, die sie bis heute nicht loslassen. Außerdem ist da noch Katelyns Freund, der ungeduldig in New York auf sie wartet …

April 2016 (ca. 342 Taschenbuchseiten)

„Please don't touch – Bitte nicht anfassen"

Gwen Campbell sucht dringend einen neuen Job, um sich selbst und ihre Tochter Livie durchzubringen – und Liam Brooks sucht dringend eine Haushälterin.

Obwohl sie ihren zukünftigen Chef gleich beim Vorstellungsgespräch ausgerechnet mit dem Gärtner verwechselt, wird sie seine Angestellte – und noch viel mehr als das. Doch noch bevor Gwen sich entscheiden kann, ihre mühsam errichteten Schutzmauern fallen zu lassen, werden beide von ihrer Vergangenheit eingeholt, die alles zu zerstören droht …

September 2016 (ca. 400 Tachenbuchseiten)

„Let it Snow – Schneeflockenalram"

Kurz vor Weihnachten bekommt die toughe Anwältin Dana Donovan noch einen Auftrag: Sie muss in das verschlafene Örtchen White Crossing fliegen, um dort einen heiklen Adoptionsfall zu klären. So schnell wie möglich will sie wieder zurück in ihr eigenes Leben, denn White Crossing bedeutet Vorstadtromantik, Familienglück und Weihnachtsidylle – alles Dinge, von denen Dana nicht viel hält. Obendrein ist da auch noch Nathan Callery, der mürrische Bruder ihrer Mandantin, der sie bereits am Flughafen nur sehr widerwillig in Empfang nimmt und den Dana lieber heute als morgen nur noch von hinten sehen würde. Doch leider hat das Leben andere Pläne: White Crossing macht seinem Namen alle Ehre und Dana sitzt auf einmal fest. Plötzlich ist sie ausgerechnet auf Nathans Hilfe angewiesen - und schon ist das Schneechaos perfekt.

Dezember 2016 (ca. 334 Taschenbuchseiten)

„A nigt for a daydream"

Es gibt nur eine große Liebe im Leben – davon ist Sally Walker fest überzeugt.

Da sie diese schon gefunden und auf tragische Weise verloren hat, erwartet sie nicht mehr viel, wenn es um Männer geht. Stattdessen gibt sie alles für ihre Familie und ihre Karriere als Assistentin einer der erfolgreichsten Anwältinnen Bostons.

Doch dann begegnet ihr Cole Cane: anziehend, sexy, mysteriös - und obendrein der gegnerische Mandant. Für Sally ist er also absolut tabu.

Egal, wie verzweifelt Sally auch versucht, sich von ihm fernzuhalten, er scheint ihr auf einmal überall zu begegnen.

Irgendwann muss sie sich entscheiden: Hält sie an alten Verhaltensmustern fest? Oder gibt sie alles auf, was ihr bisher

Sicherheit gegeben hat, damit sie sich endlich wieder lebendig fühlen kann?

Mai 2017 (ca. 319 Taschenbuchseiten)

„Hearts on the road – Herzen auf Reisen“

Savannah Cane hat Dinge erlebt, die sie am liebsten für immer vergessen möchte. Leider steht eines Tages eine ganze Horde Paparazzi vor ihrer Tür, und sie hat Angst, dass diese tiefer in ihrem Leben wühlen, als ihr lieb ist. Deshalb beschließt sie, ein paar Tage aus New York zu verschwinden und abzutauchen, bis sich die Lage wieder beruhigt hat. Dumm nur, dass ihre Flucht nicht so gelingt wie geplant und Savannah irgendwann alleine auf einem Parkplatz im Nirgendwo steht: Ohne Geld, Papiere oder ein Telefon. Als kurze Zeit später ein Wohnmobil bei ihr anhält, ist sie zunächst für jede Hilfe dankbar. Allerdings nur so lange, bis sich herausstellt, dass es sich bei ihrem vermeintlichen Retter ausgerechnet um Zachery Trueman handelt, ihrem personalisierten Alptraum aus Kindheitstagen. Doch da auch Zach auf Hilfe angewiesen ist, brechen die beiden aus der Not heraus zu einem Roadtrip der besonderen Art auf. Während sie zusammen quer durch das halbe Land reisen, stellen sie fest, dass sie sich noch immer genauso verachten wie früher, und als wäre das alles nicht schon kompliziert genug, ist da auch noch dieses Knistern zwischen ihnen, das sich einfach nicht ignorieren lässt.

„Frozen Kisses – Küsse im Schnee"

Eigentlich kann es sich Autumn Holmes gerade gar nicht leisten zu verreisen. In ihrem Fotostudio ist so kurz vor Weihnachten die Hölle los, auf ihrem Schreibtisch türmt sich ein Berg von Rechnungen, und ihr Vater ist zum Pflegefall geworden.

Dennoch tritt sie eine Reise nach Las Vegas an, die sie in einem Preisausschreiben gewonnen hat. In Vegas lernt sie Tate Birdie kennen – ohne zu wissen, dass er der gefeierte Star einer Band namens Black Jellybeans ist.

Die beiden verbringen eine besondere Nacht miteinander, bevor sich ihre Wege zunächst wieder trennen – aber sie können einfach nicht aufhören, aneinander zu denken ...

„Love sucks sometimes -Liebe und andere Verräter"

Manchmal ist von heute auf morgen nichts mehr so, wie es mal war. Das muss auch Madison Jennings feststellen, nachdem ihr Verlobter sie hat sitzen lassen – um eine zehn Jahre jüngere Frau zu heiraten. Madison wagt einen kompletten Neuanfang, verlässt ihre Heimat, verkauft ihren geliebten Coffeeshop und steigt in die Dating-Agentur einer Freundin ein.

Alles wäre so weit gut, wenn sie sich nicht vorübergehend ein Haus mit Tyson Walker teilen müsste, einem unausstehlichen Eishockeyspieler mit einer Knieverletzung, der sich zwar aufführt wie ein Vollidiot, dessen Kochkünste Madison aber zum Dahinschmelzen bringen ...

Hannah Kaiser

c/o Papyrus Autoren-Club

Pettenkoferstr. 16-18

10247 Berlin

Tel.: 030 / 49997373

E-Mail: hannah.kaiser79@gmx.de

Erstellt mit Vellum

32739918R00211

Printed in Poland
by Amazon Fulfillment
Poland Sp. z o.o., Wrocław